SEUNGYEON BAEK

C'È UNA LETTERA PER TE

Traduzione di
ALTHEA VOLPE

Garzanti

Prima edizione: gennaio 2025

IL LIBRAIO.IT

il sito di chi ama leggere

Traduzione dal coreano di
Althea Volpe

Titolo originale dell'opera:
편지가게 글월 by 백승연

ISBN 978-88-11-01402-7

Printed in Italy

www.garzanti.it

NARRATORI MODERNI

C'È UNA LETTERA PER TE

PROLOGO

A Hyoyoung.

Ormai è la quinta lettera che ti spedisco.

È sorprendente come, pur non riuscendo a fare una telefonata o a mandare un messaggio, io abbia sempre qualcosa da scrivere.

Sto bene.

Mando lettere senza risposta, lettere che mi sembra di veder svanire nell'aria come se fossero una nuvoletta d'alito.

Eppure, mi sento oppressa e perciò continuo a scriverle.

Hyoyoung, il tempo scorre anche se non si agisce. E lo fa come se niente fosse.

O forse dovrei dire che porta con sé un grande senso di vuoto.

Ho sempre vissuto dando il massimo, studiando come se fossi inseguita dal tempo, temendo di rimanere indietro. Eppure, anche vivendo così, non si muore.

È strano e rassicurante avere una vita senza eventi significativi.

È incredibile che io abbia vissuto fino a trentatré anni senza esserne consapevole.

Come stanno mamma e papà? Non ho mai scritto loro, finora.

Ho paura che, per pura casualità, siano loro a leggere questa lettera. Sarebbero capaci di rispondere immediatamente ed è proprio per questo che non riesco a mandarla a loro.

Ho scritto il tuo nome in grande sulla busta proprio per evitare tutto ciò. Devi leggerla solo tu.

Ora mi trovo a Ulsan. Ho un'amica delle elementari, qui.

Resterò da lei solo per una settimana, quindi non potrò ricevere nessuna risposta a questo indirizzo, anche se qualcuno cercasse di mandarmela. Se per caso mamma o papà volessero farlo, spiegaglielo tu, per favore.

Hyoyoung, quando spengo la luce e mi sdraio sul letto, mi sento come plancton che galleggia nell'oceano. O forse un batterio sconosciuto dentro una cellula. Se fossi nata senza occhi, orecchie o bocca, avrei potuto vivere come un essere innocuo.

Mi è sfuggita di nuovo una frase triste.

Ho pensato di riscrivere la lettera e ho cercato un nuovo foglio di carta, ma non ne avevo altri, così ho lasciato tutto com'era.

Se provassi a cancellare, sembrerei ancora più patetica, quindi la mando così com'è.

Fa freddo, quindi stai attenta a non prendere il raffreddore.

Indossa i miei vestiti invernali che sono a casa.

Stammi bene.

Hyomin

ANCHE LA LUCE DEL SOLE HA UN PROFUMO

1.

«Cosa facciamo? Tua sorella è stata truffata», aveva detto la madre a Hyoyoung, appena tornata a casa, a ottobre, in piedi di fronte alla porta d'ingresso. Nessuna delle due si era tolta le scarpe. Come per scherzo, una foglia d'acero era attaccata alla borsa della spesa che la madre teneva in mano. Senza darsi il tempo di scoppiare in lacrime, la donna aveva proferito le parole successive.

«Perché proprio tua sorella?!»

Era una domanda legittima. Fin dall'asilo, l'intelligenza di sua sorella maggiore, Hyomin, era stata motivo d'orgoglio per la famiglia. Hyomin era entrata nella classe dei plusdotati con la stessa facilità con cui saltava la corda e aveva spesso vinto premi nelle gare di matematica. Anche alle medie e alle superiori, era stato naturale per lei essere sempre la prima della classe in tutte le materie. Com'era quindi possibile che una persona del genere fosse stata ingannata? Com'era possibile che avesse consegnato a un conoscente tutti i soldi della famiglia allo scopo di fondare insieme un'accademia?

L'espressione del padre, arrivato di corsa dopo aver chiuso la lavanderia, era ancora più impressionante. Il suo era il volto di qualcuno che non avrebbe mai potuto immaginare che una persona laureata alla Seoul National University, che frequentava la scuola di specializzazione per diventare docente nella stessa università, potesse essere ingannata così facilmente. Per questo non aveva immaginato nulla quando la figlia non aveva terminato la suddetta scuola di specializzazione per aprire un'accademia. Aveva pensato che Hyomin, essendo intelligente, avesse qualcosa di valido in mente.

«Non riesco a contattare Hyomin.»

Il padre aveva tirato fuori il cellulare dalla tasca e sospirato pesantemente.

Una famiglia di tre persone si era ritrovata davanti alla stretta porta d'ingresso, ciascuno di loro incapace persino di togliersi le scarpe.

Tre giorni prima, Hyomin aveva chiamato la madre, dicendo di stare bene, e poi aveva spento il cellulare.

Hyoyoung, tornata dopo due giorni di riprese, era stanca e con profonde occhiaie: la storia della truffa alla sorella le era sembrata un mezzo sogno.

Il padre, nonostante lo stile di vita modesto, aveva addirittura chiesto un prestito per sostenere la figlia maggiore e allungato il suo lavoro alla lavanderia a gettoni, aperta già sei giorni alla settimana, anche al weekend. Per ripagare un debito allo zio, la madre aveva iniziato a lavorare part time come fattorina.

Hyoyoung non aveva contribuito, perché impegnata a girare un film per la laurea. Di tanto in tanto, riceveva dei messaggi nella chat del gruppo di famiglia, in cui le chiedevano se avesse sentito la sorella, ma lei li ignorava. La reazione dei suoi genitori, così nervosa e preoccupata, le sembrava esagerata. Lo zio sosteneva che Hyomin non avesse lasciato la specializzazione alla Seoul National University di sua iniziativa, ma che se ne fosse andata per mancanza di competenze.

Inoltre, un giorno, la madre aveva avuto un incidente mentre consegnava i piatti a domicilio: scivolando sulle scale, si era ferita all'anca.

«L'avete cresciuta come fosse il pilastro della nostra famiglia e ora guardate qua! La mamma si è fatta male e lei ha pensato di darsela a gambe!» Quando Hyoyoung aveva visto sua madre sdraiata nel letto d'ospedale dopo un intervento chirurgico, aveva lasciato uscire la rabbia repressa.

Solo perché Hyomin era sempre la prima della classe, allora era immune al fallimento? Era assurdo che un'adulta sulla trentina fosse fuggita in modo così irresponsabile, lasciando in asso la famiglia.

Hyoyoung aveva dovuto rinunciare a girare il suo film per accudire la madre. I fondi per il film erano andati a un altro progetto in lista e la sua squadra si era unita a quello.

Da un lato lo aveva ritenuto ingiusto, dall'altro, dopo la truffa alla sorella maggiore, l'interesse di Hyoyoung per il suo lavoro era venuto meno. Le era sembrato di aver condiviso con la sorella la fiducia, poi esauritasi tutta in un istante. Entrambi i loro film erano rimasti incompiuti.

Era stato in quel periodo che erano cominciate ad arrivare a casa le lettere della sorella.

Sulla busta c'era sempre scritto un solo destinatario.

A HYOYOUNG.

2.

Era passata una settimana da quando Hyoyoung aveva iniziato a lavorare alla Bottega delle Lettere, Geurwol. Aveva trovato un monolocale a soli dieci minuti a piedi dal negozio. Il lasso di tempo perfetto per ascoltare, lungo il tragitto, quattro delle sue canzoni preferite. Il paesaggio intorno a Yeonhui era affascinante e tranquillo: case antiche, caffetterie ricavate da vecchie abitazioni ristrutturate e autobus verde chiaro che percorrevano la strada. Spesso incontrava anche cani che, a passeggio con i padroni, si godevano il sole mattutino in tutta pace.

Hyoyoung era arrivata davanti al palazzo Yeongung proprio quando stava finendo la quarta canzone. Lì, l'aria era impregnata del delizioso profumo di dolci al burro appena sfornati, proveniente dalla panetteria al pianoterra. Era un profumo che la faceva sospirare.

«Eccoci qui, di nuovo.»

Hyoyoung si stava abituando a poco a poco al repentino cambiamento della sua situazione. Pronunciando quelle parole come la formula di un incantesimo, trovò la forza di salire le scale fino al quarto piano dove si trovava la bottega. Le scale erano alte a causa dell'età dell'edificio e le pareti rivestite di cemento erano leggermente fredde. Tuttavia, la fragranza del pane ancora caldo contribuiva a mitigare l'atmosfera.

Camminando con solerzia a lato del corrimano argentato, notò la porta di ferro blu cielo a destra, sulla quale, all'interno di un cerchio bianco, era chiaramente visibile la scritta GEURWOL. Hyoyoung si tolse le cuffiette, aprì la porta, e davanti a lei si dispiegò un mondo a parte.

«Sei arrivata presto oggi, eh?»

«Erano rimaste alcune lettere da imbustare», rispose brevemente Hyoyoung al saluto di Seonho, mentre posava la borsa nera del corriere sotto il bancone.

Seonho, il proprietario della bottega, aveva disperatamente bisogno di un nuovo dipendente perché doveva prendersi cura della figlia neonata, e aveva trovato Hyoyoung, una compagna di università che si era recentemente rifugiata a Seoul.

«Mi avevi detto che non ti piaceva né leggere né scrivere lettere, ma la tua capacità di adattamento è impressionante, Woo Hyoyoung.»

Da cinque mesi, le lettere della sorella arrivavano a casa sua. Una breve ogni due settimane e una lunga una volta al mese. Hyoyoung non aveva mai aperto neanche una delle buste a lei indirizzate che il padre le metteva sempre sul tavolo. Ogni volta, lei piegava la lettera a metà e la gettava nel cestino. Ciononostante, la sorella continuava a inviare lettere che non ricevevano risposta. Quando Hyoyoung trovò la quinta busta nella cassetta delle lettere, decise di fuggire di casa. Era la prima volta, in ventotto anni, che faceva qualcosa di simile.

«Che posso farci? Non esiste il paradiso nel luogo in cui si scappa», rispose Hyoyoung.

Seonho scrollò le spalle e iniziò a mettere le lettere da spedire sul bancone. Sembrava che avesse scritto qualcosa su ogni busta. Hyoyoung gli lanciò uno sguardo interrogativo.

«Tra poco sarà il centesimo giorno di mia figlia, Hayul. Ho scritto gli inviti e qualche saluto.»

A occhio, sembravano più di cinquanta. Non c'era da stupirsi, data la sua nomea di *persona popolare* ai tempi dell'università: gli invitati sarebbero stati sicuramente molti. La metà dei nomi presenti sul taccuino era nota a Hyoyoung.

«Sono davvero tanti. Hai scritto una lettera per ognuno di loro?»

«Sono pur sempre il proprietario di un negozio di lettere, questo è il minimo.»

Mentre Hyoyoung era intenta a spolverare con un panno asciutto il mobile di legno su cui si trovavano la carta da lettere, le penne e le buste, il cellulare di Seonho squillò. Poteva udire la voce agitata della suocera del capo anche da lì. Da quanto aveva capito, mentre badava a Hayul, alla donna era successo qualcosa e lui doveva tornare subito a casa. Seonho chiuse la chiamata e si rivolse a Hyoyoung: «Mi dispiace. Oggi è il tuo ultimo giorno di prova, ma devo andare via prima del previsto».

«Tranquillo. Ormai so cosa devo fare... più o meno.»

Mentre Seonho stava per uscire, si fermò e le rivolse uno sguardo pieno di fiducia.

«Hyoyoung, potresti spedire alcune delle lettere? Puoi finire di scrivere gli indirizzi su tutte le buste e inviarle domani mattina prima di venire al lavoro?»

«Scrivere gli indirizzi e andare all'ufficio postale domattina: ricevuto!»

«Grazie!»

Dopo che lui fu uscito dalla bottega, lei si godette il silenzio e rivolse lo sguardo verso la finestra a sinistra. Il cielo di marzo era sereno e luminoso. Una linea di cresta montuosa attraversava il centro della finestra, e sotto di essa c'erano case di varie forme, una vicina all'altra. I tetti grigi, arancioni e rossi sovrapposti le ricordavano un dipinto.

Era stato quel panorama a convincerla a lavorare presso la bottega. Guardando quello scenario accogliente dalla finestra, il tempo passato senza fare nulla non le procurava ansia o nervosismo. Starsene lì le dava la sensazione di fare qualcosa di giusto. Ed era proprio quella la forza di cui aveva bisogno in quel momento.

In piedi davanti al bancone, Hyoyoung osservò il pavimento di varie tonalità di grigio. La luce del sole, che entrava dalla finestra a forma di trapezio, si rifletteva sulla punta bianca delle sue Converse. Solo a guardarla sentiva il calore sugli alluci. Hyoyoung mosse le dita dei piedi dentro le scarpe.

C'era un'altra cosa, oltre al panorama fuori dalla finestra, che aveva conquistato il cuore di Hyoyoung: la vernice all'interno della bottega, color pesca matura. Guardando le pareti di cemento illuminate con una luce naturale, le sembrava di tornare bambina, quando raccoglieva anelli giocattolo o elastici per capelli in una piccola scatola di carta. Contemplare quegli oggetti preziosi raccolti tutti insieme le dava una sensazione di conforto e d'intimità allo stesso modo che guardare il color pesca alle pareti. Sentiva che si stava affezionando a quel posto. E così, in un lampo, era già passata una settimana dal suo arrivo alla bottega.

Dopo aver controllato l'inventario dei prodotti in magazzino, Hyoyoung prese una cartella per stiparci dentro la nuova carta da lettere appena arrivata. Era uno strumento utilizzato per piegare il cuoio durante il processo di lavorazione e veniva usato anche per la carta. Il folder era lungo e a forma di righello e aveva la superficie liscia, per tutte le volte che era stato usato da Seonho. Quando lo strumento passava sopra la carta, emetteva un suono piacevole. Ripetendo quel movimento, Hyoyoung aveva l'impressione di accarezzare la ferita nell'angolo del suo cuore.

In quel momento, un ragazzo e una ragazza sui vent'anni entrarono nella bottega.

«Wow, è molto diverso da come appare fuori, non è vero?»

«Te l'avevo detto, è tutto così in armonia...»

Essendo venuti in visita a metà di un giorno feriale, Hyoyoung pensò che fossero studenti o lavoratori freelance. La ragazza portava una borsa a tracolla di pelle argentata, indossava un top nero con un cardigan giallo e una gonna cargo blu. Il ragazzo aveva i capelli lunghi e indossava larghi pantaloni di velluto a coste. Sembravano entrambi molto attenti alla moda.

«Jieun mi ha scritto una lettera per scusarsi. La carta che

ha usato era così bella che le ho chiesto dove l'avesse comprata e così ho scoperto questo posto.»

«Siete ancora amiche anche se litigate una volta a settimana?»

«Si litiga e ci si riconcilia. E poi quant'è carino scrivere a mano una lettera di scuse?»

Hyoyoung, dietro il bancone, ascoltava la loro conversazione chiassosa come quella di due passerotti, impacchettava la carta da lettere e disponeva piccole cartoline in sacchetti di plastica trasparenti.

«Ma che aroma usate nel diffusore? Mi sento come se fossi in un bosco», chiese la cliente, voltandosi verso il bancone. Hyoyoung si irrigidì come se fosse stata sorpresa mentre giocava a nascondino: per permettere ai clienti di concentrarsi sui prodotti, cercava sempre di rendersi trasparente. Lavorava dietro il velo di una tenda appesa a un lato del bancone ed evitava di guardare direttamente i clienti.

«È un profumo. Si trova tra i prodotti esposti qui sotto.»

Il profumo, chiamato Ink Wood, aveva la fragranza rinfrescante di un bosco. Le frizzanti note dell'eucalipto e il sentore corposo dell'inchiostro diffondevano una calma atmosfera nella bottega. La moglie di Seonho lo aveva scelto personalmente.

«Oh, è questo.»

La cliente si abbassò, mettendo le mani sulle ginocchia. Il ragazzo la imitò, guardando l'espositore. Lei avvicinò il flacone del profumo al naso. Hyoyoung trovò divertenti i loro movimenti, come quelli di due gatti eleganti e pigri.

«Perché avete messo qui questo tavolo?»

Il cliente indicò la scrivania in legno e la sedia di design. Il tavolo era stato messo nel piccolo negozio per il servizio *Amici di penna*. Seonho aveva a cuore che i clienti scrivessero le loro lettere direttamente lì, e non si preoccupava del fatto che il tavolo riducesse lo spazio per esporre i prodotti della bottega.

«È per i clienti che si iscrivono al servizio *Amici di penna*, ma anche coloro che non usufruiscono del servizio possono acquistare della carta da lettere e scrivere qui.»

«*Amici di penna*?»

Hyoyoung indicò la cassetta delle lettere posta accanto al tavolo. Ecco come funzionava il servizio *Amici di penna* della bottega: quando qualcuno desiderava condividere i propri pensieri o mandare incoraggiamenti e supporto a degli sconosciuti, poteva iscriversi al servizio, usando la speciale carta da lettere della bottega. Sceglieva aggettivi che lo descrivessero, cerchiandoli nell'elenco riportato sulla busta, e disegnava un proprio simbolo su un adesivo rettangolare da usare come francobollo. Dopo aver scritto una lettera, si poteva ricevere e inviare risposte senza conoscere l'identità della persona con cui si comunicava. La bottega svolgeva il ruolo di postino.

«Vi piacerebbe provarlo?»

Con un sorriso delicato, Hyoyoung guardò la cliente che osservava la cassetta delle lettere rettangolare. Su ogni busta c'era un simbolo disegnato dal mittente anonimo. In basso a sinistra, un elenco di aggettivi come *allegro, rilassato, intelligente, tormentato, amante della lettura, in cerca di bellezza, socievole, noioso, capace di bere tre caffè al giorno, pigro, nostalgico, spiritoso, ben organizzato, pessimista...* alcuni erano cerchiati.

La ragazza prese un foglio. Il ragazzo la incoraggiò a provare, ma la cliente scosse la testa con un sorriso imbarazzato.

«Non scrivo una lettera dalle elementari, non penso di essere capace. E poi è per una persona sconosciuta, non un amico...»

«Non è difficile.»

«Allora provaci tu.»

A quella risposta, lui, che aveva assunto un'espressione seria, replicò ridacchiando: «Credo che neanche io ci riuscirei».

La ragazza sorrise: sapeva che sarebbe andata così. Prese una carta dai motivi floreali di iris e delphinium e pagò. I due guardarono per un momento fuori dalla finestra e uscirono dopo un breve cenno di saluto. Quando le loro voci si furono allontanate, nella bottega calò di nuovo il silenzio. Hyoyoung si diresse verso la cassetta della posta e riordinò le buste pronte per la spedizione. In quel momento, le venne in mente che era passato molto tempo dall'ultima volta che aveva scritto una lettera a qualcuno.

La scrittura era l'unica cosa in cui Hyoyoung mostrava abilità simili a quelle della plusdotata sorella maggiore. Quest'ultima, di cinque anni più grande, in quinta elementare risolveva già i problemi di matematica delle medie, mentre lei non ci capiva niente. Il giorno in cui sua sorella aveva ottenuto il secondo posto al concorso di scrittura, Hyoyoung, che frequentava la stessa scuola, aveva vinto la medaglia d'oro con un testo in cui parlava della lavanderia del padre. Il padre aveva appeso gli attestati di Hyoyoung e Hyomin uno accanto all'altro sulla parete del negozio, abbracciando a turno le due figlie. Era la prima volta che un riconoscimento di Hyoyoung veniva appeso accanto a quello di sua sorella, e lei aveva fatto a lungo tesoro dell'orgoglio provato quel giorno.

Da allora, Hyoyoung aveva messo sempre molto entusiasmo nei compiti di scrittura, partecipando regolarmente a concorsi di composizione. Sebbene non avesse mai ricevuto mai un premio per i meriti di studio, le pareti della sua stanza erano ricoperte dei premi ottenuti in quei concorsi. Molti di essi riguardavano la stesura di lettere. Il lessico forbito e lo stile ricercato erano dovuti per lo più alla presenza della sua intelligente sorella maggiore. Per Hyoyoung, scrivere lettere era incomparabilmente più facile rispetto a risolvere problemi di matematica, ma con il passare del tempo si era resa conto che era da parecchio che non scriveva a qualcuno. Ma era stato un fatto naturale che non portava con sé alcun rimpianto.

In un'epoca in cui bastava un secondo per chiedere a qualcuno come stava, che senso potevano ancora avere le lettere? Anche Seonho, il proprietario, non era sicuro di poter mantenere il negozio con solo la vendita di carta da lettere e il servizio *Amici di penna.* Ormai, i giovani sembravano sentirsi a disagio nello scambiarsi parole confortanti, figuriamoci nell'esprimere i propri sentimenti tramite lettera. Forse per questo Seonho aveva escogitato una strategia di vendita di profumi, quaderni e penne stilografiche impregnati della sensibilità unica della bottega. La sua convinzione nel preservare il valore delle lettere non era cambiata, ma erano necessarie diverse accortezze per attirare la clientela più giovane.

«Mi fa venire voglia di scrivere», mormorò tra sé e sé Hyoyoung mentre apriva il registro delle attività.

REGISTRO DELLE ATTIVITÀ

- Data: *26 marzo, fine settimana*
- Meteo: *sereno*
- Dipendente: *Woo Hyoyoung*
- Numero di clienti: *23 persone*
- Pagamenti con carta: *220.800 won*
- Pagamenti in contanti: *10.500 won*
- Totale: *231.300 won*
- Elenco dei prodotti esauriti: *Set di frutta – Olive (pochi fogli di carta da lettere e buste rimasti). Fermacarte a forma di delfino di Sumitani (rimasti solo quelli in esposizione). Forniture necessarie: sacchetti di plastica per confezioni.*
- Osservazioni: *Stamattina è venuto un cliente poco più che ventenne, chiedendo di essere fotografato mentre scriveva una lettera. Si è seduto al tavolo fingendo di scrivere, ma ha detto che farlo davvero era troppo imbarazzante per lui. Ha detto di essere venuto dopo aver visto un post su Instagram: sembra dunque che la gestione del social media stia avendo qualche effetto, visti tutti questi giovani alla moda in un quartiere così tranquillo.*

Nonostante i miei coetanei non siano più abituati, sono sicura che ci sono persone che vorrebbero dichiarare i loro sentimenti per lettera piuttosto che con un messaggio su KakaoTalk o Instagram. In ogni caso, non credi che la bottega possa prosperare attirando questi potenziali clienti?

Pensaci su, capo! ^-^

Erano le 18.25 quando finì di scrivere sul registro delle attività. Dall'interno del negozio poteva vedere il tramonto dalla grande finestra sul davanti. A differenza di quella sulla sinistra, da cui si vedeva il crinale della montagna, buona parte del panorama visibile dalla finestra frontale era composto dal palazzo a cinque piani con la scritta YEONHWA, costruito intorno agli anni Settanta.

Secondo quanto diceva Seonho, fino all'anno prima, la facciata dell'edificio YEONHWA era dipinta di un tenue lilla che gli conferiva un aspetto delicato. Ora, invece, si stavano lentamente abituando al blu elettrico.

Osservando il palazzo, Hyoyoung si sentiva come se fosse una vicina di casa, sebbene lavorasse semplicemente alla bottega.

"Più la distanza fisica si riduce e più, quasi inavvertitamente, si sviluppa un immotivato senso di intimità", pensò.

Dietro le tende del quarto piano, si intravedeva una signora che si allenava con dei manubri leggeri.

Un-due, un-due.

Hyoyoung si mise a lucidare il pavimento, seguendo il ritmo della donna intenta ad allenarsi. Visto che non era abituata a fare esercizio fisico, si impegnava a muoversi di più nella bottega. Mentre stava pulendo il pavimento a un ritmo sostenuto, un uomo alto le apparve davanti e la squadrò. Sembrava avere la sua stessa età o poco più di trent'anni.

«Non c'è Seonho? Mi aveva detto che avrebbe lavorato, oggi.»

«Il capo? Ha staccato prima per via della bambina. Cosa posso fare per lei?»

Era a conoscenza del fatto che Seonho avesse una figlia? Da quanto si conoscevano? Mentre Hyoyoung pensava a come spiegarglielo, l'uomo si guardò intorno, come se non le credesse. Tuttavia, per quanto Seonho fosse dispettoso, non si sarebbe mai nascosto sotto il bancone o dietro la porta.

«Ho qualcosa da riferirgli. Avevo inviato un messaggio per dirgli che sarei arrivato con un po' di ritardo, ma non ho ricevuto risposta.»

L'uomo alzò la tela che teneva sotto il braccio; era avvolta in carta da giornale, quindi Hyoyoung non riuscì a vedere cosa fosse. L'uomo l'appoggiò contro un lato del bancone. Era abbastanza grande da arrivarle alla coscia.

«In ogni caso, sono felice che ci sia qualcun altro.»

L'uomo si grattò la testa e fece un inchino, chiedendole di consegnarla per lui. Lei sorrise imbarazzata quando i loro occhi si incontrarono. Credeva che se ne sarebbe andato, ma lui non si mosse. Aveva altro da chiedere?

«Quelle sono lettere che Seonho deve spedire?»

«Prego? Ah, sì.»

L'uomo indicò le buste sparse sul bancone. Hyoyoung scattò sulla difensiva perché si sentì coinvolta in una conversazione troppo personale ancor prima di sapere chi fosse quell'uomo; quindi rispose in modo sbrigativo e fece un passo indietro.

«L'indirizzo del destinatario è scritto troppo in avanti... di circa cinque millimetri.»

«Ah. E questo... potrebbe essere un problema?» chiese lei senza meschinità, serrando la bocca. Si domandò se il tono usato potesse dare adito a malintesi.

L'uomo sorrise e annuì. In quel momento, gli squillò il telefono. Rispose, disse che sarebbe arrivato presto, fece un cenno di saluto con gli occhi e lasciò la bottega. Era successo tutto in poco tempo, in modo piuttosto frenetico. Era arrivato dopo l'orario di chiusura, aveva parlato solo di sé stesso e poi se ne era andato. Il suo comportamento era stato piuttosto fastidioso, anche se, ripensandoci, non le risultava sgradevole.

Una volta finito di sistemare, Hyoyoung ricevette la chiamata di Seonho.

«È passato Yeonggwang, vero? Un tipo alto e bello.»

«Il tizio con la tela? Sì, è passato.»

«Gli avevo chiesto di fare un ritratto di Hayul per il suo centesimo giorno di vita. Deve essere venuto per quello.»

«È un pittore? O un mago di Photoshop?»

«È un autore di webtoon ed è anche abbastanza famoso. Ho insistito parecchio per farmi fare quel disegno.»

Hyoyoung stava per chiedergli della posizione degli indirizzi sulle buste, ma decise di lasciar perdere. Ormai aveva scritto l'indirizzo nello stesso posto su tutte e cinquanta le buste. Seonho, preso dall'entusiasmo, le chiese di aprire la tela e inviargli una foto del ritratto di Hayul.

Lei tolse la carta di giornale. Il volto di Hayul era ancora più carino e adorabile in versione webtoon. Il vestitino pieno di merletti che avevano messo alla bambina di appena cento giorni la fece sorridere. Si notava che l'autore aveva cercato di ritrarre Hayul in modo realistico, ma lo stile del disegno webtoon conferiva al ritratto una certa personalità.

«È stato il primo cliente abituale della bottega e il primo a mostrarsi interessato quando ho aperto il negozio un anno fa. Vive nel complesso residenziale Yeonhwa, proprio di fronte a noi.»

Le parole di Seonho portarono Hyoyoung a guardare istintivamente verso il complesso residenziale dalla grande finestra. Lui, con tono gentile, aggiunse che viveva al quinto piano.

«Al momento, sta usando l'appartamento come studio per lavorare alla sua prossima opera, ma dice che non riesce a fare progressi, quindi passa la maggior parte del tempo lì. Oggi è uscito in ordine? L'ultima volta che l'ho visto aveva i capelli arruffati e la barba lunga.»

«Sembrava okay, almeno a uno sguardo superficiale.»

«Bene, mi fa piacere.»

Dopo aver attaccato, Hyoyoung guardò di nuovo distrattamente il quinto piano del complesso residenziale Yeonhwa al di là della strada. Se fosse rimasto un perfetto sconosciuto, non avrebbe fatto caso alla cosa, ma ora si sentiva in dovere di scambiare un saluto con lui anche a distanza. Sperava di non incrociarne lo sguardo mentre lavorava e, temendo che Yeonggwang potesse essere già tornato a casa, prese la borsa e lasciò rapidamente la bottega.

Camminando per il quartiere residenziale, osservò il cielo

che cambiava colore di minuto in minuto. Sua sorella Hyomin chiamava questo momento della giornata *l'ora di rientro dal parco giochi.* Poco prima di cena, i bambini che si erano riuniti davanti allo scivolo o alle altalene del parco giochi si disperdevano al richiamo delle madri.

Hyoyoung si chiedeva se sua sorella sapesse che anche per lei era arrivata l'ora di smetterla e di rientrare a casa.

3.

Prima dell'orario di apertura, Hyoyoung si recò presso l'ufficio postale di Yeonhui, a un minuto dalla bottega, per spedire le cinquanta lettere che aveva messo nella borsa la sera precedente. La presenza dell'ufficio postale a pochi passi aiutava l'immagine del negozio.

Hyoyoung era convinta che Seonho disponesse di una bella dose di fortuna.

Desideroso di diventare un attore, Seonho era entrato tardi al dipartimento di teatro e cinema; poi, dopo la laurea, al centesimo provino andato male, aveva lasciato la recitazione e conosciuto la sua intelligente e abile moglie. Molte persone erano preoccupate per lui, dato che, a tarda età, aveva abbandonato la recitazione che aveva sempre amato. Tuttavia, con grande invidia dei conoscenti, una volta sposato, era diventato un felice casalingo. Anche se la gente diceva che poteva permettersi quella vita grazie al lavoro della moglie presso una grande azienda, Seonho ammetteva che, rispetto al suo passato incerto, la sua situazione matrimoniale rappresentava un miglioramento. Ed era ancor più felice da quando la moglie era stata promossa come ricercatrice; le persone trovavano quella reazione molto divertente e continuavano a prenderlo in giro.

«Sono cinquanta lettere, non è per caso una spedizione di massa, vero?»

«Di solito, quella è una procedura a cui si ricorre con più di cento lettere.»

L'impiegata dell'ufficio postale sembrava avere la stessa età di Hyoyoung, o forse qualche anno di meno. Dal portamento vivace, dava l'impressione di aver iniziato a lavorare lì da poco. Impilò in modo ordinato le buste che Hyoyoung gli aveva consegnato e le inserì nel macchinario per la registrazione e la convalida. Mentre controllava cinque delle buste, inclinò la testa.

«In queste... l'indirizzo del destinatario è scritto troppo in alto e la macchina non riesce a riconoscerlo.»

«Come, prego?»

«Sì, di... circa cinque millimetri. Che peccato. Se l'indirizzo non viene riconosciuto, dovrò addebitarle una commissione aggiuntiva per ogni lettera.»

«Una commissione aggiuntiva?»

A Hyoyoung tornarono in mente le parole di Yeonggwang della sera prima: anche lui aveva detto che l'indirizzo era stato scritto cinque millimetri troppo in alto. Non riusciva a crederci, ma era vero. La sua attenzione ai dettagli era proprio da autore di webtoon.

«Il costo aggiuntivo è di circa centoventi won per busta, posso procedere?»

«Sì, faccia pure.»

Hyoyoung annuì sospirando, mentre l'impiegata, mostrando un'espressione dispiaciuta simile alla sua, procedeva con la spedizione. Si trattava di un piccolo errore ed era naturale che Hyoyoung, assunta nella bottega solo da una settimana, non fosse a conoscenza di questi dettagli, ma le sue guance rosse non mostravano alcuna intenzione di calmarsi. Sentì di dover spiegare la situazione al capo e chiamò Seonho non appena uscì dall'ufficio postale. Seonho, nel bel mezzo della preparazione del biberon con latte in polvere per Hayul, rise forte quando sentì il resoconto di Hyoyoung.

«Ah ah ah! Woo Hyoyoung, devi esserti sentita molto in imbarazzo. Hai di nuovo le guance in fiamme, non è così?»

«Ma quali fiamme! Semplicemente, ho speso seimila won in più, quindi la prossima volta che ti vedo ti offrirò un caffè!»

«Non preoccuparti dei soldi, era una cosa di cui mi sarei dovuto occupare io.»

«Sì, ma l'errore è stato mio. Preferisci che lasci i seimila won sul bancone?»

«Woo Hyoyoung.»

«Cosa?»

«Non sforzarti di essere perfetta sin da subito, lavori alla bottega da poco più di una settimana.»

Hyoyoung mise il broncio e chiuse la chiamata dicendo di aver capito. Quando era fuggita a Seoul per evitare le lettere di sua sorella, non era convinta di quel che faceva. Non aveva intenzione di impegnarsi, di seguire qualcosa di specifico e di ottenere risultati concreti.

In realtà, prima di recarsi lì, aveva studiato da regista e tentato disperatamente di non sentirsi in imbarazzo di fronte alla troupe. Si svegliava prima di chiunque altro per controllare il set e preparava piani di riserva per qualsiasi imprevisto. Si trovava in un periodo delicato e stressante, ma non voleva ferire nessuno, quindi anche quando qualcuno commetteva un errore, diceva solo metà di quello che pensava. Sul regista ricadevano tutte le responsabilità.

Così, anche ora che lavorava alla bottega, si erano ripresentati i suoi soliti difetti e le vecchie abitudini. Era ossessionata dal fatto che qualsiasi cosa passasse per le sue mani dovesse essere perfetta. Seonho era consapevole di tutto ciò e le aveva detto che non era necessario comportarsi in quel modo.

Al mattino, i raggi del sole entravano dalla grande finestra della bottega e accarezzavano la carta da lettere. Prima di aprire il negozio, Seonho, che per hobby aveva imparato a lavorare il legno, aveva realizzato a mano il cassetto per esporre la carta da lettere. La parte superiore era una copertura di vetro trasparente sotto la quale si trovava un cassetto: dunque si poteva vedere all'interno. Sotto, c'erano altri cassetti, con dentro prodotti disposti in modo ordinato. I clienti potevano aprirli a uno a uno per dare un'occhiata. L'idea era quella di trasmettere l'emozione di aprire una busta ogni volta che si apriva un cassetto.

Hyoyoung sentiva che Seonho era una persona molto romantica. Il fatto che fosse riuscito a conquistare il cuore della moglie, che lavorava come ricercatrice in un'azienda di fredde macchine, era probabilmente dovuto al suo fascino di uomo aperto a emozioni imprevedibili. Era chiaro che avesse dedicato tempo e cura a ogni fase di realizzazione di quel mobile: dalla scelta del legno alla misurazione delle dimensioni, fino alla levigatura delle superfici.

Hyoyoung fotografò quella mattina primaverile alla bottega. Una volta verso la finestra frontale e un'altra volta verso la finestra laterale. Guardando il cielo limpido di inizio primavera, poteva sentire il profumo del sole. Un profumo morbido di coperte ben asciugate, o come quello della testolina ben pettinata di un bambino, o ancora come quello della terra soffice da cui spuntano germogli. Un profumo dolce e fresco, o qualcosa del genere.

Capo, sembra che nella bottega anche la luce del sole abbia un profumo.

Anche se lo riteneva un po' melenso, dopo averlo scritto, Hyoyoung inviò il messaggio insieme alle foto. Non ci fu una risposta, forse perché Seonho era impegnato con Hayul.

Dopo l'ora di pranzo arrivarono molti clienti, la maggior parte donne sui venticinque anni e coppie, ma anche madri con bambini e signori di mezza età. Era passata anche una donna anziana per comprare un regalo per il nipote che aveva appena concluso le scuole medie: dopo aver provato una penna stilografica, aveva scelto un libro esposto in bottega e in cui erano raccolte delle lettere d'amore scritte negli anni Ottanta.

«Queste lettere sono state scritte molto prima che mio nipote nascesse. Ai tempi, era bello e naturale scambiarsi parole d'amore in questo modo. Al giorno d'oggi tutto finisce con wow e figo... e, in quanto anziana, trovo la cosa sconfortante.»

Hyoyoung annuì in segno di accordo. Mentre confezionava la penna stilografica Kaweco Lilliput, disse che le avrebbe regalato un biglietto floreale a sua scelta. E la donna esaminò con attenzione ogni biglietto che tirò fuori. Uno era bello per un motivo, e uno per un altro. Hyoyoung si chiese come potesse essere stata la vita della nonna, che esprimeva con libertà la bellezza delle cose.

«Prendo questo.»

Aveva scelto la carta con la matricaria, che i petali bianchi e i graziosi stami gialli rendevano simile a un uovo fritto. Nel linguaggio dei fiori voleva dire: *Supererai qualsiasi difficoltà.* Era la frase perfetta per il nipote che aveva appena ottenuto il diploma di terza media.

Dopo aver impacchettato tutto con cura, Hyoyoung annotò con una penna a sfera la lista degli articoli e i prezzi corrispondenti sulla ricevuta cartacea. La signora sporse leggermente la testa e la osservò scrivere. Lei rilassò la mano tesa e prestò maggiore attenzione.

«Hai una bella calligrafia.»

«La ringrazio.»

La donna prese la confezione incartata e, guardando Hyoyoung negli occhi, aggiunse: «Il tuo cuore diventerà ancora più bello lavorando in questo posto».

Hyoyoung le sorrise in risposta. Una volta che la donna se ne fu andata, la bottega tornò silenziosa. Hyoyoung andò sul sito del negozio, controllò gli ordini online e preparò i prodotti per la spedizione. Annotò in un registro le forniture mancanti e riprodusse la musica di sottofondo secondo la playlist di Seonho. Guardando le lettere senza destinatario nel box degli *Amici di penna,* sperò che sempre più persone usufruissero del servizio. Poi pensò fugacemente a cosa mangiare per cena e a come sarebbe stato bello disporre le carte dai motivi floreali nella sezione superiore del cassetto, ora che era primavera.

Nel frattempo, Yeonggwang tornò di nuovo nel negozio.

Questa volta, teneva con entrambe le mani buste di carta con dentro del pane. Il suo aspetto non era più ordinato rispetto al giorno prima. I capelli sembravano essere stati asciugati all'aria, disordinati dal vento, e si potevano intravedere tracce di barba sul viso pulito. Indossava una tuta grigia coordinata e, dall'odore dei vestiti, Hyoyoung notò che usava il suo stesso ammorbidente.

«Questo l'ho comprato alla panetteria al primo piano.»

«Perché...»

«Seonho mi ha detto di prenderti qualcosa per pranzo. Posso chiamarti semplicemente Hyoyoung?»

Hyoyoung accettò il sacchetto di pane offerto da Yeonggwang e rispose di sì. In ogni caso, dato che erano entrambi vicini a Seonho, aveva la sensazione che si sarebbero visti spesso, anche senza essere troppo intimi.

«Questo è un momento tranquillo, prima c'erano parecchi clienti, eh.»

Hyoyoung lo guardò come a chiedergli come facesse a saperlo, Yeonggwang sorrise e indicò la finestra di fronte: l'aveva osservata dal suo appartamento al quinto piano.

«Non ti spio di proposito. Mentre uscivo, dopo aver ricevuto la chiamata di Seonho, ho guardato un attimo dall'altra parte della strada. Oh, forse ti ho infastidita?»

«No, non fa niente.»

«Di solito, vivo con le tende tirate, per concentrarmi mentre lavoro.»

Hyoyoung annuì, sollevata. Si chiese se, come Seonho, fosse un tipo socievole che conosceva molte persone a cui scrivere. Yeonggwang disse che si fermava spesso alla bottega per comprare carta da lettere, poi andò verso il cassettone per dare un'occhiata. Lei aprì uno dei sacchetti con dentro il pane che le aveva comprato e diede un morso a un panino cremoso ripieno di panna montata. Era solita fare una colazione abbondante e saltare il pranzo, ma a quanto pareva questa abitudine preoccupava Seonho.

Dietro il bancone, Hyoyoung piegava le buste delle lettere nella cartella apposita. Con la musica soft che si diffondeva nella bottega e la luce del sole di mezzogiorno, anche Yeonggwang sembrava rilassato mentre apriva i cassetti per guardare la carta.

«Vorrei questo, posso scrivere la lettera qui?»

Aveva scelto una carta con disegni di frutta e aprendo la busta era visibile una pesca rosa tenue. La serie frutta comprendeva anche disegni di uva verde, mele rosse e limoni: tutti creati con colori bellissimi.

«Ti serve una matita o una penna?»

Alle sue parole, Yeonggwang tirò fuori una penna dalla tasca e gliela mostrò. Il modo in cui scuoteva la sua Monami 153 sembrava volesse dire che la semplicità era la cosa migliore. Si sedette al tavolo e recuperò una lettera che aveva ricevuto da qualcuno, come se la volesse rileggere ancora una volta prima di scrivere la risposta.

Hyoyoung abbassò la musica in modo che lui potesse concentrarsi sulla scrittura. Quando notò la sua espressione cambiare, fu curiosa di sapere quale fosse il contenuto della lettera. Yeonggwang spostò lentamente lo sguardo sulla carta.

All'autore

Qualche giorno fa, ero steso a letto dopo il lavoro e ho scorso ancora una volta il suo webtoon. Lei ha detto, con grande modestia, di aver iniziato questo lavoro mosso dal desiderio di creare webtoon, ma senza sapere nulla in merito, eppure io ancora apprezzo La mia vicina Yeonjeong. *Vedere come Yeonjeong apre il suo cuore, nonostante venga trattata ingiustamente dai superiori, mi fa immedesimare in lei e mi dà conforto.*

«Quello che provo oggi non durerà per sempre, ma non cederò il mio giorno prezioso a ciò che non è eterno.» È la mia citazione preferita, una frase del volume numero tredici. Mi infonde coraggio.

Aspetto il suo prossimo lavoro...

Yeonggwang piegò la lettera e la mise in una busta. Era

come se avesse consumato una medicina dal retrogusto amaro. Un lungo sospiro raggiunse le orecchie di Hyoyoung. Tuttavia, lui tese le mani prima giunte, come a voler tornare in sé, prese la penna e iniziò a scrivere. Hyoyoung osservò in silenzio il glorioso momento, continuando a piegare buste da dietro la tenda traslucida. Ben presto, udì il rumore della penna che scorreva sulla carta da lettere.

A Pesca Timida.

Ciao, Pesca Timida,
sono Yeonggwang, l'autore di webtoon. Ieri sera, mentre ero intento a progettare il mio prossimo lavoro e a pulire casa, ho pensato a cosa risponderti. È già passato un anno dalla conclusione di La mia vicina Yeonjeong *e sono molto grato che la ricordi ancora.*

Non so da dove cominciare, quindi partirò scrivendo di cose che fanno parte della mia vita. Dall'altro lato della strada in cui vivo c'è un negozio che vende carta da lettere. Si chiama Geurwol, il nome coreano onorifico per indicare le lettere. Trovo affascinante sapere dell'esistenza di una parola che eleva e valorizza ciò che noi usiamo senza riflettere.

In un mondo in cui siamo connessi agli altri h24 tramite uno smartphone, mi sono chiesto cosa possa significare il termine lettera. *Mi ha colpito ricevere la tua lettera scritta a mano, piuttosto che una e-mail. E mi sono reso conto che è raro ricevere in forma tangibile la cura che qualcuno ha per noi.*

È forse per questo che la tua lettera mi ha infuso una grande energia. Il mio prossimo lavoro è in fase di stallo ma lo riprenderò prima che sia troppo tardi. Spero che il tempo dedicato a scrivere ogni singola parola sia per te un dono del cuore.

Ti auguro ogni bene.

Yeonggwang

Alla firma, Yeonggwang mosse il bacino e si stiracchiò.

Piegò la carta da lettere e la inserì nella busta con un movimento fluido. Attaccò uno sticker per sigillarla e tornò al bancone da Hyoyoung.

«Le lettere, le inviate sempre voi, giusto?»

«Sì, se acquisti il francobollo lo facciamo direttamente.»

«Ti ringrazio.»

Dopo aver pagato il francobollo, Yeonggwang fece un cenno di saluto e uscì dalla bottega. Lei guardò la lettera che le aveva consegnato, tenendola con entrambe le mani. Invidiò la sua capacità di scrivere e rispondere a un'altra persona senza esitazione.

All'orario di chiusura, Seonho chiamò. Disse che era stato tutto il giorno KO a causa di una leggera febbre. Ora che aveva un attimo per respirare, si complimentò per la foto della bottega che gli aveva inviato la mattina; disse che gli era piaciuta e le suggerì di usarla per un post sul profilo Instagram del negozio.

«Sei davvero il proprietario: riesci a trasformare ogni cosa in lavoro.»

«Questo perché scrivi molto bene: credi che non conosca il tuo talento con la scrittura?»

«Se hai finito con le faccende urgenti, controlla il registro delle attività, dopo.»

«Già fatto e non sono sicuro che produrre e vendere anche i quaderni per gli appunti sia la cosa giusta da fare.»

Negli ultimi tempi, sempre più clienti avevano chiesto se il negozio producesse taccuini; erano curiosi perché buona parte della carta usata per le lettere era realizzata in bottega. Hyoyoung aveva scrupolosamente annotato le esigenze dei clienti, con la speranza che Seonho le prendesse in seria considerazione. Ma anche questa volta, Seonho non riuscì a prendere una decisione definitiva.

«La bottega svolge già la funzione di cartoleria e dunque i clienti chiedono se abbiamo anche nastro adesivo e cancelleria.»

Il desiderio di Seonho era quello di vendere carta da lettere senza sembrare una cartoleria e aveva il timore che vendendo anche i quaderni l'identità della bottega sarebbe stata alterata.

«E quindi? Le persone che vengono a comprare questo tipo di articoli non amano forse scrivere?»

«Se la metti così...»

«Che stiano prendendo appunti o scrivendo un diario, la si può sempre considerare una lettera a sé stessi: dunque un quaderno non è poi così diverso da una lettera.»

Seonho parlò dopo un attimo di silenzio.

«Quello che dici ha senso...»

Concluse la chiamata dicendo che ci avrebbe riflettuto. A quel punto, era arrivato il momento di chiudere. Una volta terminato di sistemare, pronta per andare a casa, Hyoyoung notò sul bancone il set simile a un manoscritto stropicciato. Le ricordò la carta che utilizzava quando partecipava ai concorsi da bambina.

Osservò la carta per un momento e poi prese un foglio. Si sentì scoraggiata ripensando a Yeonggwang che aveva scritto una lettera senza alcuna esitazione mentre lei non riusciva a comporre neanche una parola.

"Il talento per la scrittura..."

Aveva l'impressione che se anche avesse letto una lettera di sua sorella, non sarebbe riuscita a scrivere una risposta. Più che stufa di scrivere, era come se non sapesse cosa dirle, come se avesse perso il filo. Eppure, mossa da una strana motivazione, scrisse: *A mia sorella.* Tredici battute, spazi inclusi.

Completata la prima riga senza problemi, era il momento di passare a quella successiva. Ma Hyoyoung non riusciva a pensare a cosa scrivere dopo. I quadratini sul foglio aspettavano le sue parole, ma la penna a sfera che stringeva in mano non voleva lasciare segni.

«Ora non so come continuare.»

Fece una smorfia, posò la penna e accartocciò il foglio, gettandolo nel cestino.

Quando uscì dalla bottega, il cielo era scuro: stava per piovere.

RESTITUIRE LA VITA

1.

REGISTRO DELLE ATTIVITÀ

- Data: *11 maggio, giorno feriale*
- Meteo: *piovoso*
- Dipendente: *Woo Hyoyoung*
- Numero di clienti: *38 persone*
- Pagamenti con carta: *349.600 won*
- Pagamenti in contanti: *0 won*
- Totale: *349.600 won*
- Sito web: *6 ordini*
- Elenco dei prodotti esauriti: *Set Love Oak (rimangono poche lettere L) e To&From soft kraft (3 pezzi in magazzino, ne servono di più).*
- Materiali necessari: *Nastro biadesivo.*
- Osservazioni: *Piove da tre giorni e, anche se non è molto, l'umidità sulle finestre è tanta. Avevo paura che la carta da lettere ne assorbisse troppa e ho tenuto il deumidificatore acceso tutto il giorno. Nonostante la pioggia, ci sono stati diversi clienti.*

È probabile che a maggio ci siano molti posti a cui inviare lettere di ringraziamento perché i bigliettini con sopra scritto THANK YOU *sono i più venduti, almeno così non si perde troppo tempo a scrivere. Non li abbiamo ancora esauriti, ma ne farò un ordine anticipato.*

Stiamo ricevendo ottime reazioni ai quaderni. Promuoviamoli ancora di più su Instagram!

Forza, capo.

Hyoyoung stava aspettando l'orario di chiusura con il registro del giorno prima aperto sullo schermo del computer. Mentre osservava le gocce di pioggia scivolare lungo la finestra, nel negozio si diffuse un'atmosfera silenziosa e armoniosa. Stando ferma, riuscì a comprendere l'affinità fra la pace interiore e l'immobilità. Si sentiva come un buco nero che assorbiva tutti i rumori della città. Avvertiva dolore e pressione al plesso solare. Nei giorni di pioggia, anche senza terra, nascevano sentimenti capaci di mettere radici. A causa delle emozioni fluttuanti come piante acquatiche, la sua percezione della realtà stava vagando senza controllo.

«Le 17.50.»

Hyoyoung pronunciò intenzionalmente l'ora che aveva visto sull'orologio del cellulare, come preoccupata all'idea che non vi fossero più suoni al mondo. Dispose la carta da lettere adatta alla primavera nel cassetto più alto. Fotografò le gocce di pioggia che cadevano lentamente sulla finestra e diede un'occhiata ai commenti su Instagram dei clienti che avevano visitato la bottega. Molti avevano scritto messaggi di ringraziamento ai genitori e agli insegnanti, per la celebrazione del giorno a loro dedicato.

Ricordò quel giorno di tanto tempo prima quando, da bambina, aveva creato una collana di garofani a scuola. Era una collana rozza che aveva realizzato tagliando la carta rossa a quadretti con le sue forbici rosa e disegnandoci la sua faccia al centro. Era bello, ai tempi, sentirsi orgogliosi di qualcosa realizzato con le proprie mani. Essere giovani e innocenti significa poter trarre gioia e divertimento da qualsiasi cosa.

Tua sorella ha inviato un'altra lettera. Dammi il tuo nuovo indirizzo, la invierò lì.

Aveva ricevuto il messaggio da sua madre; il contenuto le era sgradito, ovviamente. Non rispose e si mise il telefono in tasca, finendo di pulire. Prima che se ne rendesse conto, la pioggia si infittì e si fece rumorosa.

«Non è troppo tardi, vero? Sono venuto a mandare una lettera per il servizio *Amici di penna.*»

Un uomo entrò con le spalle tutte bagnate: non aveva l'ombrello. Aveva una trentina d'anni. Indossava un completo blu scuro e i capelli umidi gli ricadevano da un lato. Con un farfallino color vinaccia sopra una camicia bianca e una valigetta di pelle marrone in mano, sembrava un tipo capace di abbonarsi a una rivista di moda maschile.

«Certamente. Deve compilare questo modulo per usufruire del servizio.»

L'uomo, con le mani ancora umide, tirò fuori un fazzoletto dalla tasca e si asciugò accuratamente le dita. Mancavano ancora cinque minuti alla chiusura del negozio e, mentre cercava di recuperare dalla tasca interna del cappotto la lettera, un'espressione di sconforto gli apparve sul viso.

«Oh, ma perché...»

Dalla busta cadevano gocce d'acqua. La giacca era bagnata fino al petto, e l'acqua aveva inzuppato la busta. L'inchiostro nero era sbavato tanto da risultare visibile anche all'esterno. Non era chiaro se il contenuto della lettera fosse ancora leggibile.

Quando Hyoyoung gli porse un fazzoletto, l'uomo tamponò delicatamente la busta per asciugarla. Aprì con cura la lettera, ma un quarto della carta era talmente bagnato da rendere il testo illeggibile.

«Dio...»

Non se la sentiva di dire a quell'uomo disperato che il negozio stava per chiudere. Lui guardò l'orologio, si grattò la nuca e le disse: «Mi perdoni, ma posso scrivere nuovamente la lettera qui? Lavoro e non ho tempo di tornare in settimana. Non vorrei far aspettare troppo il mio amico di penna».

Erano passati tre mesi da quando Hyoyoung aveva iniziato a lavorare lì e tutte le volte che accadeva qualcosa di inaspettato si interrogava su cosa avrebbe fatto Seonho. La gran parte delle questioni si sarebbero risolte con lui che sorrideva entusiasta e diceva che non c'erano problemi.

«Faccia pure, io continuo a sistemare.»

«Sarò rapido, la ringrazio.»

L'uomo sorrise e si sedette al tavolo. Prima che lei potesse portargli una penna, lui prese la sua valigetta e tirò fuori una stilografica. Hyoyoung lo osservò mentre spolverava il bancone. Lui aprì la cartella delle foto sul cellulare e trovò l'immagine della lettera che aveva scritto. Non avrebbe dovuto riscrivere tutto da capo, fortunatamente. Lei camminava silenziosamente, come una gatta, per non disturbarlo, senza la solita musica della bottega, che aveva già spento.

«Mi ci vorranno dieci minuti, la devo solo ricopiare.»

«Non si preoccupi, faccia con calma.»

Hyoyoung rimase a contemplare la finestra sulla sinistra: grandi nuvole nere si spostavano verso est come tartarughe. I tetti bagnati dalla pioggia scintillavano di rosso e blu, mentre le colline brillavano di un verde scuro. Tutto il paesaggio sembrava essere stato ripassato con acquerelli dalla luminosità intensa.

La stilografica dell'uomo scorreva lungo la carta, lettera dopo lettera, con la manica che seguiva il suo movimento, rimboccata leggermente per evitare che toccasse l'inchiostro. Quando arrivò a metà del testo, iniziò a parlare con Hyoyoung, a riprova del fatto che si fosse rilassato.

«È la seconda volta che ci scambiamo lettere, e lui è uno studente delle superiori», disse con lo sguardo fisso sul foglio. «Al giorno d'oggi non capita spesso di comunicare con un liceale, lo trovo interessante. Questo ragazzo è preoccupato per il suo futuro e non so che consigli dargli. Non vorrei sembrargli un vecchio pedante.»

Hyoyoung era curiosa di sapere cosa avesse scritto l'uomo, ma non fece domande. Non voleva intromettersi nella loro conversazione privata. Nutriva una sorta di rispetto eccessivo per il valore e la natura delle lettere.

Da quando aveva cominciato a sentirsi così assorbita dalle lettere e dal loro significato? Si rese conto che immaginava sempre più spesso cosa avrebbe fatto il suo capo, Seonho, e sorrise. Nel frattempo, l'uomo aveva continuato a scrivere e ormai era quasi alla fine della lettera.

Al liceale K-3.

Ciao, amico,

sto scrivendo la mia seconda lettera durante una giornata piovosa. Come stai? Ho molto apprezzato l'immagine del pinguino che hai disegnato nella tua lettera di risposta. Voglio ritagliarlo, laminarlo e usarlo come segnalibro. Ti piace l'idea?

Anche se ne hai parlato con modestia, disegni benissimo. Forse il motivo per cui adesso hai dubbi sul tuo percorso professionale è perché hai tanti talenti.

Mi hai chiesto come si fa a sapere quando il nostro cuore è mosso da qualcosa. E be', a essere onesto, da quando sono diventato adulto penso di aver quasi dimenticato i momenti in cui il mio cuore è stato smosso.

Sono un contabile, mi occupo di numeri. Ogni giorno lotto contro 0123456789 scritti su carta. Se non faccio attenzione e non scruto anche i numeri dopo la virgola, le perdite diventano disastrose con effetto valanga. E se la mia mente vaga in luoghi lontani, rischio di commettere errori. È bene tenere sempre a freno le emozioni, quando si lavora.

È per questo che il foglio bianco è diventato così prezioso per me. È un luogo in cui posso respirare e non preoccuparmi se non ho niente da scrivere. E dopo che ho goduto del riposo che quel margine mi offre, ho anche i miei momenti di vulnerabilità. Ci sono attimi in cui il mio animo danza sulla musica, sullo sfondo di immagini di film o al ritmo metrico del verso di una poesia che mi piace. Sono cose che mi rilassano, mi fanno sudare, girare la testa e poi mi fanno vagare nello spazio profondo per tutta la notte.

Per trovare tutto ciò, è necessario prima permettersi di essere fragili e deboli almeno una volta. E così, scoprirai quanto quei momenti ritenuti inutili siano preziosi.

Qui mi fermo, perché temo di risultare un vecchio saccente. Goditi i giorni di primavera in piena fioritura.

L'impiegato K.

L'uomo prese il foglio e ci soffiò sopra delicatamente. Lo posò di nuovo sulla scrivania e, sventolandoci sopra la mano, aspettò che si asciugasse. Di fronte a quell'atteggiamento reverente, le tornò in mente il termine *Geurwol*.

Lui le consegnò la busta chiusa con cura.

«Allora, la affido a lei.»

Quando l'uomo uscì dalla bottega, la pioggia si era attenuata. Hyoyoung passò le dita sui bordi rigidi della lettera prima di metterla nel cassetto del bancone. Il simbolo di riconoscimento del destinatario che aveva apposto raffigurava Pingu, il pinguino dell'animazione in plastilina. Hyoyoung cercò il numero di cellulare di Pingu nella lista clienti del servizio *Amici di penna* e gli inviò un messaggio.

Bottega delle Lettere
[Inviato tramite Web]

Gentile cliente Seo Yeonwoo, le notifichiamo l'arrivo della sua lettera di risposta per il servizio *Amici di penna*. La preghiamo di visitare la bottega durante gli orari di apertura. Nel caso non potesse recarsi al negozio, è possibile scegliere la consegna tramite corriere.

Con addosso una felpa con cappuccio, Hyoyoung passò attraverso un tranquillo quartiere residenziale mentre tornava a casa dal lavoro. Quando aveva scoperto i prezzi esorbitanti degli affitti di Seoul, era rimasta stupita da quante persone possedevano una casa in quella zona. Per fortuna, Seonho le aveva anticipato i soldi della cauzione, permettendole di trovare una stanza in affitto per quattrocentocinquantamila won al mese. Era stata un'offerta allettante per convincerla a lavorare nel negozio di lettere. Anche se non si trattava di un benefit ufficiale dell'attività.

Una volta arrivata davanti casa, ricevette la chiamata di Seonho. Le parlò a bassa voce dicendo di aver appena messo a letto Hayul e Hajun.

«Davvero non verrai alla festa per il centesimo giorno di vita di Hayul, questo fine settimana?»

«Non verrò. Hai chiamato tutti i tuoi amici del corso di cinematografia, che c'entro io?»

«Non sei venuta neanche alla cerimonia della mia laurea. Sarebbe carino farti vedere, non trovi?»

«No, non ho intenzione di vedere come vanno bene le cose anche senza di me.»

Quando Hyoyoung aveva abbandonato il corso di laurea, al termine del quale avrebbe dovuto realizzare un piccolo film per cui aveva addirittura ricevuto un finanziamento, i soldi erano stati presi da un suo compagno. Successivamente, alcuni amici in comune le avevano detto che il progetto del compagno era andato a buon fine, tanto da essere stato selezionato per un festival di cinema indipendente.

Nonostante fosse stata lei a rinunciare a quell'opportunità, percepì una stretta allo stomaco che la portò a sorridere amaramente. Quella di Seonho era una battuta: era ovvio che lei non fosse una persona così meschina da non festeggiare i successi di un amico. Tuttavia, aver abbandonato la cinematografia, sua grande passione, non era stato semplice e le serviva ancora tempo per digerire definitivamente la cosa.

«Hai ragione, neanche a me piace vedere come se la cavano alla grande tutti gli altri. Forse non ci andrò nemmeno io.»

«Non sei forse tu quello che sta trasformando la festa per sua figlia in una tutta per sé? Se continui a invitare solo tuoi conoscenti...»

«Hayul non ha molte conoscenze, ancora: è appena nata. Non vorrei sprecare i soldi per l'affitto della sala.»

Dopo aver scambiato qualche altro convenevole, la conversazione si spostò in maniera naturale sulla bottega. Hyoyoung gli parlò del cliente con il papillon, abito elegante, capelli impomatati e valigetta in pelle. Solo dall'aspetto, Seonho lo riconobbe subito.

«Minjae! È il contabile della T-Society.»

«Hai già fatto le tue ricerche.»

«Oggi era impegnato, ma di solito è un tipo chiacchierone. Sognava di diventare uno scrittore.»

Seonho le raccontò del suo primo incontro con Minjae. Disse di essere rimasto colpito dal modo elegante con cui teneva la penna stilografica, seduto con la schiena dritta. All'epoca, Seonho teneva un diario della bottega dove annotava i clienti che gli facevano una buona impressione, anche se nessuno lo avrebbe letto. E mentre scriveva sul diario, aveva chiesto a Minjae come fosse arrivato al negozio.

«Lo sai che per migliorare le mie doti recitative intervistavo persone che svolgevano lavori diversi? Ho sempre avuto un talento naturale nel dare avvio alle conversazioni. Minjae è cresciuto come un appassionato di letteratura ma, essendo il primogenito, doveva preoccuparsi di guadagnare per vivere ed è diventato un contabile. Era un periodo in cui non aveva un posto per dare spazio al suo desiderio di scrivere, e ha detto che venire al negozio gli permetteva di farlo.»

«Effettivamente, l'atmosfera da noi è diversa.»

«Ero grato per quel cliente che apprezzava come un rito la stesura di una lettera. Ogni volta, si sedeva, puliva con attenzione la punta della stilografica e poi scriveva con cura parola dopo parola. Era bellissimo.»

«Lo credo bene.»

Cosa può esserci di più piacevole che incontrare qualcuno che apprezza il tuo progetto? Hyoyoung non poté fare a meno di immaginare Seonho che, appoggiato al bancone, sorrideva a Minjae, intento a scrivere una lettera.

«Per quanto riguarda te, quando mi parlerai della tua storia?» le chiese improvvisamente Seonho.

Si riferiva a come e perché fosse arrivata a Seoul. In effetti, non gli aveva dato alcuna spiegazione. Tuttavia, poiché lui era più grande e la trattava sempre con gentilezza, lei gli aveva raccontato di avere una sorella maggiore molto studiosa, ma aveva omesso la storia della truffa.

«La mia vita è giunta a un capolinea. Il fatto che io abbia abbandonato il film che stavo girando non lo rende abbastanza chiaro?»

Si sentì un pianto dall'altra parte del telefono, Hayul si era svegliata. Dopo aver chiuso la chiamata, Hyoyoung guardò verso il cielo grigio da cui cadeva una pioggia incessante. Tremando per il freddo, accelerò il passo. Attraversando la strada, vide un uomo dall'aspetto familiare. Era Cha Yeonggwang.

Indossava un cappello da baseball abbassato sulla fronte e reggeva un ombrello nero. Nonostante l'avesse visto solo due volte, lo riconobbe dall'altezza e dai pantaloni della tuta consumati alle ginocchia. Notando il suo volto ombroso, Hyoyoung non osò salutarlo e distolse lo sguardo.

2.

«Caro autore, sarò onesto con lei: può anche continuare così... ma non sarà bello come il precedente.»

Era un rifiuto diplomatico, che intendeva dire che il suo webtoon non funzionava proprio.

Pioveva a dirotto e Yeonggwang camminava lungo il marciapiede dissestato, dove le piastrelle si alzavano e si abbassavano in modo regolare. Ripensava alla conversazione avuta un'ora prima con il suo editore. Alcune questioni lo infastidivano, ma era costretto a mandarle giù, mentre altre non riusciva proprio ad accettarle.

Quando lavorava come dipendente si occupava di disegnare i fumetti per le riviste. L'azienda prendeva qualsiasi lavoro portasse soldi, che fossero illustrazioni pubblicitarie o sviluppo di personaggi. Quando era stato congedato dal servizio militare, si era ritrovato come un novellino nel mondo del lavoro e aveva dovuto affrontare numerose difficoltà, finché non si era iscritto a una scuola di webtoon. Il webtoon che raccontava la sua vita aziendale ebbe un grande successo, e lui fu grato che fosse rimasto a lungo al primo posto nella classifica delle migliori opere drammatiche d'autori esordienti.

Dopo aver ricevuto più volte il rifiuto per il manoscritto del lavoro successivo, dovette riconoscere che il suo successo era dovuto alla cosiddetta *fortuna del principiante.* E anche stavolta il giudizio dell'editor era stato chiaro: l'opera non presentava difetti, presentava tutte le tematiche di tendenza del mercato dei webtoon, ma mancava la scintilla.

Yeonggwang si aggiustò il cappello premendo la visiera con il pollice e l'indice. Yonhui, avvolta nella sua atmosfera uggiosa, emanava un dolce odore di terra. Per cena avrebbe voluto mangiare una zuppa. Camminando a passo svelto, notò che non era l'unico a usare l'ombrello. Aveva smesso di piovere da un po'. Chiuse l'ombrello, si guardò intorno e scorse un volto familiare dall'altra parte della strada: era la nuova impiegata della bottega e il suo modo di camminare con l'espressione tesa, la postura rigida e gli Airpods nelle orecchie catturò la sua attenzione. Se i loro sguardi si fossero incrociati, l'avrebbe salutata con un inchino, ma tra loro non c'era abbastanza confidenza da chiamarsi per nome e scambiarsi saluti.

Arrivato al quinto piano del palazzo Yeonhwa, Yeonggwang spalancò le tende. La grande finestra della bottega di fronte rifletteva il cielo del tramonto. In un angolo della finestra c'era scritto MITTENTE seguito da un indirizzo.

MITTENTE:
SEOUL, SEODAEMUN-GU, YONHUI 90-5
YEONGUNG BUILDING, UFFICIO 403
GEURWOL
03698

Dal punto in cui si trovava Yeonggwang le lettere apparivano al contrario, e ciò rendeva difficile la lettura. Il cielo si sarebbe rabbuiato molto presto, e lui avrebbe passato diverse ore di fronte al monitor bianco del computer a lavorare al prossimo progetto.

Il giorno successivo, Yeonggwang si sedette di fronte a un monitor pieno di pagine bianche. Era già passata un'ora e non era riuscito a scrivere neanche una frase. Aveva già cestinato il layout di sei vignette che aveva disegnato il giorno prima. Uscì dalla stanza e si stese sul divano per riposare un po' gli occhi. La luce del mattino faceva capolino attraverso le tende oscuranti sul pavimento del soggiorno. La porta della veranda era leggermente aperta e le tende erano mosse dal vento. In quel momento arrivò un messaggio di Seonho, accompagnato da una foto che mostrava la luce del sole all'interno della bottega.

«Alzati. Rimanere così sdraiato non ti aiuterà a far venir fuori nuove idee.»

Yeonggwang sorrise e andò verso il frigorifero, prese una bottiglietta d'acqua e la bevve tutta d'un fiato. Arrivò un altro messaggio: «Bella foto, vero? L'ha scattata la nostra dipendente. Dice che nella nostra bottega persino la luce del sole profuma».

Yeonggwang pensò alla dipendente della bottega incontrata per strada la sera prima. Quella che camminava a passo svelto con gli occhi bassi.

«La luce del sole profuma...»

Era sorpreso da quell'espressione così poetica e pensò che Seonho fosse davvero bravo a trovare persone adatte allo spirito della bottega. Forse era grazie alle sue abilità sociali.

Yeonggwang allungò la mano verso i raggi del sole che filtravano dalle tende e sentì subito il calore sul dorso. Per qualche ragione, la sera prima, con gli occhi secchi davanti allo schermo, era stato severo con sé stesso per la frustrazione che provava.

«Ma sì, dai, usciamo... tanto che cosa posso fare qui, ormai?»

Yeonggwang si alzò di scatto, si lavò i denti, si rasò la barba e lasciò l'appartamento.

Alla bottega c'era soltanto Seonho. L'impiegata lavorava solo quattro giorni a settimana, mentre lui si occupava della bottega nei giorni in cui la suocera poteva badare ai bambini.

«Non riposi nel weekend e hai solo un giorno di stacco. Se non trovi chi ti rimpiazza, decidi un giorno di chiusura settimanale.»

«Prova ad aprirti un'attività tua, anche se non hai finito

la tua pubblicazione. Te lo potresti permettere un giorno di riposo?»

«No. Quando mi riposo è persino peggio.»

«Lo stesso vale per me, amico mio.»

Seonho accennò un sorriso e porse a Yeonggwang una serie di buste, chiedendogli di aiutarlo a piegarle.

«Se non hai niente da fare, aiutami con queste. Se ne piegherai cinquanta, ti offrirò un caffè.»

Yeonggwang iniziò a piegarle imitando Seonho. Erano buste semitrasparenti che servivano per confezionare set di carta da lettere. Smussò gli angoli dei fogli con un piegacarte in osso, trovando piacevole il rumore dell'attrezzo che scivolava sulla carta e sorprendente la resistenza dei fogli quando venivano piegati, come se avessero vita propria.

«Anche Hyoyoung ama questo lavoretto. Dice che la rilassa molto.»

«Hyoyoung? La nuova impiegata?»

«Sì. Non sopportava le lettere che riceveva ed è scappata di casa. E ora lavora in una bottega di lettere. Ironia della sorte, vero?»

«Non sopportava le lettere?»

Seonho fece spallucce.

«Non lo so, non me ne ha mai parlato.»

I due continuarono a piegare le buste sul bancone senza aggiungere altro. Poi arrivò una coppia di anziani. Seonho li accolse con un ampio sorriso. Anche se amava parlare, non avviava conversazioni con tutti i clienti, ma al contrario preferiva rimanere in silenzio finché non erano i clienti a parlargli per primi, in modo tale da metterli a proprio agio.

«Che buon profumo c'è qui. Viene per caso da quel cassetto di legno?»

«Questo è il profumo che abbiamo in vendita. Si sposa bene con l'odore della carta da lettere.»

La signora afferrò una boccetta dalla vetrina del bancone, la spruzzò e sorrise soddisfatta. Disse che lo avrebbe regalato al figlio e a sua nuora per la loro nuova casa. Poi il marito scelse un biglietto con la scritta CONGRATULATIONS! e vi aggiunse a mano un breve messaggio d'auguri. Yeonggwang, che stava ancora piegando le buste, sbirciò e notò che la calligrafia del signore era particolarmente elegante.

«Wow! Ha davvero una bella scrittura!»

Seonho, che era accanto, rimase anche lui stupito non appena la notò, ed esclamò: «Il signore insegna diritto alle superiori».

«Immagino che lei abbia una bella calligrafia perché ha avuto modo di scrivere tante cose nel corso degli anni.»

La signora era visibilmente contenta delle lodi rivolte al marito, mentre l'uomo accennò soltanto un timido sorriso imbarazzato.

«Viviamo in questo quartiere, e oggi mentre guardavamo il cielo ci siamo fermati qui. Abbiamo letto la scritta MITTENTE al quarto piano dell'edificio.»

Avevano deciso di entrare perché curiosi di sapere di cosa si trattasse. Seonho fece l'occhiolino a Yeonggwang, soddisfatto delle proprie strategie di marketing. Quando la coppia lasciò la bottega, Yeonggwang sentì le dita intorpidite e smise di piegare le buste.

«Che peccato. Mancano solo ventiquattro buste al caffè!»

«Bevitelo tu, il caffè. Credo che mi dedicherò al servizio *Amico di penna.*»

Yeonggwang si massaggiò il polso mentre fissava la cassetta per la corrispondenza esposta sotto la grande finestra della bottega: dentro c'erano lettere disposte di lato. La carta con cui erano fatte presentava una leggera sfumatura beige agli angoli, dando la sensazione che fossero lì da molto e che attendessero che qualcuno le leggesse.

Dalla grande finestra socchiusa, entrava una dolce brezza primaverile. Seonho si avvicinò al tavolo dove era seduto Yeonggwang e gli consegnò del materiale di cancelleria e una busta da lettere. Gli passò poi un portapenne con stilografiche, penne a sfera e matite appuntite. Yeonggwang prese una penna a sfera, sentendosi un cliente.

Ad anonimo.

Caro anonimo,

maggio è un mese carico del profumo della primavera. Passo spesso alla bottega ma è da tanto che non scrivo una lettera come questa. Mi chiedo dove ho trovato il coraggio di prendere carta e penna senza sapere cosa scrivere.

Ultimamente soffro d'insonnia, e quando passo tutto il giorno a tormentarmi per fare del mio meglio, la notte purtroppo il sonno non arriva. Mi chiedo se sono sempre stato una persona così ambiziosa o se semplicemente non riesco a tollerare neanche il più piccolo fallimento.

Riflettendo su queste cose, finisco per ricordare anche le domande a cui ho dato risposte sbagliate, persino ai test delle elementari. E anche se mi dicessi: «Qui! Qui hai sbagliato!» purtroppo non potrei cambiare comunque nulla.

Caro anonimo, tu sei una persona capace di perdonare? Se sai come farlo, ti prego di rispondere a questa lettera, perché per me potrebbe essere la chiave di volta per una buona notte di sonno!

Vorrei che questa lettera scritta in un giorno così piacevole contenesse un messaggio positivo. Ti chiedo scusa se queste parole ti hanno fatto tornare alla mente cose spiacevoli.

Firmato
Il delfino che disegna

Piegò il foglio e lo mise nella busta, attaccò l'adesivo con la scritta GEURWOL e sigillò la busta. Cerchiò gli aggettivi che lo descrivevano meglio e infilò la lettera nella cassetta per la corrispondenza. Ora era il momento migliore per lui per scegliere una lettera anonima.

Yeonggwang lesse gli aggettivi cerchiati sulle buste delle lettere: *pigro, simpatico, maturo e meschino*... nell'ultima riga c'era scritto *etc*... seguito da una linea vuota e da un trattino. Andava compilata quando gli aggettivi elencati non erano sufficienti per esprimere la propria personalità. Scelse una busta con scritto *etc*... e sorrise quando lesse la parola *pensieroso.*

Aprì la busta senza esitare.

Ciao, piacere di conoscerti.

Mi chiamo Jeon Jiwon e ho appena compiuto vent'anni! :-)

Ritengo sia meraviglioso incontrarci così. Fin dove si è spinto il destino? :-)

Mentre scrivo questa lettera il cielo è terso! Non c'è nemmeno una nuvola.

A te che clima piace? A me piace il tempo sereno, come quello di oggi, ma non mi dispiace neanche il clima piovoso. Quando piove sento lavare via le ansie e i pensieri cupi. Come se, dopo la pioggia, quando arriva il cielo sereno, anche le mie difficoltà possano trasformarsi in felicità...!

Proprio così.

E tu che stai leggendo, che tipo di persona sei? Cosa ti piace?

Forse mi assomigli.

A dire il vero, mia madre è morta quando facevo il primo anno di liceo. Da allora ripenso sempre a lei in ogni momento della giornata: un po' come se stessi vagando per l'universo. Mi sembra di aver letto da qualche parte che le persone che muoiono infelici poi rinascano felici nella vita successiva. Spero con tutto il cuore che sia così.

Quello che voglio dire è che la vita è più semplice di quanto si pensi, ma siamo noi che spesso la rendiamo complicata. Ecco quello che intendevo.

Ho esagerato? :-)

Spero tu sia felice dopo aver letto questa lettera.

La vita è fatta per essere felici, dico bene? La nostra meravigliosa coincidenza finisce qui.

Grazie per aver letto la mia lettera.

Spero di poter scoprire chi tu sia, la prossima volta.

Jeon Jiwon

Yeonggwang apprezzò quella lettera scritta in modo assai informale. Gli diede l'impressione di leggere il messaggio di un amico.

"Quindi ti piace la pioggia?" pensò mentre guardava il segno sulla busta, simile a un francobollo, che raffigurava un ombrello sotto la pioggia. Proprio come aveva scritto Jeon Jiwon, Yeonggwang sperava che le sue preoccupazioni potessero essere lavate con la pioggia. Sperava di trovare una risposta ai suoi affanni.

«Lettera interessante?» Seonho, che stava aprendo una delle finestre del negozio, si voltò verso Yeonggwang e ne notò l'espressione.

Yeonggwang, guardando fuori dalla finestra, sospirò: «Spero che oggi piova...».

«Ma quale pioggia. Fuori c'è un cielo limpido!» rispose Seonho, prendendolo in giro.

Yeonggwang chiuse gli occhi, grato per la bella coincidenza della lettera, e immaginando che i raggi del sole fossero gocce di pioggia, si abbandonò al conforto delle parole di uno sconosciuto.

3.

Nel fine settimana, un simpatico cliente si presentò alla bottega dove lavorava Hyoyoung mentre si avvicinava l'orario di chiusura. Era Hajun, il figlio di sette anni di Seonho. Con i suoi capelli lisci e una tuta addosso, andò a battere il cinque a Hyoyoung, che non lo vedeva da un po'.

«Hey! Sei diventato più forte dall'ultima volta che ti ho visto.»

«Basta mangiare germogli di soia e bere latte tutte le sere...» rispose lui.

Seonho, che era tornato da un viaggio di affari, estrasse da una scatola di cartone un vaso che sua moglie aveva trovato con fatica. Era un'anfora di vetro iridescente colore opale, prodotta da un designer francese dal nome impronunciabile.

«Hajun, dove lo mettiamo questo? Cosa suggerisci?»

«Uhm... qui!»

Hajun indicò un punto a sinistra del tavolo. Di solito gli oggetti in vetro andavano sistemati al centro. Hyoyoung temeva che i clienti, girandosi, potessero inavvertitamente romperli. Ma, come c'era da aspettarsi, la reazione di Seonho fu ben diversa.

«Wow, che idea innovativa, è una posizione insolita!»

Seonho annuì soddisfatto e chiese a Hyoyoung se fosse d'accordo.

«Non è costoso? Potrebbe rompersi.»

«Se si rompe, pazienza! Hyoyoung, conosci la mia poesia preferita? *Quando qualcosa si rompe, ci rimangono i pezzi. Ma quando tutto è frantumato, non ci resta che imparare a vivere con quei frammenti...»*

Era la poesia *Frantumato* di Jeong Hoseung. Ai tempi dell'università, Seonho la recitava spesso, specie quando era ubriaco. Gli anni della sua gioventù erano stati molto eccentrici. Tanto da rendere sorprendente il fatto che fosse diventato un ottimo marito e padre di famiglia.

«Basta che non ti faccia a pezzi tua moglie.»

Seonho e Hajun si spanciarono dalle risate. Hyoyoung scuoteva la testa aggirandosi per il negozio. Seonho le disse dell'imminente festa del centesimo giorno di Hayul: «Domani vieni pure. Puoi prenderti il giorno libero».

«Non penso di venire. Non voglio incontrare nessuno. Il mio rapporto con la cinematografia è chiuso da tempo, ormai.»

«Il tuo rapporto con il cinema non è stato nient'altro che un flirt, a dirla tutta.»

«Esatto, anzi la definirei una cottarella giovanile.»

Hyoyoung si passò le mani tra i capelli e Seonho la guardò con un'espressione a metà tra riso e pianto, perché non riusciva a capire cosa fosse andato storto nella sua vita. Fin dall'infanzia, Hyoyoung credeva che da grande sarebbe diventata una regista. Dato che la sorella eccelleva nel percorso scolastico, si era convinta del fatto che solo il mondo dell'arte le potesse offrire uno spazio in cui brillare.

Seonho la fissò con sguardo inquisitorio: «A pensaci bene: sei sicura che quella cottarella sia finita?».

Hyoyoung lo guardò dritto negli occhi e annuì convinta. Un sospiro le uscì dalle labbra e senza pensarci troppo rispose: «Nella mia vita, a quanto sembra, ho preso una strada sbagliata».

Seonho spalancò la bocca con espressione sorpresa e Hajun, che si era avvicinato, allungò il collo per ascoltare meglio.

«Come? Forse dovresti tornare sulla strada giusta!»

Hyoyoung rimase sbalordita dalla risposta del piccolo, che dimostrava un'ottima parlantina proprio come suo padre.

«Questo chi te l'ha insegnato? La mamma, vero?»

Hajun annuì e Seonho sospirò mentre gli accarezzava la testa.

«Ti chiedo scusa, Hyoyoung. Alla sua età dovrebbe ascoltare solo discorsi felici.»

«Sta tranquillo. Ha ragione. Se potessi, tornerei sulla strada giusta.»

Hyoyoung pizzicò le guance del bambino con entrambe le mani. Hajun, ridacchiando, indicò la cassetta di corrispondenza per gli *Amici di penna*.

«Voglio scrivere anch'io una lettera!»

Seonho spiegò che nonostante portasse Hajun alla bottega di tanto in tanto, era la prima volta che esprimeva il desiderio di scrivere una lettera. Hajun avrebbe iniziato le elementari l'anno successivo e, dato che stava imparando a leggere e a scrivere, sopravvalutava le sue capacità.

«Fai pure, figliolo. Sarai il più giovane "amico di penna".»

«In che senso il più giovane?»

«Nel senso che è la cosa più figa del mondo!»

Hajun lanciò un urletto e corse a sedersi al tavolino. Hyoyoung prese la carta da lettere e il portapenne e disse a Seonho: «Qualcuno potrebbe rimanere sorpreso nel ricevere una lettera da un bambino. I bambini non scrivono lettere, di solito. Sarà meglio che tu, da genitore, scriva qualche riga per spiegare come stanno le cose».

«Giusto: ottima idea.»

Mentre Hajun scriveva la sua lettera seduto al tavolino, Seonho stilò un messaggio di scuse al futuro destinatario. Sebbene non ci fosse un limite d'età per il servizio *Amico di penna*, era probabile che il destinatario preferisse ricevere una lettera da un adulto. Tuttavia, il contenuto inaspettato della lettera gli avrebbe forse strappato un sorriso.

«Papà! Papà! Posso scrivere "*Caro sconosciuto*"?»

«Fa' quello che senti. È la tua lettera, puoi scrivere quello che desideri.»

Hajun affondò la punta della matita sulla guancia con espressione preoccupata. Seonho, pensando che fosse molto carino, tirò fuori il cellulare dalla tasca e scattò una foto al figlio. Hajun si accigliò. Poi, gli balenò in mente la prima frase e finalmente cominciò a scrivere:

A Sconosciuto.

Ciao, Signor Sconosciuto, mi chiamo Kang Hajun della scuola dell'infanzia di Yeonhui. Ho sette anni e sto scrivendo una lettera dal negozio del mio papà. Ti piace la bottega del papà?

Ci sono anche carte da lettere con sopra dei limoni, delle ciliegie oppure fogli colorati di rosso o verde, oppure altri su cui non c'è nulla. Vieni qui e troverai tanta carta da lettere.

Se scrivi tante lettere, la fortuna prima o poi busserà alla tua porta!

Kang Hajun

Con un'espressione soddisfatta, Hajun alzò la mano per chiamare il padre. Quando Seonho si avvicinò per leggere la lettera, Hajun si coprì gli occhi e urlò: «E dai! Non leggerla: è un segreto... Dimmi solo come faccio a chiudere la busta».

Seonho guardò il figlio con un'espressione delusa e gli spiegò come chiudere la lettera per farla entrare nella busta che, essendo quadrata, richiedeva che il foglio venisse piegato bene per far combaciare i margini.

«Posso attaccarci più di un adesivo?»

Hajun sembrava volesse sigillare la lettera come se fosse un antico tesoro. Hyoyoung scosse la testa. Hajun, dispiaciuto, consegnò la lettera per l'amico di penna senza fiatare.

«Non hai disegnato nulla sul francobollo?»

«Puoi farlo tu, per favore? Non so disegnare bene.»

«D'accordo... visto che hai le guance paffute come un raviolo... ne possiamo disegnare uno.»

«Un raviolo?»

Hajun gonfiò le guance e Hyoyoung e Seonho scoppiarono a ridere. Hyoyoung disegnò sul francobollo un piccolo raviolo con due occhi e una bocca.

«Allora prendo una di queste lettere qui!»

Hajun corse verso la cassetta degli *Amici di penna* e cominciò a tirar fuori le lettere una per una. Guardò i disegni sui francobolli e trovò quella che gli piaceva di più.

«Voglio quella con il delfino!»

Hajun portò la lettera a Hyoyoung e gli chiese di leggergliela. Lei lesse gli aggettivi cerchiati sulla busta: *rilassato, ballerino, infelice, irascibile, impaziente*... era sbalorditivo come quelle parole potessero coesistere nella stessa persona. Sembra impossibile pensare a una persona rilassata e al contempo impaziente.

«Seonho!»

«Cosa?»

«Come ballano le persone infelici quando stanno a casa?»

«Mi stai chiedendo un'imitazione?»

«Sì: facevi cose del genere a scuola.»

«Certo, ma ai tempi quella era una cosa seria!»

Hyoyoung rise e diede la lettera con sopra il delfino a Seonho, che leggendo gli aggettivi sulla busta non riuscì a trattenere una risata.

«Ora sono curioso anche io. Come si balla da infelici?»

Hajun rispose che pensava di saperlo e andò subito al centro della bottega. Iniziò a muovere braccia e gambe con entusiasmo, ma con l'espressione triste in volto. Seonho scoppiò di nuovo a ridere e prese a filmare la scena con il telefono.

«Sembra divertente, ma anche triste.»

Hyoyoung rise guardando Hajun. Seonho passò la lettera al figlio e gli disse di leggerla da solo. Hajun lesse ogni parola con espressione seria, per poi voltarsi verso Hyoyoung e chiederle: «Che cos'è l'insonnia?».

«Insonnia? Perché me lo chiedi? L'autore della lettera non riesce a dormire?»

«Sembra di sì.»

Hajun finì di leggere la lettera, la ripiegò e la rimise nella busta.

«Non risponderò a questa lettera, è troppo difficile.»

Aveva un'età in cui è comprensibile perdere in fretta interesse per una cosa.

Seonho lo prese per mano e gli disse che si era fatto tardi e che dovevano tornare a casa per cena. Le tende di lino riflettevano il tramonto scarlatto.

Quando Hyoyoung aprì il cassettone per rimettere a posto la carta da regalo, vide un foglio con gli angoli sgualciti: era la lettera su cui aveva scritto soltanto *A mia sorella.* L'aveva accartocciata e gettata nel cestino un mese prima, ma Seonho l'aveva trovata e sistemata nel cassetto. Hyoyoung pensò che strapparla in mille pezzi sarebbe stata la cosa migliore. Alla fine la riprese, pensando che forse un giorno le sarebbe venuto in mente come continuarla.

Con il buio che calava sulla bottega, era giunto il momento di affrontare la serata. Si assicurò che il computer e le luci fossero spente e uscì dal negozio.

«*Hyoyoung, hai da fare?*»

«*Sono al cinema per un'anteprima, perché?*»

«*Niente, ero vicino alla tua scuola e pensavo che potevamo cenare insieme...*»

«*Vicino alla scuola? Ma non avevi detto che oggi saresti andata a vedere l'azienda di interior design?*»

«*Stavo per farlo, ma è saltato l'appuntamento.*»

«*Come mai? Hanno cambiato la data dell'incontro? Hanno già ricevuto i soldi, perché si comportano così?*»

«*Lascia perdere, goditi il film...*»

Mentre tornava a casa, Hyoyoung riascoltò la registrazione della chiamata con sua sorella dell'estate precedente. Quando si trovava in un ambiente frenetico come un set cinematografico, aveva difficoltà a ricordare tutto, e perciò aveva preso l'abitudine di registrare le conversazioni, cosa che faceva anche con sua sorella. Ripensandoci, quello era stato il giorno in cui sua sorella si era resa conto di essere stata truffata. I suoi soci erano scomparsi e lei si era ritrovata da sola a pagare i soldi dell'azienda di interior design. Hyoyoung si era domandata spesso che cosa indossasse sua sorella il giorno della chiamata. Forse pantaloni e camicia nera, come sempre. Indossava scarpe nere con il tacco? Oppure in preda al panico era stata costretta a scappare con le sneakers? Forse, mentre si guardava intorno smarrita era stata colpita dai raggi del sole, con la camicetta bagnata sulla schiena e la fronte coperta dalla mano.

Mentre rimuginava su questo, arrivò al suo appartamento. Mandò un messaggio alla madre, rassicurandola sul fatto che stava bene, si lavò mani e piedi e si gettò sul letto. Mentre lottava per tenere aperte le palpebre pesanti, ripensò al passato: ricordò la volta in cui aveva tirato fuori la telecamera del padre per riprendere la sorella che disegnava uno scheletro e spiegava i nomi delle ossa: un genio. Hyomin aveva tredici anni, all'epoca, mentre Hyoyoung otto. Sua sorella sognava di diventare una docente e si stava preparando per entrare al liceo. Il suo passatempo preferito era prendere in prestito i libri di medicina dalla biblioteca e leggerli durante la settimana. Hyoyoung cercava di catturare quel lato meraviglioso della sorella con la telecamera. All'università, quando Hyoyoung aveva cominciato a scrivere le sue prime sceneggiature, i personaggi femminili forti e intelligenti erano ispirati alla sorella.

«Woo Hyomin, che stupida.»

Quel nome ormai poteva essere detto soltanto con rimprovero e disprezzo.

Hyoyoung chiuse gli occhi, allontanando le ansie e abbandonandosi a un sonno profondo.

MANI CHE SCORRONO SULLA CARTA

1.

Il cielo limpido, il vento calmo, il tetto caldo della casa illuminato dal sole, la tovaglia di lino che ondeggiava al soffio del vento e il rumore del ventilatore: tutto questo le dava la sensazione di essere nel bel mezzo dell'estate. Hyoyoung appoggiò la mano sulla finestra e mosse lentamente le dita mentre sentiva il calore del sole tra di esse. Erano già passati quattro mesi da quando si era spostata a Yeonhui: ormai era diventata brava nel modificare l'immagine del sito web e i volti dei clienti affezionati alla bottega le erano diventati familiari. Le sue mani avevano acquisito un'abilità tale che riusciva a piegare le buste di carta senza distogliere lo sguardo dalla finestra e dal passaggio dei clienti. Si era completamente integrata all'ambiente e all'atmosfera del negozio di lettere.

Anche nella bottega, caratterizzata di solito da un'atmosfera tranquilla, c'erano momenti in cui echeggiavano le voci eccitate dei clienti.

Una donna, dai capelli corti e ordinati e con addosso una camicetta verde, aprì la porta della bottega e gridò a Hyoyoung: «Sei tu, vero? Sei la ragazza che ha trovato casa al New Sky Piano?».

«Prego?»

Era l'agente immobiliare che le aveva trovato casa cinque mesi prima. La sua agenzia era situata vicino all'incrocio a due passi dalla bottega. Il bigliettino da visita che le aveva dato lo conservava ancora nel portafoglio. Ricordò immediatamente il suo nome giovanile e sofisticato: Kwon Euna.

«Come procede? Ci sono perdite? Puzza di umidità?»

«Tutto bene. Grazie a lei!»

«Ma dai, sei solo stata fortunata a trovare quella casa, io non c'entro niente. Ma non sapevo che lavorassimo così vicine. È un lavoro part time, questo?»

«Sì.»

Euna aveva sempre vissuto a Yeonhui e, sebbene si aggirasse spesso nel quartiere, non le era mai saltato in mente di salire al quarto piano dell'edificio. Vedeva sempre giovani entrare e uscire dal negozio, e perciò si era fatta l'idea che lì dentro non vendessero cose adatte a lei.

«A dire il vero mio marito è il proprietario della panetteria al pianoterra.»

«Ah, sì? Il suo pane lo conoscono tutti nel quartiere: è famoso!»

«Lo preparano seguendo un'antica ricetta.»

Hyoyoung era felice per quella buffa coincidenza: sembrava che la dolce cordialità di Euna fosse l'effetto del pane morbido e fragrante.

«Credevo che vendeste solo quei fogli brillantinati che piacciono tanto ai giovani. Ma vedo che ci sono anche carte più vintage. Mi ricordano tantissimo i bei vecchi tempi!»

Euna aprì uno dei cassetti e iniziò a osservare con entusiasmo un set di carta da lettere dal design minimale. Disse che prima di sposarsi, una volta, aveva vinto il primo premio al concorso di poesia femminile più famoso di tutta la Corea. Disse inoltre di essere sempre stata una grande amante della letteratura, mentre ora si ritrovava a vivere una vita scialba con un marito panettiere.

«E queste cosa sono? Lettere lasciate qui per chiunque voglia leggerle?» chiese poi, scrutando la cassetta delle lettere.

«Sono di chi partecipa al servizio di corrispondenza *Amici di penna*. Può scrivere una lettera indirizzata a uno sconosciuto e leggerne una a sua volta.»

«*Amici di penna*, eh? Ne avevo tanti durante il liceo.»

I ricordi della donna affascinarono la giovane Hyoyoung.

Euna era originaria di Jeongseon, nella provincia di Gangwon. Le raccontò che gli studenti del liceo maschile di altre regioni passavano spesso davanti al suo liceo femminile.

«Quando venivano a sapere a che ora passavano i treni dei ragazzi, le ragazze scavalcavano il muro della scuola.»

«E perché lo facevano?»

«Perché, quando le vedevano arrivare, i ragazzi lanciavano fuori dal finestrino dei bigliettini con il loro indirizzo di casa. Noi li raccoglievamo e da quel momento diventavamo amici di penna.»

L'immagine delle studentesse in uniforme scatenate che correvano verso i binari del treno fece sorridere Hyoyoung. Poteva quasi sentire lo sforzo delle loro braccia e delle loro gambe. Le sembrava di vedere i loro volti vividi ed entusiasti, di sentire il respiro affannoso e il battito dei loro cuori che pulsavano all'impazzata.

«Era un'estate come questa, con le cicale che cantavano. Correvo così tanto da inzuppare di sudore il colletto dell'uniforme. Poi, un giorno, ho visto un bel ragazzo che sporgeva la testa fuori dal finestrino del treno. Era davvero bello.»

«Quanto bello?»

«Bello come Lee Jeongjae, l'attore del cinema!»

Euna sorrise dolcemente arricciando il naso.

«Tu non hai idea di quanto abbia corso per prendere il suo biglietto. Continuava a svolazzare verso la collina, sempre più lontano.»

Tuttavia, come se il cielo avesse voluto aiutarla, un fresco venticello estivo aveva fatto svolazzare le gonne delle ragazze verso la stessa direzione. Il biglietto di quel ragazzo, bello come Lee Jeongjae, si era infine posato ai piedi di Euna. Era un segno del destino! Per la giovane Euna, all'epoca liceale, il ricordo era rimasto indelebile come quello del suo primo bacio. Forse presa dall'emozione, Euna si sedette al tavolo e decise di utilizzare il servizio *Amici di penna*. Quando Hyoyoung le portò tutto il necessario, Euna scelse una penna stilografica. Forse era colpa di quel racconto che aveva condiviso con lei, ma Hyoyoung era molto interessata al contenuto della lettera di Euna, anche se non avrebbe dovuto esserlo. Euna sollevò la penna con decisione e iniziò a scrivere.

Salve,

non è la prima volta che scrivo una lettera, ma di sicuro è la prima volta che la scrivo a qualcuno di cui ignoro il nome e l'età. In me è riaffiorato il ricordo di quando ero giovane e inviavo lettere al mio primo amore. Ecco perché ho deciso di scrivere.

Ti avviso che questa lettera è piena di lagne. Quindi, se speravi di leggere qualcosa di allegro e spensierato, mi dispiace per te.

Ultimamente, tendo a svegliarmi molto presto e non capisco il perché. A quanto pare, è proprio vero che il sonno diminuisce con l'avanzare dell'età.

Da un giorno all'altro è diventata la mia routine quotidiana svegliarmi prima dell'alba e guardare le televendite di oggetti per la casa. Ho comprato cose come: aspirapolvere, stoviglie e massaggiatori per le gambe, che già non mi interessano più.

Stamattina ho visto un pacchetto di viaggio per la Thailandia e ho pensato: "Ecco!". Forse perché non sono mai andata all'estero con mio marito, l'offerta mi ha colpito particolarmente.

Mi sono sentita frustrata e ho svegliato mio marito per proporgli di fare un viaggio, ma lui si è subito arrabbiato chiedendomi chi avrebbe preparato il pane nel frattempo. Mio marito è un fornaio. Ogni giorno, alle cinque del mattino, va al negozio e impasta la farina, senza riuscire nemmeno a tenere la schiena dritta. Eppure, grazie alla sua diligenza e determinazione, ha mantenuto aperto il forno per oltre trent'anni. È davvero ammirevole. E non lo dico perché è mio marito, ma perché è un uomo che, anche se gli fanno male le dita, non si mette una pomata per paura di contaminare il profumo del pane.

Viviamo forse per il pane? Dovremmo vivere per essere felici, piuttosto.

C'è il pane alla salsiccia, quello al caffè, quello con farina di mais, quello al latte, il muffin al cioccolato, la pasta sfoglia, quello dolce ai fagioli rossi, quello croccante, alla crema di patate, il donut intrecciato, il pane alla pizza, ma dopo cosa c'è?

Se anche quest'anno non partirò, lascerò mio marito e farò un viaggio da sola. Andrò in Thailandia e mangerò il Tom Yum Kung o come cavolo si chiama... Dicono che il loro mango sia più dolce del nostro: assaggerò anche quello!

Anche se questa mia lettera è piena di frustrazione, solo averla scritta mi ha sollevato parecchio. Le lettere servono a questo: anche se sei arrabbiato, non ti permettono di rimanere tale. Servono a rendere le dita più lente del cuore in fiamme.

Non so se tu sia un ragazzo o una ragazza, né so se sei mio coetaneo o più grande di me. In ogni caso considera queste mie parole come lo sfogo di una donna seduta di fronte a te nella metropolitana o sull'autobus o in fila in banca.

Ascoltami: anche se la vita è noiosa e opprimente, finché ci saranno parole con cui descriverla sarà possibile andare avanti.

Ti auguro una buona giornata. ^-^

Una residente di lunga data di Yeonhui

Il foglio si riempì in un attimo. Sembrava che a Yeonhui fosse apparsa una vera maestra di scrittura. Euna infilò il cappuccio sulla penna stilografica con aria soddisfatta.

Clic!

Il suono si diffuse vivacemente nella bottega. Euna piegò in due il foglio e lo infilò in una busta scura, che sigillò con uno degli adesivi del negozio, sul quale disegnò una foglia. Era un simbolo che si adattava perfettamente alla donna, che indossava una camicia verde.

Euna mise la lettera all'interno della cassetta, mentre scrutava le altre quattro che erano in attesa di un destinatario che le aprisse.

Sfiorandole con la punta dell'indice, ne tirò fuori una.

Ciao.

Sono una nuvola a cui piace passeggiare per i vicoli. Oggi fa freddo ma è sempre bello passeggiare per Yeonhui. Nel pomeriggio ho fatto uno spuntino con del tè... e si sa che i dolcetti rendono tutti più felici.

Ti piacciono i dolcetti? A me piacciono gli scones... >_<

Vorrei sapere quanti anni ha e che vita fa la persona che mi sta leggendo.

Come vanno le cose? Ultimamente il mio umore e le mie emozioni sono un po' altalenanti...

Ma sì, anche stavolta passerà.

Quest'anno voglio concentrarmi di più su di me, seguire il mio cuore e dedicare il tempo a ciò che mi fa stare davvero bene. Tu, invece? Quali sono i tuoi progetti di vita?

Io voglio viaggiare in Corea e all'estero, assaggiare cibi diversi e passare bei momenti con i miei amici, riempiendo di felicità la mia vita.

Ah, sicuramente farò un viaggio in treno.

Spero che anche tu passerai i tuoi giorni in felicità e serenità.

Sto cercando una vita in cui faccio ciò che davvero desidero. Sono ancora all'inizio ma spero che vada tutto per il meglio... :-)

I miei piani per quest'anno sono:
Escursionismo
Esercizio fisico
Volontariato
Viaggi
Felicità

Ecco tutto! Che ne pensi? Troppo? Troppo poco? A me sembrano troppi.

Sono una persona pigra. Il mio obiettivo è fare esperienze nuove e alzarmi dal letto.

Ah, dimenticavo: in questi giorni mi sto dedicando alla cucina e in particolare alle uova strapazzate. Sbatti le uova con il latte, versa il composto in una padella calda e poi mescola il tutto con una spatola. Mentre mescoli aggiungi la mozzarella e spegni il fuoco, così otterrai una frittata soffice e deliziosa. :-)

Puoi aggiungere anche la cipolla tritata e i funghi champignon (il segreto sta tutto nella velocità!). In realtà puoi aggiungere tutti gli ingredienti che vuoi, ma per me latte e mozzarella rimangono i migliori!! :-)

Posso consigliarti un negozio che adoro? Si tratta di una catena chiamata Original Pancake House, fanno delle omelette deliziose. Mi è venuta in mente quest'indicazione culinaria visto che parlavamo di uova, ma probabilmente già la conosci. >_<

Per chiunque riceverà questa mia lettera, questo è un segno del destino e spero che il tuo anno sia ricco di felicità. :-)

Una nuvola che sogna di trasformare la tristezza in felicità

«Ah, però! Ha scritto una lettera di due pagine davvero carina.»

Euna si soffermò sulla grafia, bella quanto il testo della lettera. C'erano inoltre, sparsi per il foglio, disegnini di nuvole, treni e dolcetti davvero graziosi. La lettera di nuvola risultò particolarmente gradita a Euna, che aveva soltanto due figli maschi ma nessuna femmina. Se avesse avuto una figlia come lei, probabilmente si sarebbe fermata ogni fine settimana in un negozio diverso, avrebbe mangiato più dolci ed esplorato posti belli e insoliti.

«Si direbbe che la lettera le sia piaciuta.»

Hyoyoung sorrise osservando il viso di Euna, che piegava con cura la lettera e la riponeva nella busta.

«Sì, ho trovato un'adorabile amica di penna.»

Euna disse inoltre che sarebbe andata a mangiare i pancake dove le aveva consigliato e rivelò a Hyoyoung il nome del posto. Si avvicinò al bancone e pagò il servizio *Amici di penna.*

In quel momento entrarono due ragazze in uniforme scolastica. Mentre Hyoyoung accennava un saluto alle nuove clienti, Euna disse che avrebbe voluto comprare la penna stilografica che aveva usato per scrivere la lettera.

«Al momento non ne abbiamo altre. Ma posso farle sapere quando saranno di nuovo disponibili in negozio.»

«Certo, va bene. Hai il mio biglietto da visita?»

«Sì, ce l'ho.»

Euna salutò Hyoyoung.

«Alla prossima: ottimo lavoro, ragazza!»

Dopo che Euna uscì dalla bottega, Hyoyoung aprì il cassetto del bancone e lanciò un'occhiata alle studentesse che osservavano la carta da lettera. Le studentesse oltrepassarono il bancone e si trovarono vicino alla cassetta della corrispondenza mentre bisbigliavano tra di loro. Erano le classiche ragazze silenziose, di quelle che in classe preferiscono scambiarsi i bigliettini piuttosto che chiacchierare, e collezionare gadget letterari anziché gadget di idoli del K-pop.

«Qui è molto tranquillo. Anche il colore delle pareti è molto bello.»

«Ci sono tantissime raccolte di lettere e saggi. Suppongo che vendano anche libri, quindi», commentò la ragazza con i capelli lunghi legati in una coda, mentre quella con i capelli a caschetto apriva il libro che teneva in mano. Nonostante parlassero di cose diverse, si stavano inconsapevolmente rispondendo, particolare che Hyoyoung trovò bizzarro: erano due amiche in grande sintonia. Hyoyoung le osservò con aria soddisfatta mentre giravano per il negozio. Vederle in bottega in pieno giorno durante la settimana le fece intuire che erano eccezionalmente uscite prima da scuola o che era già periodo d'esami. Era passato così tanto tempo da quando aveva smesso di indossare un'uniforme scolastica da non esserne sicura. La ragazza con la coda di cavallo adocchiò un set di carta da lettere classico con i bordi rossi, mentre l'altra acquistò una penna a sfera viola e una cartolina con un'illustrazione di Yves Saint Laurent. Hyoyoung annotò su una ricevuta cartacea il prezzo dei prodotti acquistati e la consegnò alle ragazze. Forse le studentesse non erano abituate a ricevere quel tipo di scontrino e la guardarono incredule: «Wow, che bello. Penso che lo attaccherò sul muro della mia camera».

«Che calligrafia!»

Hyoyoung fece un ampio sorriso e le ringraziò.

Poi arrivarono altri clienti: un ragazzo che aveva bisogno di un biglietto d'auguri di compleanno per la sua fidanzata e una donna che voleva scrivere lettere di ringraziamento per i suoi colleghi in vista del suo pensionamento. Tutto quell'afflusso di clienti aveva reso la giornata impegnativa. Fu solo dopo le 16 che riuscì a concedersi una pausa.

Mentre sorseggiava un caffè, seduta dietro il bancone, si ritrovò a rivolgere distrattamente lo sguardo fuori dalla finestra verso gli appartamenti del complesso Yeonhwa. Notò che le tende alle finestre del quinto piano erano state rimpiazzate da tende di seta nera con motivi floreali in lillà dorato. Erano talmente particolari che si chiese se fossero davvero in linea con l'espressione del gusto di Yeonggwang, che di recente si era fatto vedere meno alla bottega.

L'ultima volta era stata a metà del mese precedente, quando si era recato in bottega per comprare due set di carta da lettera con sopra disegnati dei frutti. Secondo quanto diceva Seonho, Yeonggwang era sotto pressione a causa del suo ultimo progetto. In passato, anche Hyoyoung aveva trascorso notti insonni lottando con la stesura di sceneggiature e fu forse per questo che aveva sentito una forte empatia nei suoi confronti. Perché quando il lavoro non va bene è come se si versasse dell'acqua su un fiore già appassito. Benché avvizzito, non è del tutto morto, e quindi non si può smettere di annaffiarlo, anche se sarebbe meglio estirparlo e piantare nuovi semi.

«Buongiorno!»

Alle 17 entrò un signore che salutò cortesemente. Nonostante fosse luglio, indossava un berretto a scacchi che gli conferiva un aspetto elegante. Aveva profonde pieghe vicino al naso, forse dovute al fatto che sorrideva sempre.

«Buongiorno a lei!»

Hyoyoung rispose al saluto con un inchino. Il cliente si diresse subito verso il mobile con i cassetti dove c'era la carta da lettere, come se non si aspettasse di ricevere particolari attenzioni. Portava sulla schiena uno zaino da escursionismo piuttosto ingombrante e indossava una maglietta a maniche corte, per cui Hyoyoung si domandò da dove stesse arrivando.

«Vorrei utilizzare il servizio *Amici di penna.*»

«Certamente! Si accomodi, le porto subito tutto l'occorrente.»

Fu quando Hyoyoung si chinò per raccogliere la cancelleria da sotto il bancone che un rumore forte proveniente dal tavolo rimbombò per il negozio. Non era necessario alzarsi per capire cosa fosse successo: era il vaso che la moglie di Seonho aveva portato dalla Francia.

«Accidenti... io...»

L'uomo si tolse il cappello e si grattò la testa. Il suo volto era completamente bordeaux, dal mento alla fronte, come Marcellin Caillou di Jean-Jacques Sempé.

«Me ne occupo io, nessun problema.»

«Di solito non sono così sbadato.»

Con i guanti alle mani, Hyoyoung iniziò a farsi largo tra le schegge di vetro. Le tornò in mente la poesia *Frantumato* che le aveva recitato Seonho. Lei lo sapeva che sarebbe andata a finire così, e che sarebbe stato meglio metterlo al centro del tavolo. Il cliente, mentre si sfilava lo zaino dalle spalle, lo aveva spinto oltre il bordo.

«Permettetemi di ripagare il danno!» esclamò il cliente rivolgendosi a Hyoyoung che, nel frattempo, spazzava via le schegge di vetro.

Se la carta da lettere risultava spiegazzata e macchiata, veniva subito rimborsata. Questa era la politica di Seonho, che sperava che i ricordi dei clienti fossero sempre positivi. Tuttavia, Hyoyoung non sapeva come affrontare l'incidente. Uscì dal negozio per contattare il principale, per timore che la telefonata imbarazzasse il cliente.

«Devi essere scioccata, stai attenta a non farti male.»
«Il signore vorrebbe ripagare il danno. Cosa gli dico?»
«Non ne ho idea. Non so nemmeno quanto valga, quel vaso. Si tratta di un nuovo cliente?»
«Non saprei, è un uomo sui cinquanta-sessant'anni con un berretto a scacchi.»
«Come no! Quello è il preside della scuola elementare del quartiere: è un cliente abituale.»
Seonho alzò la voce come se fosse entusiasta. La scuola elementare era a cinque minuti dalla bottega, proprio dietro il complesso abitativo Yeonhwa.
«Digli pure che non ci sono problemi e che siamo felici che sia uno dei nostri clienti più affezionati.»
«Ma è la prima volta che lo vedo da noi. Da quanto tempo è nostro cliente?»
Hyoyoung era affascinata dal fatto che ci fossero altri clienti abituali, oltre a Yeonggwang. Seonho si era impegnato davvero molto.
«Non ricordo, sai? Uhm... è un po' come quando ti fai un amico a inizio anno scolastico, ma poi non ricordi il momento in cui siete diventati effettivamente amici.»
Hyoyoung sorrise in silenzio e pensò al suo migliore amico delle elementari. Seonho, effettivamente, non sbagliava mai. Chiusa la chiamata, Hyoyoung tornò in bottega. Il cliente aveva raccolto le schegge di vetro in fogli di giornale che stava avvolgendo con nastro adesivo.
«La ringrazio, ma lasci che me ne occupi io.»
«Ci mancherebbe. Come facciamo per il risarcimento?»
«Il titolare mi ha detto di dirle di non preoccuparsi. Vuole solo farle sapere che è felice di averla come nostro cliente.»
Lui sorrise e decise di continuare a pulire i frammenti sparsi per terra. Hyoyoung non volle insistere oltre e lo lasciò fare.
«Oh, ci sarebbe anche questo.»
L'uomo tirò fuori una busta di plastica e la porse a Hyoyoung. All'interno c'erano dei cetrioli tagliati e dei cubi di ghiaccio per mantenerli freschi.

«Li avevo preparati per distribuirli ai vari escursionisti che incontravo in montagna. Questo è ancora integro.»

Hyoyoung non riuscì a opporsi alla gentilezza del signore: prese una fetta di cetriolo dalla busta e cominciò a mangiarla. Ogni morso era una fresca esplosione di sapori estivi.

2.

REGISTRO DELLE ATTIVITÀ

- Data: *23 luglio, fine settimana*
- Meteo: *Sereno*
- Dipendente: *Woo Hyoyoung*
- Numero di clienti: *33 persone*
- Pagamenti con carta: *381.000 won*
- Pagamenti in contanti: *15.000 won*
- Totale: *396.000 won*
- Sito web: *8 ordini*
- Nuovi arrivi: *Cartucce Kaweco: 4 nere / 3 marroni. Profumo Ink Wood (singolo): 4 unità. Libro* Come scrivere una lettera: *31 copie in magazzino. Buste per imballaggio (S/M/L): in stock.*
- Elenco dei prodotti esauriti: *Paper Magnet (resti in piccole quantità).*
- Osservazioni:

Cliente di 30 anni che stava per lasciare il lavoro:

Due settimane fa, una cliente di circa trent'anni, in procinto di lasciare il lavoro, era venuta a comprare una carta di ringraziamento. Oggi è tornata e ha acquistato cinque matite in legno svizzero come regalo, esprimendo quanto le fosse piaciuto il nostro servizio.

Collezione di libri di Seonho:

La collezione di libri di Seonho continua a vendere bene, sebbene le vendite siano in quantità limitate.

Vetrina e Ambiente:

La piccola finestra e il cielo riflesso sulla mensola di vetro di

Geurwol sono molto apprezzati dai clienti. Molti scattano foto con i loro telefoni, quindi puliamo le finestre con cura ogni giorno.

Numero di clienti *Amici di penna:*

Oggi abbiamo avuto più di quindici clienti che hanno usufruito del servizio Amici di penna. *Alcuni di loro hanno dovuto spostarsi in un caffè qui accanto per scrivere le loro lettere, dato che il nostro tavolo era al completo.*

Crescita della bottega:

Proprio come Hayul sta crescendo, anche il nostro negozio sta fiorendo e prosperando!

Qualche giorno dopo, Hyoyoung stava controllando l'inventario annotando le attività sull'apposito registro poco prima della chiusura della bottega. Intorno alle 17.30 tornò il cliente che era rimasto ben impresso nella sua memoria: il preside della scuola elementare con il cappello a scacchi. Seonho gli aveva detto che avevano chiacchierato spesso insieme, quindi Hyoyoung ricordava il suo nome: Geum Woncheol.

Veniva più o meno due volte a settimana, per il servizio *Amici di penna* piuttosto che per comprare della carta. Non lo aveva mai visto prima perché Woncheol si presentava di giovedì, quando era di turno Seonho.

Woncheol entrò con il suo enorme zaino, lo poggiò davanti al bancone e ne tirò fuori, avvolto in una carta da giornale, un vaso con un mazzo di fiori: rose gialle, rosse e rosa, grandi come una palla da tennis. Il vaso era in ceramica e decorato con un motivo in rattan che gli donava, insieme ai fiori, un aspetto particolare.

«Coltivo queste rose sul tetto di casa mia. Ho pensato che fossero adatte al negozio.»

«Oh, grazie. Sono davvero splendide.»

«Non sapevo come ripagare il vaso che ho rotto. L'ho cercato ovunque, ma mi rendo conto che è un oggetto molto raro e prezioso. Vorrei chiedere al titolare quanto è costato.»

Woncheol rise di cuore, raccontando le peripezie affrontate nel ricercare, dopo il lavoro, un vaso simile a quello che aveva rotto. Lei si divertì a immaginarlo mentre tagliava i gambi delle rose sul tetto di casa sua. Sembrava una persona molto affettuosa.

«Non è necessario, davvero. Le avevo già detto che andava bene così.»

«Ma era prezioso.» Woncheol si rivolse a Hyoyoung con preoccupazione. Non capita spesso di incontrare qualcuno che tiene alle cose degli altri quanto alle proprie, e anche se lei non aveva ancora compiuto trent'anni, sapeva quanto fosse raro quel genere di persone. Hyoyoung ripeté che non c'erano problemi e pose il vaso al centro del tavolo. Guardandolo dal bancone, le parve leggermente fuori posto, ma poggiandolo su un altro tavolo bianco sembrò andare meglio.

«Direi che questo va più che bene!»

«Dice davvero?»

Woncheol sorrise e le rughe sulle sue guance divennero più profonde. Poi disse che avrebbe scritto una lettera, come al solito, e si sedette con un foglio in mano. Usava una penna a sfera in legno con la punta da un millimetro. I movimenti della sua mano davano l'impressione che avesse una grafia dai tratti molto lunghi. La penna a sfera cominciò a scorrere sulla carta in ogni direzione. Hyoyoung si chiese quale potesse essere il contenuto di una lettera scritta da un uomo adulto che indossava sempre un berretto, coltivava rose sul tetto di casa e non dava mai del tu ai giovani.

Hyoyoung frenò la sua curiosità e si nascose dietro la tenda in lino del bancone.

A chiunque.

Ehi, come stai? L'estate è un periodo in cui respiriamo calore tutto il giorno, ma poi arriva un vento fresco simile a un dono che ci fa girare la testa.

Anche se il mio saluto può sembrare amichevole, mi chiedo quando, se non su un pezzo di carta, troverei il coraggio di rivolgermi a uno sconosciuto in modo affabile.

Mi avvicino ai sessanta, ormai. Ma un uomo rimane uguale anche quando invecchia. E faccio fatica a rivelare i miei sentimenti agli amici. Ecco perché mi affido all'anonimato di questa lettera per esprimermi.

Mia moglie amava le rose.

Un giorno di tarda primavera, all'aria fresca di un vecchio ventilatore arrugginito, notai che le unghie di mia moglie si erano sporcate di terra mentre si occupava del giardino pensile.

Mi chiesi cosa ci fosse di così affascinante da indurla a toccare i gambi delle rose a mani nude, sporcandosi e rischiando persino di pungersi. Mia moglie mi disse che, quando vedeva cose belle, non riusciva a fare a meno di toccarle.

Ora devo occuparmi io di quelle cose belle, da solo. Due anni fa mia moglie è volata in cielo.

Io non sapevo nemmeno quando dare l'acqua alle rose, quando travasarle o quando potarle. Mia moglie era diventata fragile così in fretta da non lasciarmi il tempo di chiederle queste cose: la sua malattia l'ha fatta appassire, proprio come una rosa.

I ricordi di mia moglie nella sua quotidianità ancora mi commuovono. Non credo ci possa essere miglior consolazione per me che scrivere di lei.

Grazie per aver letto fino alla fine la storia di un uomo anziano. Parlare di mia moglie a qualcuno mi è stato di grande conforto.

Ti auguro di avere un'ottima salute.

Se il destino lo vorrà, ci incontreremo di nuovo.

Il grillo anonimo

Woncheol chiuse la penna a scatto, piegò la lettera con le mani abbronzate. Solo in quel momento Hyoyoung notò il nero sotto le unghie dell'uomo. Era probabilmente il terriccio delle rose di cui si stava prendendo cura. Woncheol, tenendo la busta ben sigillata, si avvicinò al bancone; il simbolo che aveva disegnato sul francobollo era uno strano fiore a cinque petali. Hyoyoung tirò fuori l'elenco dei partecipanti al servizio di corrispondenza, sul quale Woncheol scrisse il suo numero di cellulare e il simbolo che aveva disegnato.

«Ha davvero una bella grafia.»

Hyoyoung pensò che fosse proprio questo quello che si intendeva con grafia meravigliosa e che la persona che avrebbe pescato la lettera di Woncheol sarebbe stata davvero fortunata.

«Non è niente di che. Semplicemente ai miei tempi scrivevamo tanto a mano.»

Woncheol si aggiustò il berretto con un'espressione imbarazzata, per poi andare verso la cassetta degli *Amici di penna.* Sul francobollo in alto a destra della lettera che aveva preso era disegnata una faccia con bocca, naso e orecchie ma senza occhi. L'aggettivo *amante delle passeggiate* cerchiato incuriosì non poco Woncheol. Provò un senso di empatia, dato che anche lui amava passeggiare ogni fine settimana nel parco a venti minuti a piedi da casa sua.

Ciao,

Ti scrivo queste poche parole da un luogo dove, dalla finestra, riesco a vedere i tetti ammassati. Fa' un po' caldo e al contempo un po' freddo, e camminando anche solo per poco si inizia a sudare. Tuttavia, il sudore si raffredda velocemente se ci si ferma. Mi sa che ho fatto bene a non portarmi una sciarpa. A quest'ora avrei sudato parecchio.

Questo è proprio il clima perfetto per prendersi un raffreddore, ma immagino che non ti preoccupi di me; quindi, neanche io mi preoccuperò di te. :-)

Oggi, prima di uscire, ho messo il profumo che mi hai regalato. Non avrei mai immaginato che sarebbe diventato il mio preferito! Devo aver amato davvero ogni cosa di te. Lo trovo buffo, perché continuiamo a vivere un altro giorno sotto lo stesso cielo.

Mi rattrista, ma dopotutto esistono anche rapporti di questo tipo.

Ora sto bene, quindi basta, lasciami per sempre. Goditi le tue giornate in luoghi dove io non posso raggiungerti. E quando penserò a te, volgerò gli occhi al cielo.

«Sembra il testo di una canzone o di una poesia!»

Hyoyoung sporse la testa da dietro la tenda di lino quando sentì l'esclamazione di Woncheol.

«Mi sa che questa lettera è qui da un bel po'. L'hanno inviata lo scorso inverno ed è stata aperta solo adesso.»

Hyoyoung si avvicinò al bancone. Woncheol aveva ragione: la lettera era lì da ben prima che lei iniziasse a lavorare nella bottega, eppure non aveva ancora trovato un destinatario, fino a quel momento. Hyoyoung aveva letto la data in cui era stata scritta e l'aveva spostata di proposito in una parte della cassetta facilmente raggiungibile.

«Chissà se l'autore ha incontrato una brava persona nel frattempo», disse Woncheol. «Apprezzo il fatto di poter conoscere i sentimenti dei giovani attraverso queste lettere. Alla mia età è difficile stringere amicizie con persone di venti o trent'anni, ma con le lettere posso condividere con loro tutti i miei pensieri.»

«Sono felice che abbia trovato una lettera di suo gradimento.»

«Deve essere una persona straordinaria. La lettera è breve, ma dimostra quanto abbia guardato dentro di sé e riflettuto sui propri sentimenti.»

Woncheol aggiunse di essere grato per il fatto che ci fossero ancora giovani romantici, nonostante i tempi difficili. Hyoyoung sorrise radiosa e infilò la lettera di Woncheol nella cassetta della corrispondenza. Aveva davvero una bellissima calligrafia. Hyoyoung resistette all'impulso di scrivere anche lei una lettera così da poter aprire quella di Woncheol. Tornò al suo posto e osservò la firma di Woncheol sul registro degli *Amici di penna*: le linee orizzontali salivano da sinistra in basso e da destra in alto con eleganza; i cerchi erano perfettamente tondi e le vocali presentavano un piccolo trattino all'inizio, per poi delinearsi con precisione.

Per qualche ragione, Hyoyoung si soffermò su altre lettere. Non solo le parole, ma anche la grafia rivelava aspetti interessanti della personalità di chi scriveva. Mentre osservava l'elenco, trovava affascinante come le persone vivessero attraverso le parole.

Quando frequentava l'università e scriveva sceneggiature, un giorno si era ritrovata a fissare le teste delle persone su una metropolitana affollata. Si chiedeva quali ricordi rimanessero impressi nella mente di ciascuno e quante di quelle persone avrebbero potuto sentirsi toccate nel profondo dai suoi testi. La profondità di quel pensiero l'aveva spaventata. Mentre rifletteva su tutto ciò trovò la lettera con il delfino sul francobollo. Era il simbolo disegnato dall'amico di penna scelto da Hajun, che il bambino aveva letto senza però volergli rispondere. Accanto al simbolo del delfino lesse un nome a lei familiare: Cha Yeonggwang. Alzò lo sguardo e vide che le tende dell'appartamento dall'altra parte della strada erano ancora chiuse. Diceva di soffrire di insonnia e che aveva installato tende oscuranti.

Passarono quasi dieci giorni. Quando il negozio era vuoto, Hyoyoung scattava foto del panorama che si vedeva dalla finestra della bottega. Sebbene fosse piccola, la finestra laterale offriva scorci variabili: a destra, i tetti colorati; a sinistra, la strada e un complesso residenziale. Quel giorno, nel cielo limpido si stagliava solo una nuvola, bianca e soffice come zucchero filato.

Scattò una foto, la caricò subito su Instagram, aggiungendo l'hashtag #Diariodellabottegadellelettere. Da qualche giorno, su suggerimento di Seonho, di tanto in tanto pubblicava foto e post della bottega. Quando era sul punto di premere sul pulsante PUBBLICA, sul telefono le apparve la notifica di un messaggio di sua madre.

Ho inviato posta di tua sorella al tuo appartamento di Yeonhui. Puoi occupartene tu: è una lettera.

Il fatto che sua sorella continuasse a mandare lettere senza ricevere risposta, che sua madre insistesse perché le fossero recapitate e che sua sorella non sembrasse ancora rinsavita, suscitò in Hyoyoung un'improvvisa sensazione di disagio. Questo sentimento la spinse a voltare lo sguardo verso il vaso che aveva portato Woncheol: le foglie erano diventate gialle e secche. Seonho aveva promesso che, una volta a letto i bambini, sarebbe tornato in bottega con fiori freschi. I fiori sbocciavano, i bambini crescevano e la primavera si trasformava in estate, ma sua sorella continuava a nascondersi dietro le lettere senza farsi vedere.

Perché me la mandi? Tanto non la leggerò.

Ricevuto il messaggio, la madre non replicò. Hyoyoung spalancò la finestra laterale, con il cuore gravato da un senso di oppressione. Era arrivato il vento di agosto e il cielo di Seoul brillava sotto il caldo di mezzogiorno, con un vento tiepido che rallegrava le persone.

In quel momento entrò un cliente in papillon: era Seong Minjae, il contabile. Quel giorno indossava un elegante abito estivo senza una macchia di sudore. La salutò, ringraziandola per la volta precedente e si iscrisse subito al servizio *Amici di penna.*

«Il vaso è diverso dall'ultima volta? Però le rose sono davvero belle.»

Anche se alcune rose stavano appassendo, per lui erano ancora splendide. Quando Hyoyoung gli chiese se avesse bisogno di materiale per scrivere, lui annuì. Lei gli porse la carta da lettere e si sedette dietro la tenda del bancone, sentendo il bisogno di calmarsi.

Minjae guardò le pareti pesca della bottega e sorrise. Aveva passato tutta la mattina con un forte mal di testa al lavoro e si era preso una giornata libera. Quando era uscito dall'ufficio con l'intenzione di andare in ospedale, il mal di testa era miracolosamente scomparso. Imbarazzato all'idea di tornare al lavoro senza una vera ragione, aveva pensato subito alla bottega. Era da un po' che, a causa degli impegni lavorativi, non riusciva a ritagliarsi del tempo per andarci, e cominciava a sentire la mancanza di uno spazio dove poter parlare di sé stesso. Fece un respiro profondo e tirò fuori la penna stilografica che gli aveva regalato un collega qualche giorno prima. Lo stilo della penna era lungo e sottile, simile alla bacchetta di un mago. La punta si divideva in due parti e richiedeva un fine controllo delle dita. Non era ideale per testi troppo lunghi, ma Minjae sentiva il bisogno di scrivere quella lettera con grande attenzione, quel giorno.

«Questa giornata è un dono. Mi sono preso mezza giornata di permesso dal lavoro e sono venuto qui.»

Alle parole di Minjae, Hyoyoung sussultò da dietro la tenda e si affacciò: «Prego? Ha bisogno di qualcosa?».

«No, niente.»

Minjae sorrise e si concentrò sulla lettera. Tirò fuori l'inchiostro per la penna stilografica: era un azzurro chiaro con una punta di viola contenuta in una graziosa boccetta di vetro da trenta millilitri. Il colore ricordava il mare vivace in cui un gruppo di delfini nuotava felice.

Ben presto, la penna cominciò a disegnare un'onda sulla carta da lettere.

Da qualcuno per qualcuno.

Buongiorno,
stai trascorrendo una piacevole giornata estiva?

Mi chiedo in quale momento e in quale luogo chi ha scelto la mia lettera l'abbia letta. Di recente ho iniziato un libro e, già dalla prima pagina, una frase ha catturato il mio interesse. Si tratta di un saggio di Guy Davenport intitolato Sulla lettura. *La frase dice che leggere un libro lascia un segno nella stanza, sulla sedia e nella stagione in cui lo si legge.*

L'idea che gli esseri umani ricordino complessivamente il tempo e lo spazio in cui hanno letto un libro mi ha colpito profondamente.

Sarebbe magnifico se anche le mie parole, le mie lettere, potessero restare nel tempo e nello spazio di qualcuno.

Per molto tempo ho sognato di diventare scrittore, ma ho iniziato a lavorare perché mi mancava il coraggio di realizzare quel sogno. Tuttavia, ultimamente, dopo il lavoro, mi ritrovo a scrivere qualcosa che assomiglia a un romanzo, un paio di paragrafi al giorno. Non sono sicuro di essere bravo, ma che importa? Continuare a inseguire ciò che desidero è il mio modo di amare la vita.

Anche tu hai qualcosa che ti emoziona ancora? Se ti va di rispondere, mi piacerebbe ascoltare la tua storia.

Ti auguro tanta felicità!

Con affetto,
Papillon

In contrasto al turbinio di emozioni che agitavano Hyoyoung, Minjae, finito di scrivere la lettera, con gesti pacati estrasse una salvietta umida per pulire la punta della penna. Forse affrontare una cosa alla volta, con ordine, era il suo modo di vivere. Hyoyoung appoggiò la pancia contro il bancone e osservò i movimenti di Minjae. Minjae mise la penna nella custodia e lentamente ripose nella valigetta gli oggetti che aveva preparato sul tavolo, ognuno all'interno dell'apposita tasca, senza esitazione, assicurandosi che tutto fosse al posto giusto.

Seguendo le direttive di Hyoyoung, Minjae scrisse il suo nome sull'elenco dei partecipanti al servizio di corrispondenza. La sua scrittura era un perfetto equilibrio tra linee rette e curve. Il suo simbolo era una cravatta a farfalla: diretto e intuitivo.

Minjae selezionò rapidamente una lettera dalla cassetta della posta. Prese una busta alla volta, leggendo gli aggettivi cerchiati dall'autore. Quale combinazione avrebbe attirato la sua attenzione? Dopo aver scelto la lettera, Minjae la mostrò con un cenno a Hyoyoung.

«Ha scelto?» chiese lei.

«Sì, prenderò questa,» rispose Minjae, avvicinandosi al bancone e aprendo la busta. Sembrava intenzionato a leggerla lì. Hyoyoung accennò un sorriso, riconoscendo la calligrafia familiare sulla busta: era di Geum Woncheol, che aveva firmato come *Il grillo anonimo.*

«Ah... wow!» esclamò Minjae, concedendosi un sospiro di ammirazione dopo aver letto l'ultima frase. Hyoyoung, intanto, si chiedeva che tipo di lettera avesse scritto Woncheol per toccare così profondamente il cuore di uno sconosciuto.

«Sono stato colto di sorpresa», ammise Minjae, ridacchiando. Sorrise e mise la lettera nella sua valigetta. «Penso di aver fatto bene a prendere mezza giornata di permesso oggi», concluse soddisfatto.

Dopo un inchino, Minjae salutò Hyoyoung e uscì rapidamente dalla bottega, con passi leggeri e vivaci.

3.

Era un giorno festivo, e Hyoyoung decise di sbrigare le faccende domestiche che aveva rimandato. Riempì una lavatrice da nove chili con il solo coprimaterasso. Vicino a casa sua c'era una lavanderia a gettoni, ma per un lavaggio e un'asciugatura avrebbe speso diecimila won. Il rumore assordante della lavatrice riempiva la stanzetta, così Hyoyoung socchiuse le finestre e abbassò le persiane. Da fuori, si udivano i rumori delle moto che passavano per le consegne.

Come mai non sei venuta? Ero arrivata fin lì solo per vederti.

Era un messaggio di due giorni prima, di Eunchae, una sua compagna di università, la sua migliore amica. Eunchae era venuta per il centesimo giorno di Hayul. Nel messaggio si percepiva una sottile punta di dispiacere, come se la rimproverasse per non essersi presentata.

Hyoyoung era combattuta tra la gioia di sapere che qualcuno si ricordava di lei e il desiderio che tutti la ignorassero e la lasciassero in pace. Si sdraiò sul letto e si coprì gli occhi con il cuscino. Le voci di sua madre, che le diceva: "*Sei proprio come tua sorella*", e di suo padre, che aggiungeva: "*Non provi pietà per il tuo povero papà? Ha fatto di tutto per mandare avanti la famiglia!*". si mescolavano nella sua mente. A queste si univa la sua stessa voce, che gridava: "*Avrebbe dovuto limitarsi a essere solo una brava studentessa. Perché doveva aprirsi un'impresa a tutti i costi?!*" Tutte insieme, le loro parole le risuonavano in testa. Per scacciare quei pensieri, lanciò il cuscino e si mise a sedere. Rispose al messaggio di Eunchae ringraziandola e proponendole di vedersi presto. Passò soltanto un minuto, come se Eunchae stesse aspettando una sua risposta.

Davvero? Quando?

Sì, vediamoci in centro in un giorno libero.

Ehi, Woo Hyoyoung...

Che c'è?

Secondo me hai fatto bene...

A fare cosa?

A prenderti un periodo di riposo. So che non diresti mai a te stessa una cosa del genere...

Hyoyoung accennò un sorriso mentre leggeva il messaggio di Eunchae che annunciava che sarebbe presto passata a trovarla in bottega. Improvvisamente, il rumore della lavatrice che segnalava la fine del lavaggio la richiamò alla realtà. Mentre stendeva i panni, pensò che sarebbe stato carino scrivere una lettera di ringraziamento a Eunchae. D'altronde, lavorava da sei mesi nella Bottega delle Lettere e non ne aveva mai scritta una, e la cosa le dispiaceva.

«Ehi, Hyoyoung. Che ci fai qui nel tuo giorno libero?»

Seonho, con addosso un grembiule color kaki, la guardò con gli occhi spalancati. Lei indossava una camicia azzurra con le maniche arrotolate fino ai gomiti.

«Oggi sono qui da cliente. Voglio scrivere una lettera!»

«A chi la vuoi scrivere? A Heo Eunchae?»

«Esatto!»

«Ti ha cercato per tutta la festa di Hajul...»

Hyoyoung scelse un biglietto da inviare alla sua amica con il disegno di una mano che scriveva. Non aveva intenzione di dilungarsi molto, le bastava scrivere quello che provava.

«Usa questa. È una nuova penna stilografica che stiamo per mettere in commercio. Dimmi che ne pensi?»

«E io come faccio a saperlo? Sei tu il proprietario, ne sai più di me al riguardo.»

«Pensi che non lo sappia che sei una persona estremamente sensibile e attenta ai dettagli?»

Seonho poggiò la penna stilografica sul tavolo. Hyoyoung scosse la testa e tolse il cappuccio alla penna. Era una penna di plastica dal design minimale. Quando provò a scrivere su un foglio di prova, dell'inchiostro verde scorse fluido sulla carta.

«Niente male... molto adatta anche per i biglietti.»

«Secondo me si abbina meglio alla carta spessa, e non costa neanche troppo. Ecco perché l'ho scelta.»

Seonho sorrise soddisfatto alla reazione di Hyoyoung e si diresse verso il bancone per piegare con movimenti rapidi e precisi le buste. Osservandolo, lei si sentì come se fosse entrata in un laboratorio di scrittura di lettere. Quindi decise di scrivere una bozza della lettera, come aveva fatto prima di lei il cliente con il papillon. Ora che aveva un'ottima penna, voleva che il biglietto fosse impeccabile. Trovarsi lì come cliente le infondeva una sensazione completamente diversa. Hyoyoung cominciò a scrivere con un sorriso stampato in faccia.

Proprio in quel momento entrò in bottega un volto noto: si trattava di Kwon Euna, la moglie del panettiere e proprietaria dell'agenzia immobiliare.

«Direttore, le ho portato del pane.»

«Di nuovo?»

Seonho con i suoi gesti teatrali fece ridere Kwon Euna che gli stava porgendo la busta con il pane.

Dopo qualche battuta, lo sguardo di Euna si posò su Hyoyoung seduta al tavolo.

«Scrivi una lettera? È la prima volta che ti vedo farlo.»

«Oggi è il suo giorno libero, eppure è qui.»

«Lo vedo. Ma hai un appuntamento con qualcuno?»

Euna sorrise e disse che stava scherzando e si sedette a

fianco di Hyoyoung. Poi tirò fuori una cartella con dei documenti dalla borsa e aggiunse: «Bene, oggi andrò al centro culturale e ho pensato di portarla con me. Vuoi dare uno sguardo?».

Era solo la terza o quarta volta che si vedevano, ma Euna usava un tono confidenziale, che sorprendentemente non infastidiva Hyoyoung. Di recente, Euna aveva iniziato a seguire un corso di poesia presso il centro culturale. Non trovando ispirazione, aveva deciso di frugare tra le vecchie lettere che aveva scritto quando aveva vent'anni.

«Non c'erano solo lettere per mio marito, ma anche per quei bei ragazzi del treno. Però, dopo aver frugato meglio, mi sono resa conto che anche mio marito mi aveva scritto una lettera. Una soltanto!»

«Oh, che carino. Posso leggerla?»

«Certo. Fa' pure.»

Euna porse a Hyoyoung una cartolina, completamente bianca e con sopra il disegno di una rondine. Nonostante fosse fatta di carta rigida, risultava morbida e piacevole al tatto.

Congratulazioni!
Domani non appena avrò finito di impastare, ti verrò a trovare.
Grazie per aver dato alla luce un bambino sano.
Cerchiamo di crescere nostro figlio con onestà e integrità, senza mai creare problemi a nessuno.
Se somiglierà a te, sarà bravissimo; se somiglierà a me, potrebbe essere faticoso stargli dietro.
Ma pazienza...
Mi raccomando, prenditi cura di te.

«Ah ah ah!» Hyoyoung scoppiò a ridere senza nemmeno accorgersene. Proprio come aveva detto Euna, lo stile non era affascinante, ma il tono schietto e diretto rispecchiava perfettamente il carattere del fornaio. Le parole sembravano riflettere il pane che preparava: né troppo dolce né troppo salato, ma dal sapore gustoso.

«Non un granché, vero? Neanche troppo interessante.»

«Almeno è onesto, dai.»

«L'unica lettera che mi abbia mai mandato in anni che stiamo insieme... Ha aspettato la nascita di nostro figlio!»

Euna rimise la lettera nella propria borsa e disse che doveva andare in centro.

«Peccato, mi sarebbe piaciuto scrivere un'altra lettera in cui mi lamento di mio marito, prima di andare via.»

In risposta alla lamentela, Seonho smise di piegare le buste e chiese: «Gli ha mai chiesto di fare un viaggio insieme all'estero?».

«L'ho fatto e indovina un po'? Mi ha detto di andare per conto mio o con qualche parente.»

«Ma dai, ha lavorato per trent'anni, potrebbe pure prendersela una vacanza.»

«È proprio quello che gli ho detto, accidenti!»

Euna se ne andò agitando la mano e Seonho fece partire dal suo computer il brano *Days* di Aoki Hayato. Era il pezzo preferito di Hyoyoung, che con la mano poggiata sul foglio si prese un momento per lasciarsi trasportare dalla musica. Nella sua mente apparve l'immagine di Aoki Hayato che suonava la chitarra, con il sole che faceva brillare le corde. Ascoltare quella musica le ricordava le foglie autunnali che volteggiano in aria: nella sua mente apparve l'immagine delle foglie da tè che si depositano sul fondo di una tazza. Era una melodia che le rievocava un disegno ad acquerelli, con un intenso profumo di colori; una melodia che poteva ascoltare all'infinito senza mai stancarsi. Sentendosi finalmente più tranquilla, Hyoyoung si concentrò sulla lettera da scrivere alla sua amica.

Con la musica che si diffondeva nella bottega, realizzò quanto fosse preziosa la possibilità di restare accanto a qualcuno senza mai sentirsi di troppo. Chi rimaneva a fianco a lei era, in poche parole, chi non aveva bisogno di cambiarla. Il fatto che avesse mantenuto l'amicizia con Seonho, nonostante lei avesse abbandonato l'università, era dovuto forse a questo.

«Vedi? Ho fatto bene ad assumerti...»

«Cosa vuoi dire, così all'improvviso?»

Hyoyoung guardò Seonho.

«Non pensi che i clienti si sentano a proprio agio quando parlano con te?»

«Non saprei. Per me è sempre stato così.»

«Hai proprio un talento naturale!»

Seonho inarcò le folte sopracciglia e si mostrò soddisfatto. Mentre lui era una persona che riusciva facilmente a fare amicizia con gli altri, Hyoyoung restava al suo posto e osservava le persone che le si radunavano intorno. Anche ai tempi della scuola, molti compagni andavano da lei per chiederle consigli. Hyoyoung si limitava a poche parole, ma gli altri sembravano soddisfatti, come se avessero ricevuto una risposta saggia.

«Qui in bottega è importante che ci sia qualcuno che sappia ascoltare gli altri. Parlare, leggere e scrivere sono tre attività interconnesse. Bisogna saper parlare bene per scrivere bene.»

«Non penso che ascoltare sia una cosa così difficile... trovo più difficile parlare di me stessa.»

Hyoyoung alzò le spalle e tornò a concentrarsi sulla lettera per la sua amica. Nonostante lo sforzo, riuscì a scrivere solo tre frasi.

A Eunchae.
Come stai?
Io tutto bene.

L'inchiostro verde si era già asciugato, in attesa delle parole successive. Stava quasi per chiedere a Seonho di scrivere quella lettera al posto suo, quando un cliente entrò nella bottega: era Yeonggwang.

«Da quanto tempo non ci vediamo!»

Yeonggwang, dopo aver salutato Seonho, fece un cenno a Hyoyoung che, seduta al tavolo, alzò d'istinto lo sguardo verso il complesso residenziale Yeonhwa. Le tende erano ancora completamente tirate.

Yeonggwang non sembrava affatto trascurato: il mento liscio e il cardigan verde che indossava, insieme ai pantaloni beige ben stirati, suggerivano che fosse passato al negozio dopo una giornata fuori.

«Com'è andata?» chiese Seonho.

«Insomma... così così», rispose Yeonggwang. Stava tornando da un incontro con la casa editrice dove aveva ricevuto dei feedback per il suo progetto. C'era stata una discussione tra l'editore, che insisteva affinché Yeonggwang non si prendesse altre pause e finisse il lavoro, e il caporedattore che voleva invece dargli più tempo in modo da permettergli di lavorare su un'idea migliore. Seduto in mezzo a loro, Yeonggwang si era sentito scoraggiato.

«Ma dai, non può essere così terribile. Fallo vedere a Hyoyoung. Lei scriveva sceneggiature di film...» propose Seonho.

Hyoyoung, imbarazzata, alzò subito le mani.

«Oh no, è passato tanto tempo dall'ultima volta che mi sono occupata di cinema. Non ne so più nulla!»

Yeonggwang sorrise e si sedette di fianco a Hyoyoung, che coprì istintivamente il biglietto con la mano. Yeonggwang scriveva con una tale disinvoltura che lei non voleva che vedesse la difficoltà che stava provando anche solo nello scrivere un saluto a una sua amica.

«Per chi è questa lettera?» chiese Yeonggwang. «Lettera d'amore?»

Hyoyoung fece no con la testa, rispondendo che era per una collega di dipartimento con cui studiava un tempo. Yeonggwang diede una rapida occhiata alla lettera e si alzò dalla sedia.

«Hai davvero una bella grafia. Ci ho fatto caso l'ultima volta che mi hai scritto la ricevuta», commentò.

Imbarazzata da quel complimento, Hyoyoung guardò il biglietto. Anche se non era mai stata brava come sua sorella, a scuola era famosa per essere tra le migliori studentesse nella stesura degli appunti. Non importava se usasse la matita, la penna o l'evidenziatore: i suoi appunti erano sempre ordinati e impeccabili. Doveva essere alle elementari, quando la sua insegnante, durante il controllo dei compiti aveva mostrato i suoi quaderni a tutta la classe dicendo che i bambini che scrivevano in modo così ordinato come lei erano quelli che andavano meglio a scuola.

«Be' è vero, ci sono delle cose che ancora so fare bene», disse Hyoyoung ripensando a quel giorno. Le dava l'impressione che la sua autostima, anche se aveva lasciato la facoltà di cinematografia, non l'avesse abbandonata del tutto o forse si stava piano piano risanando grazie all'accogliente atmosfera della bottega. Intanto i clienti cominciavano ad affollare il negozio e Yeonggwang, dato che non voleva tornare nel suo studio, decise di aiutare Hyoyoung con i biglietti. Hyoyoung notò che da maggio i clienti erano aumentati parecchio: questo era in parte dovuto all'attenzione che Seonho dedicava alla gestione del profilo Instagram della bottega, nonostante gli impegni con i figli, e al successo di #Diariodellabottegadellelettere di Hyoyoung.

Ma era del parere che fosse soprattutto merito della sincerità con cui Seonho parlava delle lettere, particolare molto apprezzato dai clienti.

«Una mia amica mi ha regalato un quaderno che ha comprato qui. Sono venuta perché mi ha incuriosita molto. Questo posto è davvero bello», disse una cliente.

«Le foto su Instagram sono stupende. Posso scattarne qualcuna anche io?» chiese un altro.

«Faccia pure, la ringrazio», rispose Seonho con un sorriso raggiante.

Non appena il cliente che aveva acquistato cartoline, libri e articoli di cancelleria se ne andò, ne arrivarono altre due interessate a usufruire del servizio *Amici di penna*. Erano due donne sulla trentina, e una di loro gestiva la caffetteria vicino e aveva deciso di iscriversi al servizio di corrispondenza. L'unico problema era che non avevano più sedie.

Seonho chiamò Hyoyoung.

«Sì?»

«Sono finite le sedie. Vai alla caffetteria e termina lì di scrivere la tua lettera.»

Hyoyoung sorrise alle clienti che si stavano scusando, e spiegò loro che non c'erano problemi in quanto era una dipendente. Mentre stava per uscire, Yeonggwang, che aveva finito di piegare le cartoline, chiese se potesse accompagnarla.

«Oggi non ho proprio voglia di tornare a casa. Solo l'idea di guardare lo schermo mi stanca.»

«Ah, capisco.»

«Non ti darò fastidio, giuro. Me ne starò zitto e buono.» Yeonggwang tirò fuori dallo scaffale un volume con una raccolta di lettere d'amore. «Capo, io prendo questo. Poi ti manderò i soldi.»

«D'accordo», rispose Seonho.

4.

Nei pressi della bottega a Yeonhui c'erano diversi caffè dal design raffinato. Hyoyoung e Yeonggwang entrarono in uno di questi, situato in una casa residenziale con grandi finestre e splendide pareti decorate con vetri colorati. Hyoyoung ordinò un *iced* americano e si sedette, tornando a concentrarsi sulla cartolina che stava scrivendo alla sua amica. Yeonggwang, senza dire una parola, le si sedette di fronte e iniziò a leggere il libro che aveva preso in bottega: una raccolta di lettere d'amore degli anni Ottanta. Era immerso nella lettura e, di tanto in tanto, sottolineava delle frasi con una matita.

«Non soffrivi d'insonnia, tu? Perché bevi del caffè, allora?» chiese Hyoyoung senza pensarci, rendendosi subito conto dell'indiscrezione. Aveva sentito la cosa da una lettera che Hajun aveva letto. Yeonggwang non si fece domande al riguardo, supponendo che l'avesse appreso da Seonho.

«Quando si ha un debito di cinquanta milioni di won, o cinquantacinque milioni, è quasi la stessa cosa. Quando l'insonnia persiste, non importa se vai a letto alle tre del mattino o alle cinque, non cambia molto...» rispose Yeonggwang.

«È interessante paragonare una cosa del genere a un debito. Adesso che ci penso, ha senso... anzi... no, niente... lascia perdere», rispose Hyoyoung.

«Cosa volevi dire?» chiese Yeonggwang, incuriosito.

«Niente», rispose Hyoyoung, tornando a concentrarsi sul biglietto. Alla fine, concluse la lettera con frasi semplici e scontate: scrisse che stava bene, che sperava che l'amica stesse altrettanto bene e che le era grata per averla contattata. Anche se non era completamente soddisfatta, aveva messo impegno in ogni parola e sperava che l'amica lo apprezzasse.

«Da quanto frequenti la bottega?» chiese poi a Yeonggwang.

«Non saprei. Ho preso il mio studio l'anno scorso e un giorno ho scoperto per caso il negozio, proprio dall'altra parte della strada. Mi sa che era maggio, credo.»

«Quindi sei un cliente abituale da un bel po' di tempo.»

«Esatto!»

Hyoyoung soffiò delicatamente sulla cartolina per far asciugare l'inchiostro, poi toccò le parole con il dito per assicurarsi che non sbavassero prima di metterla nella busta. Applicò un adesivo con la scritta BOTTEGA e premette con decisione con il pollice, come per sigillarla.

«Perché hai smesso di fare film?» chiese improvvisamente Yeonggwang, fissando Hyoyoung con intensità. Lei cercò di mantenere un tono neutro, evitando di sembrare triste o abbattuta per il sogno infranto.

«È finita come una cotta non ricambiata. Avevo l'opportunità di realizzare un progetto personale con un finanziamento esterno, ma l'ho rifiutato.»

«Perché?»

«Non era quello che immaginavo. Le persone cercano e desiderano cose diverse. Cercavo di essere neutrale, speravo che il mio lavoro sembrasse quello di un regista realista», rispose Hyoyoung.

«Deve essere stato difficile...» commentò Yeonggwang.

Lei sospirò.

A dire il vero, c'erano infinite ragioni per cui aveva abbandonato il cinema. Non sopportava le riprese all'aperto nei giorni caldi, si sentiva delusa quando gli assistenti o gli attori non capivano subito le emozioni dei personaggi che aveva scritto. Quando si trattava di trovare una location, doveva sempre sorridere esageratamente per sembrare amichevole, e spesso doveva coprire i costi aggiuntivi delle riprese con i suoi risparmi da lavoretti extra. Ma anche escludendo tutte queste difficoltà e disagi, il fatto era che girare film non era divertente. O meglio, era noioso.

In realtà, non sapeva nemmeno lei cosa sentisse davvero.

«Forse è perché non ero abbastanza brava, alla fine», disse.

«È per questo che hai rinunciato?» chiese Yeonggwang.

«Probabilmente. Non importa quanto ami qualcosa, a volte devi lasciarla andare.»

«Capisco. Forse è il momento per me di fare lo stesso.»

«Ma dai, è diverso per chi è già riuscito a fare il suo debutto. Ho sentito che il tuo primo lavoro è andato piuttosto bene.»

Parlarono per poco più di un'ora, scambiandosi opinioni sui webtoon e sui film che piacevano a entrambi. Chi aveva abbandonato il proprio sogno e chi vi era ancora aggrappato avevano molto di cui discutere. Parlarono di come nel cinema non bastasse solo l'impegno e di quanto fossero cruciali le connessioni, ma poi si corressero, temendo di sembrare troppo cinici.

«Quindi, continuerai a lavorare al negozio?» chiese Yeonggwang.

«Non lo so. Non ho ancora pensato a cosa fare in futuro. Sono finita alla bottega per caso.»

Non menzionò che era scappata di casa a causa delle lettere della sorella: non pensava fosse il caso di parlarne con Yeonggwang.

Guardò l'orologio: erano le 17.30. Stava per alzarsi quando ricevette una telefonata da Seonho.

«Ragazzi, restate. Offro una cena a base di pancetta!» disse Seonho.

«Così, all'improvviso?» chiese Hyoyoung.

«Ho due ore di libertà. Per un uomo sposato, valgono oro. Non accetterò un no come risposta!» concluse Seonho.

Verso le 18, si ritrovarono tutti e tre in un ristorante lì vicino. Si tolsero le scarpe e si accomodarono a un tavolino basso, dove sorseggiarono birra e mangiarono carne alla griglia.

«Hyoyoung, oggi abbiamo avuto più di quaranta clienti. Molti, considerando che è un giorno feriale, non trovi?»

«Direi di sì. Ma la domanda è: erano amanti delle lettere o semplici affezionati alla bottega?»

«Entrambe le cose!» Seonho rise soddisfatto e scolò il suo bicchiere di birra. Yeonggwang prese subito la bottiglia e glielo riempì di nuovo con aria reverenziale.

«A dire il vero, stavo pensando di aprire un secondo negozio dopo la festa di Hayul.»

«Un secondo negozio? Dove?»

«Perché me lo chiedi? Sei interessata a lavorarci?»

Hyoyoung scoppiò a ridere vedendo l'espressione sorniona di Seonho, che aveva allungato il collo verso di lei. Seonho la fissò di nuovo, scherzando sul fatto che ormai dovesse aver imparato tutto su come gestire un negozio di lettere.

Hyoyoung chiese perché avesse deciso di aprire una seconda sede proprio in un periodo in cui era già così impegnato con i figli. Seonho spiegò che il suo desiderio era diffondere la «cultura della scrittura di lettere» tra le persone. L'idea di aprire un altro negozio era nata dalla volontà di creare un punto di riferimento per questa cultura.

Quando gli avevano presentato l'opportunità di aprirlo in una nuova location grazie a un conoscente di sua moglie, il sogno di Seonho aveva preso vigore. Aggiunse che, se l'apertura del secondo negozio fosse andata bene, la nuova bottega avrebbe avuto un *concept* diverso da quello di Yeonhui.

«Sei davvero incredibile, non ti fermi mai.»

«Anch'io ho attraversato un lungo periodo buio. Hyoyoung lo sa. Ero il più vecchio, il peggiore in recitazione, i professori mi rimproveravano mentre i compagni mi ignoravano.»

«Dici sul serio?»

«Sì, sono un tipo che molla in fretta: comincio qualcosa dando tutto me stesso, ma se non raggiungo i risultati che voglio, tendo a fermarmi subito. Anche con la recitazione, dopo meno di due anni dalla laurea ho smesso.»

Seonho girò le fette di pancetta sulla griglia. Hyoyoung, ricordando i tempi dell'università trascorsi insieme, continuò a parlare.

«Eppure, eri incredibile, all'epoca. Ogni settimana andavi in cerca di sconosciuti per intervistarli in merito al loro lavoro, dicendo che ti avrebbe aiutato con lo studio dei personaggi.»

«Veramente? E come trovavi i tizi?» chiese Yeonggwang incuriosito, guardando Seonho.

«Li cercavo su internet o tramite passaparola. Ma sai una cosa? È stato proprio durante quelle interviste che mi è venuta l'idea per la Bottega delle Lettere.»

Seonho, intervistando ogni settimana dei perfetti sconosciuti, si era accorto che la gente amava raccontare la propria storia. Le persone rispondevano, annuivano e passavano alla domanda successiva, per poi arrivare a riflette su cosa stavano facendo della loro vita e capire a che punto si trovavano.

«Volevo aprire un posto dove ascoltare le storie degli altri, in qualsiasi forma. Ma è stato dopo aver finito l'università e aver incontrato mia moglie che ho avuto l'idea giusta.»

Sua moglie gli aveva suggerito di far scrivere alle persone ciò che volevano dire e di permettere ad altri di leggerlo. Come quando, da giovani, le ragazze si scambiavano i loro diari. Ecco com'era nata l'idea del servizio *Amici di penna*, dove le lettere venivano scambiate in modo anonimo.

«Finalmente ho trovato la mia vera vocazione: essere il proprietario di un negozio di lettere. La gente pensa che ho aperto il negozio solo grazie a mia moglie, ma io lo gestisco dando sempre il massimo e con la mentalità di un vero imprenditore!»

«Facciamo un brindisi», propose Yeonggwang, e Hyoyoung e Seonho alzarono i bicchieri.

Cin! Il suono cristallino del brindisi risuonò sul tavolo.

Poco dopo, Seonho ricevette una telefonata. Era sua moglie che gli chiedeva dove avesse messo gli asciugamani di spugna per la bambina.

«Non sono nel cassetto sotto il carrello? Li ho piegati e sistemati tutti, oggi.»

Dopo aver chiuso la chiamata, Seonho guardò l'orologio: era ora di tornare a casa. Pagò, salutò Hyoyoung e Yeonggwang con un cenno della mano e si allontanò in fretta. Yeonggwang chiese timidamente a Hyoyoung se potesse accompagnarla a casa, ma lei rispose che non era necessario.

«Abito qui vicino.»

«Capisco», annuì lui. Tuttavia, poiché andavano nella stessa direzione, decisero di fare un pezzo di strada insieme. Poco dopo, Seonho chiamò di nuovo.

«Hyoyoung, ho lasciato dei panini in negozio. Potresti prenderli, altrimenti diventano raffermi? Me li ha regalati il panettiere.»

«Sono proprio qui davanti. Ci penso io», rispose lei.

Mentre Hyoyoung spiegava la situazione a Yeonggwang e si apprestava a salire le scale, si ricordò improvvisamente di qualcosa e gli chiese di aspettarla giù.

«Tieni, è un regalo per te.»

Poco dopo, Hyoyoung tornò e porse a Yeonggwang una scatola di carta che sembrava un astuccio per penne. Sul lato della scatola c'era una scritta in giapponese.

«È un fermacarte a forma di balena.»

«Ah, l'ho visto spesso in vetrina. Ma perché...?»

Hyoyoung non trovò una spiegazione precisa. Forse era perché, dopo aver passato mezza giornata insieme al caffè e al ristorante, non si era mai sentita a disagio. O forse perché, dopo tanto tempo da quando era arrivata alla bottega, aveva parlato dei propri sogni con qualcuno della sua età. Yeonggwang rigirò nervosamente la scatola tra le dita. Anche se era una semplice scatola di carta, con la parola BALENA scritta in giapponese in piccolo, sembrava volesse esaminarla attentamente. Hyoyoung, per scacciare l'imbarazzo, parlò per prima.

«È in ghisa e pesa un po' più di due etti e mezzo.»

«Sì, la scatola è piuttosto pesante.»

«Sai, quando ho qualcosa di pesante tra le mani, mi rilasso e mi addormento più facilmente.»

«Grazie mille.»

Yeonggwang la ringraziò sinceramente, poi si diresse verso casa.

Hyoyoung, camminando per strada, sentì una leggera sensazione di calore. Anche se il regalo era stato un pensiero improvviso, era soddisfatta. Regalare il fermacarte a forma di balena a Yeonggwang era stato un modo per concludere il servizio di *Amico di penna* che Hajun non era riuscito a portare a termine.

Tornata al suo appartamento, Hyoyoung guardò la lettera attaccata alla porta d'ingresso. Era di sua sorella, fissata lì con del nastro adesivo da qualche giorno. Ogni volta che la vedeva, le sembrava di aver lasciato un ospite fuori dalla porta. Come al solito, Hyoyoung stava per ignorare la lettera, ma poi esitò. Aveva mostrato gentilezza verso persone estranee per tutto il giorno, e non era il caso di essere così dura con sua sorella.

Prenderla e portarla dentro non le costava nulla. Hyoyoung staccò la lettera e la portò nella sua stanza. Prima ancora di togliersi le scarpe, la posò sul mobile dell'ingresso, sopra la bolletta della luce. Ma non trovò il coraggio di leggerla.

IL ROMANTICO GEUM WONCHEOL

1.

Bottega delle Lettere
[Inviato tramite Web]

Gentile cliente Geum Woncheol, le notifichiamo l'arrivo della sua lettera di risposta per il servizio *Amici di penna*. La preghiamo di visitare la bottega durante gli orari di apertura. Nel caso non potesse recarsi al negozio, è possibile scegliere la consegna tramite corriere.

Woncheol arrivò puntuale all'apertura del negozio. Indossava un cappello a quadri e una giacca di lino beige. Mentre sistemava il cappello, mostrò un'espressione intimidita.

«Ho ricevuto un messaggio: dice che la mia lettera è arrivata.»

«Ah, certo. Gliela porto subito.»

Hyoyoung gli consegnò una lettera con disegnato un papillon nell'angolo in basso a destra della busta. Era una lettera che Minjae aveva lasciato qualche giorno prima. Woncheol si sedette a un tavolo e cominciò a leggere lentamente la risposta di Minjae.

Per il coltivatore di rose.

Non so se posso permettermi di chiamarla così, ma nella sua ultima lettera ha parlato di rose; quindi, ho deciso di darle questo nome. Spero che non le dispiaccia e che accetti questo appellativo con gentilezza.

Anche mia madre coltiva rose nel giardino di casa. Mi ha detto che, se si taglia appena sopra i nuovi germogli che crescono verso l'esterno, i rami non si intrecciano tra loro. Inoltre, è meglio tagliare i rami troppo sottili.

In realtà, ho trovato la sua lettera mentre ero alla bottega durante una pausa dal lavoro. Quel giorno avevo mal di testa e l'umore un po' giù, ma leggere la sua lettera mi ha commosso. Appena l'ho letta, avrei voluto risponderle subito.

Sono rimasto colpito non solo dal contenuto, ma anche dalla calligrafia. Di solito mi dicono che non scrivo male, ma rispetto alla sua, la mia scrittura è imbarazzante!

Come ogni persona ha una voce che la contraddistingue, anche ogni strumento ha uno stile suo, che sia una penna a sfera dalla punta tonda o una matita ben appuntita o una stilografica dal tratto variabile, ritengo che tutte rendano l'arte di scrivere affascinante. Di recente ho comprato una penna a immersione fatta di vetro, e quando la uso mi sento come un mago.

Mi piacerebbe incontrare di nuovo la sua bellissima calligrafia e le sue frasi eleganti.

Ultimamente lavoro parecchio, quindi non mi sarà possibile scrivere spesso, ma spero che riusciremo a scambiarci ancora qualche lettera prima della fine dell'anno.

Nel frattempo, si prenda cura di sé.

Papillon

Woncheol sorrise stringendo la lettera. La luce del mattino filtrava dolcemente dalla finestra sul cappello a quadretti. Dopo aver piegato il foglio e riposto la lettera nella busta, la mise nella tasca interna della giacca e si alzò. Poi si soffermò a osservare il foglio su cui avrebbe scritto la risposta.

«In realtà, non sono mai stato un tipo molto loquace.»

«Prego?»

Hyoyoung spuntò timidamente da dietro la tenda di lino.

«Dopo aver perso mia moglie, ho cominciato a parlare spesso da solo. Ma parlare da soli è troppo strano, così ho iniziato a scrivere lettere. Le parole che escono con difficoltà avevano bisogno di un posto dove fermarsi, e ho pensato che un foglio potesse essere quel posto.»

Hyoyoung non riusciva a comprendere appieno il dolore di Woncheol per la perdita della moglie. Ma sebbene fosse una situazione che lei trovava difficile da immaginare, sentì una punta di dispiacere e annuì in silenzio.

Woncheol scelse un set di carta da lettere con una bordatura rossa. Si soffermò a contemplare le penne esposte accanto al bancone e, infine, prese una stilografica e dell'inchiostro nero. Hyoyoung annotò i nomi dei tre articoli e i relativi prezzi.

«Sono molto grato di aver ricevuto delle parole così toccanti da uno sconosciuto.»

«Ah, sono contenta di sentirglielo dire! Sembra che abbia trovato un buon amico di penna.»

«Sarebbe bello scambiarci delle lettere di tanto in tanto. Prestando attenzione affinché il rapporto non diventi un obbligo.»

Con un sorriso soddisfatto, Woncheol uscì dalla bottega. Il rumore della sua camminata regolare fuori dalla porta d'ingresso si fece sempre più lontano.

Durante un momento di calma, quando i clienti erano pochi, Hyoyoung alzò il volume della musica e si perse a osservare le nuvole che scivolavano dietro Yeonhwa. Come al solito, la musica era quella della chitarra di Aoki Hayato. I suoni che si mescolavano al tintinnio della chitarra sembravano evocare il movimento delle parole su una lettera.

Distrattamente, Hyoyoung scrisse *A Hyomin* sul retro della ricevuta, riflettendo su cosa sua sorella avrebbe potuto scriverle. Si chiedeva se la sorella avesse davvero così tanto da dirle o se fosse piena di risentimento. Forse si sfogava su quanto fosse stato difficile per lei, come primogenita, e su quanto avesse dovuto faticare per diventare la figlia di cui il padre era orgoglioso, mentre Hyoyoung si era limitata a seguire la sua passione per l'arte, perché era stata una codarda.

Era probabile che avesse scritto una cosa del genere.

Proprio mentre controllava l'inventario della libreria, entrò una cliente con un volto familiare. Si trattava di una conoscente, ma era la prima volta che visitava la Bottega delle Lettere. Era Jeong Joohye, un'impiegata dell'ufficio postale di Yeonhui. Hyoyoung, che aveva già frequentato l'ufficio postale più volte, ricordava di aver letto il suo nome sul tesserino. Era stata lei a informarla di un errore nell'indirizzo quando il negozio era appena stato aperto.

«Oh? È la prima volta che vieni nel nostro negozio, vero?»

Joohye sorrise timidamente alla domanda di Hyoyoung. Non era abituata a vederla senza l'uniforme delle poste. Indossava jeans azzurri, cardigan di colore avena e sandali neri. Anche se Hyoyoung non prestava molta attenzione all'abbigliamento dei clienti, era interessante vedere un volto familiare in una nuova veste.

«Sì. Ogni volta che spedivo la posta, leggevo BOTTEGA DELLE LETTERE - GEURWOL sulle buste, ma non c'ero mai venuta di persona.»

«Dai pure un'occhiata intorno. Se hai bisogno di qualcosa, fammelo sapere.»

Hyoyoung sorrise: era una risposta al sorriso che Joohye le regalava ogni volta che andava alle poste. Joohye prese due cartoline con sopra dei fiori e si avvicinò alla scatola con gli attrezzi di scrittura per gli *Amici di penna*. Quando Hyoyoung spiegò in cosa consistesse il servizio di corrispondenza, Joohye osservò con curiosità le buste una per una, poi si voltò verso Hyoyoung e chiese: «Posso prenderne una?».

«Scusa?»

«Non sono brava a scrivere lettere, ma sono curiosa di sapere cosa scrivono gli altri. Non posso prenderne una o anche di più?» Aggiunse anche che le avrebbe pagate diecimila won.

Era la prima volta che riceveva una richiesta del genere e Hyoyoung, in un primo momento, non seppe cosa rispondere. Tuttavia, se avesse portato via delle lettere, il numero nella cassetta sarebbe diminuito; quindi, fu costretta a dirle di no. Joohye si mostrò delusa.

«Potresti scrivere anche solo una breve lettera, parlando del tempo o dei libri che ti piacciono, e poi prenderne una.»

Hyoyoung trovava ironico il fatto che le stesse dando dei consigli su come scrivere la lettera, visto che lei stessa faticava a scrivere. Joohye, come uno studente bloccato su un problema, restò a riflettere per un momento con la bocca serrata, poi continuò: «In realtà non leggo molti libri e non ho visto film particolarmente interessanti nell'ultimo periodo. Tutto quello che guardo mi lascia indifferente».

«Direi che stai passando un periodo noioso.»

«Esatto.» Joohye posò il set di cartoline sul bancone. Hyoyoung prese una penna e scrisse i nomi dei prodotti sulla ricevuta, mentre Joohye continuava a parlare. «Ero curiosa di sapere se le persone scrivono lettere perché hanno effettivamente qualcosa da dire. Sono entrata nel mondo del lavoro subito dopo la laurea e la mia vita è diventata tutta casa e lavoro. Non so nemmeno cosa mi piaccia davvero.»

«Non hai nessun hobby, quindi?»

«Guardo solo i film che mi consigliano gli altri. Non mi dispiacciono, ma non mi fanno nemmeno impazzire. Quando penso a cosa mi piacerebbe, non riesco a capirlo chiaramente. È lo stesso con le cose che possiedo e gli hobby.»

«Be', allora potresti scrivere proprio di questo.»

«Scrivere di questo?»

«Sì. Potresti dire che ti annoi a morte.»

Joohye sorrise e accettò il consiglio. Chiese se potesse prendere in prestito della carta da lettere per il servizio di corrispondenza e Hyoyoung gliela diede insieme alle buste. Joohye pagò e disse: «La prossima settimana a quest'ora! Ti prometto che scriverò qualcosa».

«Va bene, ti aspetto!»

Joohye lasciò il negozio con entusiasmo, dicendo che quello era un compito divertente da svolgere.

Per Hyoyoung, prossima ai trent'anni, l'esperienza di lavorare con orari fissi dalle 9 alle 18 era una novità. Quello alla bottega era per lei il primo lavoro con un orario regolare. In passato, aveva avuto dei lavoretti part time come assistente nei set pubblicitari, tutor per studenti che volevano entrare al dipartimento di sceneggiatura e altri impieghi in minimarket e caffetterie.

Nonostante il suo passato lavorativo non fosse stato sempre entusiasmante, non lo ricordava solo come un *periodo di noia*, ma come un'opportunità per incontrare molte persone e osservare diversi tipi umani. Aveva scritto sceneggiature ispirate da quelle esperienze, quindi ne conservava un ricordo prezioso.

Hyoyoung voleva fare il tifo per Joohye e sperava che riuscisse a superare il suo periodo di noia. Il mondo non sarebbe mai andato come si desiderava, e quindi bisognava imparare a cavalcare le onde. Proprio come aveva dovuto accettare che la sua tanto amata cinematografia non fosse la vita che sperava, riconoscendo che il negozio di lettere era perfetto per lei.

Poco dopo che Joohye se ne fu andata, arrivò nella bottega una famiglia. Era una giovane coppia sui trentacinque anni con due bambine di circa dieci e sei anni. La mamma prese un magnete d'argento a forma di palla e suggerì di attaccare una cartolina del loro viaggio sul frigorifero. Il papà annuì e prese una busta decorata con una cicogna, dicendo che avevano bisogno di buste per i soldi da regalare per Chuseok. Le bambine esaminarono tutto ciò che era esposto nel negozio, chiacchierando con entusiasmo.

Mentre i genitori si avvicinavano alla cassa, la figlia maggiore prese una cartolina da scrivere alla nonna. La più piccola la imitò subito. Era l'età in cui voleva fare tutto ciò che faceva la sorella maggiore. Hyoyoung lo capiva bene. La mamma si chinò verso la secondogenita e le disse: «Eunyul sa leggere in coreano, ma tu non ancora. Vuoi scrivere lo stesso?».

«Sì, lo voglio.»

«Va bene, allora.»

Mentre Hyoyoung preparava i pacchetti, la figlia maggiore chiese alla mamma: «Mamma, posso scrivere la lettera qui? Ho portato anche i pastelli per disegnare».

«Anch'io, anch'io!» esclamò la più piccola.

La mamma guardò Hyoyoung, che le assicurò che andava bene e che le bambine potevano scrivere e disegnare liberamente. Hyoyoung spostò il vaso per liberare lo spazio. La mamma e la figlia maggiore, e il papà e la secondogenita, si misero a progettare le loro lettere. Era divertente osservare la famiglia immersa in una seria riunione di lavoro.

Mentre Hyoyoung controllava gli ordini online sul sito del negozio, il papà si avvicinò con un'espressione preoccupata.

«Che facciamo? La nostra bambina ha macchiato il tavolo con i pastelli.»

«Oh, non si preoccupi, ci penso io.»

«No, se avete delle salviette umidificate me le dia, per favore.»

Hyoyoung ripeté che andava tutto bene, ma il papà insistette e prese le salviette umidificate per pulire. Si sentiva il fruscio rapido mentre i genitori strofinavano il tavolo. Poiché era bianco, temevano che le macchie potessero lasciare dei segni. Quando Hyoyoung andò a controllare, notò che erano rimaste tracce arancioni e blu. Era evidente che sarebbe stato necessario un detergente specifico per pulire a fondo.

«Mi dispiace. Non si toglie facilmente», disse il papà.

«Non è un problema. Sistemerò il resto io», rispose Hyoyoung.

La figlia maggiore si avvicinò e le fece un inchino. «Mi dispiace!»

«Non preoccuparti», replicò Hyoyoung con un sorriso.

Anche la secondogenita fece un piccolo inchino. Dopo che la famiglia ebbe lasciato il negozio, Hyoyoung provò a pulire le macchie con le salviette umidificate, ma senza successo. Decise che avrebbe comprato un detergente apposito al negozio Daiso sulla strada del ritorno.

2.

Dopo una lunga notte di sonno, Yeonggwang si svegliò eccezionalmente rinvigorito. Era come se si fosse risvegliato galleggiando su un mare tranquillo. Mentre osservava il fermacarte a forma di balena che teneva in mano, sentì che il suo peso lo aiutava a placare le ansie.

Posò il fermacarte sul comodino accanto al letto e si diresse verso il soggiorno. Prese un bicchiere d'acqua in cucina e si sedette sul divano, accendendo la televisione. In TV davano una televendita che proponeva pacchetti viaggio last minute per la Thailandia. Cambiò canale e trovò una replica di una trasmissione musicale. Si passò una mano tra i capelli, aprì le tende oscuranti e vide che dall'altra parte della strada, alla Bottega delle Lettere, Hyoyoung piegare delle buste. Era la prima volta che indossava un grembiule blu.

Voleva salutarla e ringraziarla per avergli donato una notte di sonno grazie al suo regalo, ma decise di non farlo per non disturbarla. Richiuse le tende e andò in bagno per lavarsi e radersi. Anche se il lungo tunnel buio nella sua mente sembrava ancora senza fine, sentiva penetrare una lieve brezza.

Lasciò l'appartamento e salì sulla bici per dirigersi verso il ponte Yanghwa. Era l'ultima settimana di settembre e l'aria cominciava a profumare di autunno. Nonostante avesse risposto con un semplice messaggio di scuse alla madre, che gli chiedeva se sarebbe andato a trovare i genitori per il Chuseok, aveva già preparato i regali per sua madre, il patrigno e il fratellastro.

Non li aveva sempre evitati. Quando era uscito il suo primo webtoon, era più sicuro di sé e aveva pensato di poter vivere senza chiedere aiuto. Tuttavia, ora che le cose non stavano andando bene, trovava difficile avvicinarsi alla famiglia. Si chiedeva, nel caso in cui fossero stati suoi familiari biologici, se sarebbe stato più facile aprirsi nei momenti difficili. Le sue emozioni erano di nuovo un groviglio.

Dopo più di quaranta minuti in bicicletta, Yeonggwang si fermò in una caffetteria con vista sul fiume Han. Cominciò a disegnare il panorama sul suo taccuino. Pregò di riuscire a mantenersi lucido fino alla realizzazione del suo prossimo progetto e, per conservare mente e corpo in salute, disegnava le persone che andavano in bicicletta. Dopo circa un'ora, cinque pagine del suo taccuino erano piene di paesaggi. Anche se il disegno non era perfetto, finché riusciva a mettere qualcosa su carta, significava che non era finita.

Tornato davanti all'appartamento, Yeonggwang comprò una bottiglia d'acqua ghiacciata al minimarket e la bevve. Alzando lo sguardo, vide di nuovo la finestra della bottega e improvvisamente ebbe il desiderio di registrare la giornata come se fosse un diario. Entrando nel negozio, fu accolto dal solito profumo di legno. Il suo respiro si fece subito più regolare. Hyoyoung lo accolse con un sorriso più luminoso del solito, come se fosse capitato qualcosa di bello.

«Oggi sembri particolarmente allegra», disse Yeonggwang.

Hyoyoung confermò con entusiasmo. «Due ore fa, è venuta una famigliola con delle bambine. Le piccole hanno voluto disegnare sulle buste con dei pastelli colorati, e hanno finito per macchiare il tavolo.»

«E poi?»

«Anche se la famiglia ha cercato di pulire con le salviette, le macchie sono rimaste. Così, dopo mezz'ora sono tornati con detergente e spugne e hanno pulito tutto per bene.»

«Che genitori educati.»

«Sì, è stato bello vedere come lavoravano insieme per pulire. Le bambine li hanno seguiti senza fare storie.»

«Sembra che ti sia piaciuto molto. La vista di tutto ciò, intendo.»

«Forse è perché si avvicinano le festività. Quella scena mi è sembrata particolarmente bella.»

Hyoyoung sistemò il vaso di fiori che aveva tolto dal davanzale e lo rimise a posto sul tavolo pulito. Yeonggwang estrasse alcune carte dalla sua borsa e ne piegò una, inserendola in una busta. Poi la porse immediatamente a Hyoyoung.

«È una lettera di auguri per le festività.»

«Per me?»

Yeonggwang annuì e Hyoyoung accettò la lettera con gratitudine.

«Quando l'hai scritta?»

«Oggi. Sono andato a prendere una boccata d'aria al fiume Han.»

Yeonggwang aveva in realtà previsto di scrivere una lettera, ma era così stanco che pensò di tornare a casa. Dopo aver pedalato per quasi due ore, era comprensibile.

Hyoyoung salutò Yeonggwang e aprì subito la busta. All'interno, invece di una lettera, trovò un disegno delicato realizzato con linee sottili. Era un'illustrazione di una famiglia seduta o sdraiata su un telo al fiume Han.

Era un'atmosfera completamente diversa rispetto ai webtoon di Yeonggwang. Il disegno aveva curve eleganti, simili alle illustrazioni delle fiabe francesi. Hyoyoung ricordò che Yeonggwang aveva studiato pittura occidentale all'università, come aveva detto durante la cena con Seonho. Alzando il disegno verso la finestra, notò che la carta brillava di una luce dorata. La calda luce del sole sembrava avvicinarsi ancora di più.

La mattina seguente, Hyoyoung raggiunse i genitori ad Ansan. Era una lunga vacanza che aspettava da tempo. Il padre si era occupato di preparare il rituale familiare al posto della madre, che aveva subito un intervento all'anca. Anche se la cerimonia era stata semplificata rispetto al passato, rimaneva sempre un'esperienza piacevole. Dopo aver pranzato, la famiglia si sedette insieme al tavolo. In TV stavano trasmettendo una gara di lotta tra vip in occasione delle festività.

«Hyomin sta lavorando come insegnante in una scuola privata nella provincia di Gangwon», disse il padre.

«Non te l'ho chiesto. Si è messa di nuovo a insegnare?»

«Be', è una tipa intelligente e gentile. È quello che può fare», rispose la madre.

«Sta saldando i debiti?»

La madre la rimproverò, dicendo di non preoccuparsi di questo. Anche il padre sembrava un po' offeso da quella domanda.

«Non sei curiosa di sapere come sta tua sorella? Ti interessa solo se ha saldato i debiti?»

«Se la caverà. È intelligente», rispose Hyoyoung.

«Risparmiati il sarcasmo.»

Hyoyoung lo sapeva. Era consapevole che, ogni volta che si parlava di sua sorella, andava subito sulla difensiva e cominciava a sollevare polemiche inutili. Ma anche se ne era consapevole, non riusciva a cambiare atteggiamento. Continuava a provare risentimento verso di lei.

«Fino a quando pensi di continuare con i lavoretti part time? Quando ti trovi un fidanzato?»

«Non lo so. Chi può dirlo?»

«Beata te, che riesci a vivere senza pensare a nulla.»

La sera, Hyoyoung entrò finalmente nella sua stanza. Sulla scrivania c'erano ancora le buste con le lettere che suo padre e sua madre avevano insistentemente messo lì. Nella stanza buia, Hyoyoung strappò l'angolo della prima che le capitò sottomano. Dopo aver fatto un respiro profondo, aprì la lettera.

A Hyoyoung.

Ormai è la quinta lettera che ti spedisco.

È sorprendente come, pur non riuscendo a fare una telefonata o a mandare un messaggio, abbia sempre qualcosa da scrivere su questa carta.

(...)

Non appena Hyoyoung udì dei rumori provenire dall'esterno, corse sul letto con la lettera che stava leggendo. Si coprì fino alla testa con il piumone e usò la luce del cellulare per leggere il resto. Non pianse di commozione, ma non provava nemmeno indifferenza. Le venne in mente solo il giorno in cui sua sorella era venuta in ospedale a trovare la madre.

«L'avete cresciuta come fosse il pilastro della nostra famiglia e ora guarda qua! La mamma si è fatta male e lei ha pensato di darsela a gambe!» aveva urlato frustrata davanti alla madre. Proprio in quel momento, aveva visto una figura passare furtivamente attraverso la porta socchiusa. Il cappotto grigio fatto a mano e gli stivali di lana blu scuro confermavano che era sua sorella. In quel momento Hyoyoung aveva sperato fosse davvero sua sorella, desiderava che sentisse il suo odio, che ciò le spezzasse il cuore e che lei scappasse lontano.

«Sono davvero cattiva», mormorò a sé stessa mentre piegava la lettera e la metteva nella busta. Non aveva voglia di continuare a leggere. Tuttavia, per qualche motivo, sentì un'improvvisa voglia di rispondere, nonostante non riuscisse a scrivere nemmeno una frase.

Accese la luce della stanza e aprì i cassetti uno per uno. Nel terzo trovò la scatola dei regali comprata quando era alle scuole elementari. All'interno c'erano monete commemorative ricevute dallo zio, sticker natalizi, figurine degli idoli preferiti e giocattoli delle macchinette a sorpresa, tutti mescolati in disordine. C'era anche una foto di lei e sua sorella. L'immagine era ancora vivida nei suoi ricordi.

Avvicinò la foto al viso e respirò profondamente. Sentì un leggero odore di carta fotografica. Era stata scattata un giorno in cui lei e sua sorella stavano creando biglietti di Natale stese sul pavimento. L'immagine le ricordava il profumo del riso che si diffondeva nella sala e del detergente per tessuti del maglione della sorella, insieme agli odori dei pastelli a cera. Non era sicura se le sensazioni fossero proprio quelle vissute allora o ciò che provava adesso. Tuttavia, era certa che quel giorno, accanto alla sorella, avesse provato un senso di comfort e sicurezza.

Stai dormendo?

Vicino alla mezzanotte, Hyoyoung inviò il suo primo messaggio a Yeonggwang. Se fosse stato come al solito, lui sarebbe stato ancora sveglio. Tuttavia, Hyoyoung da un lato sperava che il portapenne a forma di balena stesse facendo effetto, dall'altro che non si fosse ancora addormentato, perché aveva qualcosa da chiedergli.

No. Perché?

Fortunatamente, Yeonggwang rispose subito. Le disse che di solito andava a letto all'una di notte. Aggiunse anche un ringraziamento per il portapenne a forma di balena. Hyoyoung ne approfittò.

Visto che mi sei grato, posso chiederti un favore?

Cosa?

Vorrei inviare una lettera illustrata come quella che mi hai dato.

A chi?

A mia sorella. C'è una foto che vorrei tu disegnassi. Puoi farlo?

Certamente. Puoi mandarmela?

Hyoyoung scattò subito una nuova foto della vecchia fotografia con sua sorella e la inviò a Yeonggwang.

Carina!

Puoi davvero disegnarla? Non è necessario che sia perfetta.

Anche se il mio stile ha qualche difetto, disegno bene. Non ti preoccupare.

Pensando a come Yeonggwang aveva disegnato Hayul su richiesta di Seonho, sapeva che non era il tipo da fare le cose a metà. Tuttavia, era sollevata dall'avere finalmente una lettera da inviare a sua sorella. Anche se non aveva ancora elaborato le proprie emozioni, voleva farle sapere che la ricordava e che se avesse voluto tornare avrebbe sempre avuto una casa ad accoglierla. Le voleva infondere un po' di coraggio.

Prima di tornare a Yeonhui, Hyoyoung mangiò la zuppa di noodle di sua madre, un piatto che non mangiava da tempo. I noodle, cotti in un brodo di acciughe preparato la mattina, con le loro consistenze sostanziose, mischiati a verdure come zucchine, carote e patate, avevano lo stesso sapore di sempre. Sua madre spezzava i noodle con il cucchiaio e sorrideva timida, dicendole che ultimamente, quando papà chiudeva la lavanderia, la portava a fare passeggiate serali.

Forse per il fatto che sua madre aveva avuto un incidente mentre era da sola, il padre era diventato più gentile con lei. Spesso entrava in cucina per aiutarla e si occupava anche della pulizia del soggiorno.

«In ogni cosa ci sono lati positivi e negativi. Arriverai anche tu alla mia età e imparerai che basta scrollarsi di dosso le piccole cose e andare avanti», disse il padre.

«E perché guardi me? Mica ne ho bisogno. Dillo piuttosto a mia sorella», rispose Hyoyoung.

Il padre, in risposta, con il pollice e l'indice sulle labbra fece il gesto di chiudere la cerniera, come a dire di stare zitta. Hyoyoung si riempì le guance con un boccone di noodle e li masticò. Dopo che tutti e tre ebbero finito di bere il brodo caldo, notò il posto vuoto e desolato di fronte a lei.

«Tornerà presto. Se è rimasta fuori così a lungo, avrà avuto i suoi motivi», disse il padre, guardando nella direzione del posto vuoto. Aveva fatto molti sforzi per crescere una figlia intelligente in una famiglia modesta. Era probabile che desiderasse sentirsi orgoglioso del successo della figlia e che avesse pensato che un po' di vanità non facesse male, considerato il contesto monotono della loro vita quotidiana. Solo ora, dopo che sua figlia era stata truffata ed era scomparsa, si era reso conto di quanto quel suo orgoglio fosse stato un peso per lei, che non aveva trovato il coraggio di tornare indietro.

Le ultime parole del padre parvero leggere come il vento. Quando la madre gli chiese se volesse ancora un po' di zuppa, lui scosse la testa. Si alzò, prese il piatto e si diresse verso il lavandino.

La sua schiena fu scossa da un lieve fremito davanti al getto d'acqua mentre lavava le stoviglie.

3.

Per diversi giorni, il clima fu ancora estivo. Hyoyoung, come ogni notte, toglieva il leggero piumino e si sistemava nel letto. Tuttavia, quel mattino il vento fresco l'aveva costretta a indossare un cardigan. Appena arrivata in bottega, aprì la finestra per arieggiare e pulì la polvere dalla vetrina con un panno asciutto. Da fuori arrivavano le risate dei bambini, i latrati dei cani e il rombo dei motorini. Si udivano anche le voci di una bambina che chiamava un'amica e di un uomo di mezza età che parlava al telefono.

Mentre spazzava il pavimento, Hyoyoung sollevò lo sguardo verso gli alberi lungo la strada. Di lì a poco le foglie avrebbero iniziato a colorarsi di rosso e giallo. Per la bottega era passata la primavera, poi l'estate e ora stava già arrivando l'autunno. All'improvviso le venne in mente il detto secondo cui per conoscere una persona bisogna attraversare tutte le stagioni. Chissà se con l'inverno avrebbe conosciuto meglio la bottega e, di conseguenza, anche sé stessa.

«Buongiorno! Ho finito i compiti!»

Prima di mezzogiorno, Joohye aprì energicamente la porta del negozio ed entrò. In mano teneva della carta per corrispondenza. Ancora non l'aveva piegata, ma andò subito al bancone e porse la lettera a Hyoyoung.

«Puoi leggerla per me?»

«La lettera? Davvero?»

Joohye, con un sorriso delicato, rispose: «Non sono sicura di averla scritta bene».

Senza sapere cosa fare, Hyoyoung prese la lettera. Non

riusciva a credere di doverla leggere, visto che era indirizzata a qualcun altro. Sorpresa, cominciò a parlare come se fosse un pensiero rivolto a sé stessa.

«Non ti preoccupare, una lettera è solo una lettera. L'importante è che ci metti il cuore.»

«Ma è proprio questa la cosa più difficile.»

Joohye guardava Hyoyoung con occhi spalancati, proprio come uno scoiattolo alla ricerca di una ghianda.

«Penso che mettere davvero il cuore in qualcosa sia la cosa più difficile del mondo.»

Joohye, inclinando la testa, porse di nuovo la lettera a Hyoyoung. Quest'ultima, sentendosi obbligata, cominciò a leggere.

A chi è grato.

Ciao,

non so come dovrei chiamarti, quindi ho deciso di scrivere a una persona capace di gratitudine.

Spero che tu possa essere felice di aver ricevuto la mia lettera tra le tante: è la mia prima lettera.

Ogni giorno maneggio tantissima carta. Anche se non posso entrare nei dettagli, credo di toccare ogni giorno più di cento buste e scatole. Avere a che fare con tutta questa carta mi fa sentire come se l'umidità delle mie mani svanisse. Alla fine della giornata, le mie dita sono ricoperte di polvere di carta.

Per questo motivo, quando arrivo a casa, avvolgo le mani in un panno caldo e umido, poi applico una crema emolliente. Non sono una persona attratta dal lusso, ma per le mani scelgo sempre la crema più costosa. Sento che se lo meritano, visto quanto lavorano ogni giorno.

Casa, ufficio. Casa, ufficio. Oggi è il giorno delle bollette, domani è il giorno dell'affitto. La mia vita è semplice, ma io vorrei essere una persona complessa. Vorrei avere gusti particolari ed esperienze uniche. Ma, ogni giorno, mi ritrovo tra casa e ufficio.

Mi dispiace se ti sono sembrata lamentosa. Semplicemente, se sei

adulto, mi chiedo come vivi la tua vita. Non è necessario che tu parli del tuo lavoro, ma se hai qualche suggerimento su come sviluppare gusti particolari, te ne sarei davvero grata!
Grazie mille!

Una principiante nella corrispondenza

«Ma come? Dicevi di non sapere come scrivere una lettera, ma è ottima!»
«Dici?»
«Certamente. Anche la grafia è davvero bella.»
Joohye, con un'espressione soddisfatta, sollevò le spalle. Visto che la lettera era scritta senza errori e con una calligrafia ordinata, era possibile che si fosse esercitata. Hyoyoung le passò la busta. Joohye piegò la lettera a metà con attenzione e la infilò nella busta, chiudendo l'apertura con un adesivo della bottega.
«Puoi anche metterla nella cassetta delle lettere.»
«Un momento, dove potrebbe stare bene?» Era molto entusiasta.
Joohye era consapevole del fatto che acquistare la crema migliore per le sue mani affaticate fosse l'inizio del proprio gusto personale. Il gusto si sviluppa quando ci si concentra su sé stessi, senza seguire il conformismo.
«Scelgo questa! Sento che chi l'ha scritta ha più o meno la mia età.»
Joohye decise di mettere la lettera nella sua *tote-bag* dicendo che voleva leggerla a letto prima di dormire. Mentre stava per uscire dalla bottega, la porta si aprì e una cliente con un cappellino bianco entrò. Indossava orecchini a forma di cuore con un design audace, pantaloni cargo larghi e una maglietta corta che sembravano molto alla moda.
«Oh!»
Joohye, visibilmente sorpresa, si avvicinò rapidamente. Curvandosi verso il bancone, sussurrò a Hyoyoung: «Quella lì non è una famosa?».

Hyoyoung, cercando di non dare nell'occhio, guardò furtivamente la donna con il cappellino che osservava le cartoline nel cassetto. Anche se il profilo le sembrava familiare, non riusciva a capire chi fosse. Scuotendo la testa e aprendo bene gli occhi, Joohye passò finalmente dietro al bancone.

«Ti aiuto a piegare le buste. Sono davvero brava in questo.»

Joohye era una persona che doveva subito soddisfare la sua curiosità. Piegò le buste con energia e seguì gli spostamenti della donna con il cappellino. Poi, improvvisamente, batté il palmo della mano sul bancone e si rivolse a Hyoyoung: «È lei! Moon Youngeun, è arrivata tra i tre finalisti di *Next Singer*!».

«Il talent show? La cantante Moon Youngeun?»

«La conosci? A volte ascolto il suo programma radio.»

Hyoyoung, che stava sussurrando dietro le tende di lino, si fermò improvvisamente. Pensò che continuare a bisbigliare davanti alla cliente non fosse molto educato. Stava per uscire dal bancone, ma Joohye la precedette.

«Oh, mio Dio! Non è la cantante Moon Youngeun? Ascolto sempre *Passeggiata notturna*, alla radio!»

Solo allora la donna sorrise a Joohye, anche se aveva già capito che le due l'avevano riconosciuta. Fuori dal palcoscenico, si considerava solo un'abitante qualunque di Yeonhui.

«Come mai si trova da queste parti?» chiese Hyoyoung, incuriosita. Era la prima volta che vedeva una celebrità nel negozio. Era tentata di aprire il registro e annotare l'accaduto.

«Ho vissuto a Yeonhui per vent'anni. Sono tornata a casa per la prima volta dopo tanto tempo e, mentre ero qui a comprare il pane, mi sono imbattuta in questo posto.»

Hyoyoung notò il sacchetto di plastica al polso di Moon Youngeun, con il logo della panetteria al pianoterra.

«Capisco! Io lavoro qui come impiegata dell'ufficio postale di Yeonhui. Anch'io vivo a Yeonhui da dieci anni!»

Moon Youngeun inclinò la testa, mostrando segni di sorpresa.

«Oh? Non pensavo che fossi una cliente.»

«Sono una cliente abituale, quindi aiuto ogni tanto la mia "sorellina".»

Vedere come mentiva dimostrava che era un'attrice nata. Hyoyoung sorrise senza entusiasmo e guardò Joohye, che le fece un occhiolino.

«Che cos'è questo?»

Youngeun indicò la cassetta delle lettere per la corrispondenza. Hyoyoung le spiegò il servizio *Amici di penna*. Youngeun, che sembrava interessata, chiese subito di poter scrivere una lettera. Hyoyoung le portò un portapenne con dentro matite, stilografiche e altro.

«Spero che qualcuno scelga la mia lettera», disse Youngeun mentre scriveva.

Joohye si avvicinò a Hyoyoung e le iniziò a sussurrare nell'orecchio di quanto le piacesse la musica di Youngeun. Joohye era così loquace che forse non aveva affatto bisogno di scrivere. Tuttavia, riteneva che non fosse necessario che il negozio fosse frequentato solo da persone tranquille e riservate. Più i clienti erano diversi, più le lettere sarebbero state ricche e varie, proprio come gli aggettivi scritti sulle buste.

Youngeun, seduta al tavolo, esaminò il portapenne e scelse la stilografica. Sembrava che non fosse abituata a usarla, visto il modo in cui osservava la penna e la testava su un foglio di prova. Poi Youngeun fece un respiro profondo e cominciò a scrivere con calma.

Joohye, dato che aveva un appuntamento, dovette salutare Hyoyoung e le sussurrò un'ultima cosa prima di andare via: «Per favore, fammi sapere se Youngeun sceglie la mia lettera!».

Joohye non aveva ancora capito che due care amiche erano appena entrate nel suo mondo. Hyoyoung annuì con un sorriso. Dopo che Joohye ebbe lasciato il negozio, l'ambiente divenne ancora più tranquillo. Youngeun scrisse assaporando ogni parola.

A un cliente della Bottega delle Lettere.

Spero che tu stia passando una buona giornata.

Ho abitato in questo quartiere per vent'anni. Anche se da due vivo in un'altra zona, torno almeno una volta al mese per osservare lo scorrere delle stagioni.

In questo periodo dell'anno, Yeonhui ha un aspetto più limpido, come se fosse stato lavato dalla pioggia. Le foglie stanno per cambiare colore e cadere, e i cagnolini si divertiranno a passeggiare tra le foglie secche, crepitanti sotto le loro zampe.

Sto scrivendo questa lettera con una penna stilografica che ho preso in prestito al negozio. Mi piace il suono leggero della punta sul foglio e l'odore di terra autunnale che sembra emergere dall'inchiostro.

Avevo un amico con cui producevo musica, ma proprio in questo periodo è venuto a mancare. Era un amico con cui condividevo sogni e sfide. Una volta, dopo il fallimento del mio primo album, mi inviò un messaggio dicendo che i sogni sono solo illusioni e che la vera realtà è nella vita quotidiana, e che dobbiamo prenderci cura di essa.

All'epoca, mi arrabbiai con lui, pensando che potesse permettersi di dire cose simili perché aveva già raggiunto tutto ciò che desiderava. Solo ora capisco che quelle parole erano destinate anche a sé stesso, non solo a me. Che sciocca sono stata.

Il mio amico era sempre capace di offrire parole di conforto anche nei momenti più difficili. Se potessi inviare una lettera al cielo, vorrei mandarla a lui.

Prima dell'inverno, ho deciso di scrivere questa lettera per inviare conforto a qualcuno.

Spero che, prima che il sole tramonti, tu possa ricevere un altro momento di felicità. Ti ringrazio per aver letto la mia storia.

Una del quartiere

«C'è la possibilità di ricevere una risposta?»

«A volte sì, a volte no.»

Youngeun, mentre stava applicando il timbro sul proprio biglietto, annuì. Il suo simbolo, disegnato al posto del francobollo, era una piccola chitarra che sembrava più un ukulele, ma era comunque carino.

«E se qualcuno viene da lontano?»

«Be', in effetti passano di qui anche diversi turisti.»

«Se vengono da fuori Seoul, può essere difficile tornare indietro per rispondere.»

«Non preoccuparti, ci sono i servizi postali per questo. E poi...»

Lasciò la frase in sospeso mentre Youngeun, staccando il timbro, sollevava lo sguardo.

«Penso che valga sempre la pena di tornare qui. Per le lettere, intendo.»

Youngeun abbozzò un sorriso e annuì.

«Hai ragione. È vero.»

Hyoyoung sentì una sincera gratitudine per il rispetto che Youngeun dimostrava verso il suo lavoro. Youngeun andò a scegliere una lettera dal contenitore della corrispondenza: dopo aver riflettuto un momento ed essersi toccata le labbra con la punta delle dita, prese infine una busta.

«Questo posto si adatta perfettamente a Yeonhui. È silenzioso, accogliente e tranquillo.»

«Grazie.»

Dopo i saluti finali, Youngeun aprì la busta e uscì lentamente dal negozio. Probabilmente stava già leggendo la lettera mentre scendeva le scale. Alcuni clienti leggono tutto in negozio, altri mettono la lettera nella borsa e la aprono a casa, magari a tarda sera. Hyoyoung si chiedeva spesso quando e dove le persone leggessero le lettere. Davanti al tavolo da pranzo? Mentre gustavano una pietanza al curry fumante? O forse immersi in una vasca da bagno con acqua calda, seduti su una panchina la sera o, ancora, all'alba comodi in poltrona con la finestra aperta?

Mentre rifletteva su queste possibilità, la porta del negozio si spalancò improvvisamente. Youngeun, con il fiatone, era tornata. Hyoyoung si guardò intorno, preoccupata che

Youngeun avesse dimenticato qualcosa, ma il sacchetto del pane che aveva notato prima era ancora appeso al suo polso. Youngeun guardò Hyoyoung negli occhi e chiese: «Posso sapere chi ha scritto questa lettera?».

4.

Tre giorni prima, Woncheol era andato in un ristorante cinese con la famiglia. Era stato dopo la cerimonia di pensionamento da preside. Avevano prenotato una sala e si erano riuniti intorno a un grande tavolo rotondo: il primogenito con la moglie e i figli, il secondogenito e la figlia più piccola. Erano in sette. Se anche il secondo figlio e la figlia minore si fossero sposati e avessero avuto figli, la famiglia di Woncheol sarebbe stata composta da più di dieci persone. Capiva ora perché gli amici, a volte, lo guardassero con invidia pensando che non avrebbe mai dovuto temere la solitudine nella vecchiaia.

«Hai lavorato duramente finora, papà. È arrivato il momento di rilassarti, passando il tempo a giocare a golf e mangiare cose buone», gli disse il secondo figlio.

«Papà, ora che hai sessant'anni, che ne dici di prendere un certificato da agente immobiliare?» suggerì il primogenito.

«Papà, prova a dedicarti a un hobby produttivo. Sei bravo a scrivere, magari prova con la calligrafia...» propose la figlia più piccola.

I figli parlavano tutti insieme, cercando di dare suggerimenti. Woncheol si sentiva confuso e non riusciva ancora a credere che fosse realmente in pensione. Gli sembrava di doversi svegliare come al solito alle sette del mattino per andare alla scuola elementare di Yeonhui. Era difficile immaginare come avrebbe gestito tutto il tempo che aveva davanti.

«Stabilirò io stesso una mia routine, grazie», rispose per tranquillizzarli.

«Se ti senti malinconico, vieni a trovarci. Non mangiare sempre da solo», aggiunse l'altro figlio.

«Va bene. Ma quando arriva il cibo?» chiese Woncheol, fingendosi infastidito. Non voleva che si preoccupassero troppo per lui, dopo che la madre se n'era andata.

Fortunatamente, i piatti arrivarono quasi subito: il maiale in agrodolce, il mix di verdure e gamberi erano sistemati in modo elegante su un grande piatto rotondo. Il primogenito ordinò del liquore di grano per festeggiare. Poiché Woncheol era l'unico che beveva, accettò il bicchiere senza obiettare.

«Tra poco sarà di nuovo autunno. Il mese prossimo dovremmo andare a trovare la mamma», disse la figlia, mentre prendeva un gambero con le bacchette.

«Sì, dovremmo farlo», rispose Woncheol.

«La mamma amava davvero i gamberi. Ti ricordi quando la fidanzata di mio fratello lo lasciò e andammo in gita tutti insieme a Incheon per un giorno? Lui piangeva perché non riusciva a sgusciare i gamberi...» raccontò la figlia, con le lacrime che le salivano agli occhi.

«Non me lo ricordo!» rispose il fratello minore.

Quel giorno Woncheol si era scolato due bottiglie di *soju* e si era fatto sgusciare i gamberi dalla moglie. La vista dei figli che fallivano e inciampavano era dolorosa, ma erano passaggi necessari nel corso della vita e, come genitore, il massimo che poteva fare era dare loro una pacca sulla spalla.

«Comunque quel giorno la mamma ha potuto mangiare solo tre gamberi!» aggiunse la figlia, mentre, con le lacrime agli occhi, beveva un sorso di soda.

Il primogenito, senza dire una parola, porse un bicchiere a Woncheol per un brindisi. Il figlio minore, intanto, continuava a mangiare i gamberi, ignorando la salsa che gli era rimasta sulla bocca. La nuora accarezzava i capelli dei bambini e il rumore delle bacchette che sbattevano sui piatti riempiva la stanza.

Rifiutando l'offerta della figlia di accompagnarlo a casa in auto, Woncheol si incamminò verso la stazione della metropolitana. Nonostante avesse bevuto solo due bicchieri di alcolici, non essendo più abituato, aveva il volto più arrossato del previsto. Ripensò a cosa aveva detto ai bambini durante la cerimonia di pensionamento, si augurò che le sue parole fossero utili per loro, sperava di essere stato un buon preside, un buon padre, un buon marito... Un turbinio di pensieri gli affollava la mente.

Seduto su una panchina alla stazione, lesse i messaggi di congratulazioni inviati dagli amici e rispose a ciascuno di essi. Sentiva che aveva ancora qualcosa da dire, come se le parole gli si fossero bloccate nel petto. Nonostante il lungo e noioso discorso di pensionamento della mattina e i ringraziamenti scambiati con colleghi e giovani insegnanti, quella sensazione di saturazione non se ne andava. Decise di non scendere alla fermata vicino casa, ma due stazioni prima, per fare due passi e prendere una boccata d'aria fresca.

Camminò senza meta, guidato solo dai cartelli stradali, e si ritrovò davanti a un parco giochi. Era strano, ma quel giorno non aveva voglia di tornare a casa. Si sedette su un'altra panchina e ascoltò il vociare dei bambini che giocavano e correvano felici.

Erano le tre del pomeriggio, troppo tardi per prendere nuovi impegni e troppo presto per chiudere la giornata.

Woncheol infilò una mano nella tasca della giacca e tirò fuori un foglio piegato: erano i messaggi scritti dai suoi studenti. Su un foglio rosa formato A4, i bambini avevano scritto una riga di ringraziamento ciascuno, con calligrafie diverse: *Resti in salute, preside. Grazie di tutto, non la dimenticheremo mai. Le vogliamo bene, professor Woncheol. Seguirò i suoi insegnamenti e diventerò una brava persona...* Woncheol passò la mano sopra le scritte irregolari dei bambini. Alcuni di loro, ancora alle prime armi, avevano impresso una forza eccessiva sulla matita, segnando il foglio ruvido e irregolare con il tratto profondo di scrittura. Lo ripiegò e lo rimise in tasca, poi si alzò. Era il momento di tornare alla bottega.

Quel giorno, come al solito, al posto del signor Seonho c'era la giovane impiegata. Con un sorriso gentile, la donna posò il portapenne sul tavolo. La finestra laterale era semiaperta e, notando il rumore proveniente dall'esterno, l'impiegata chiese a Woncheol se gli desse fastidio. Lui scosse la testa e prese una penna.

Cara Wonsuk,

come stai? Non ti senti sola, vero?

Il cielo è sereno, senza neanche una nuvola, così ho guardato a lungo in alto, nella speranza di vedere il tuo volto.

Alla fine, ho rinunciato. Solo le foglie di ginkgo cadevano sulle mie guance come se mi volessero prendere in giro.

Oggi, dopo la cerimonia di pensionamento, ho cenato con i ragazzi.

Una volta andato in pensione, avevamo deciso di fare una crociera e di andare al cinema più spesso, te lo ricordi?

Ripensando alla mia vita e alla tua, mi sembra di aver passato gli anni raccontandomi che avrei potuto fare qualsiasi cosa, una volta compiuti i miei doveri.

Forse pensavo di avere sempre il tempo dalla mia parte.

Le rose sul tetto, che amavi quanto i nostri figli, sono in piena fioritura.

Una notte in cui non riuscivo a dormire, sono salito sul tetto per prendere un po' d'aria e ho visto una rosa bianca brillare come la luna. Era bellissima. Uno spettacolo meraviglioso.

Ricordi quel giorno in cui stavi facendo la radioterapia? All'improvviso sono corso via dicendo che dovevo andare a comprare delle mele. Non era vero.

Ti ho vista così magra, vestita solo con quel camice da ospedale, che ho sentito le lacrime salirmi agli occhi, così sono scappato.

Ho camminato sulle foglie secche accumulate ai lati della strada, schiacciandole per sfogare la rabbia, e continuavo a ripetere che quando tutto sarebbe finito, tu saresti stata meglio, dovevi stare meglio!

Non ho mai capito a chi fossero rivolte le mie parole, che sembravano minacce.

Quando sono tornato nella stanza d'ospedale, quel giorno, le mie scarpe da ginnastica erano completamente sporche. Tu hai riso, dicendo che un preside non poteva presentarsi in quel modo.

Mi manca il tuo sorriso.

Mi rammarico di non aver riso di più davanti a te, invece di mostrarti sempre il mio volto crucciato.

Sì, sono consapevole che ogni volta che ti ricorderò, penserò ai miei rimpianti.

Oggi mi sembra di non riuscire a fermare le parole. Abbi pazienza: devo abituarmi alla mia nuova vita...

Verrò a trovarti con i ragazzi all'inizio del mese prossimo, quindi fai in modo che quel giorno ci sia un cielo sereno come quello di oggi.

Ci vediamo presto, Wonsuk.

Con amore,
Cheol

Woncheol scrisse una lettera alla moglie Wonsuk in una carta da lettere destinata agli *Amici di penna,* senza avere in mente niente di preciso. Aveva il vago pensiero che un giorno, mettendo la lettera nella cassetta per la corrispondenza, sua moglie avrebbe potuto riceverla. Sul retro della busta, cerchiò le parole che descrivevano la moglie: *in cerca di bellezza, allegra, gentile, impaziente.* Aggiungendo anche una rosa al timbro, la lettera sembrava perfetta per Wonsuk.

Woncheol non poteva sapere chi l'avrebbe letta e che tipo di effetto avrebbe sortito. Tuttavia, anche il gesto più insignificante, come un sasso lanciato nell'acqua, può creare onde che raggiungono chiunque e suscitare emozioni, generando nuove storie.

La parola è come una goccia d'inchiostro che si diffonde nell'acqua, trovando sempre il suo destinatario, ovunque esso sia.

GLORIA PASSATA

1.

Era un martedì mattina. Alla bottega, Seonho e Hyoyoung stavano chiacchierando dietro il bancone. Pochi giorni prima, la cantante Moon Youngeun era venuta a trovarli e aveva chiesto se fosse possibile incontrare l'autore di una lettera: voleva raccontare la sua storia nel suo programma radiofonico. Non sapevano di cosa si trattasse, ma sembrava che Moon Youngeun fosse rimasta molto colpita dalla lettera di Woncheol.

«Un'ottima notizia, no?»

«Come possiamo contattarlo direttamente?» chiese Seonho.

«È un amico di penna. Le ho semplicemente detto di fare la richiesta tramite posta.»

«Già, hai ragione: sei proprio intelligente, Hyoyoung!» Il suo sorriso era identico a quello del figlio Hajun.

Seonho sistemò il vaso di vetro color blu cobalto accanto al bancone. Dentro il vaso c'erano delle dalie viola che sua moglie aveva preparato al mattino. I petali erano così abbondanti che sembravano un elegante abito da sera. Anche se era leggermente più appariscente rispetto agli standard della bottega, Seonho e Hyoyoung ne erano entrambi soddisfatti.

«Tra l'altro, Moon Youngeun ha anche promosso il negozio sui social media. Le sono molto grato», aggiunse Seonho con entusiasmo, sistemandosi la polo e abbottonandola fino al collo.

Quando Hyoyoung gli fece notare che sembrava ingessato, Seonho la sbottonò in tutta fretta.

Mentre chiacchieravano, lui non riusciva a smettere di controllare l'orologio e di tossire nervosamente. Era evidente che fosse teso. Era il giorno in cui la rivista «HIM» avrebbe dovuto intervistarlo. La rivista era sponsorizzata dal ministero della Difesa e si occupava di temi militari. Pensandoci, non c'era accoppiata migliore di lettere ed esercito.

«Al giorno d'oggi, si usa comunemente il cellulare, ma c'è qualcosa di speciale nel comunicare tramite lettera», disse Seonho. «Quando ero al servizio militare, il cellulare era vietato. E anche se potevo inviare e-mail, preferivo scrivere lettere di carta.»

Gli occhi di Seonho brillavano di nostalgia mentre pensava ai suoi giorni nell'esercito. Era un po' dispiaciuto per non aver ideato prima un progetto simile. Ma era grato che la rivista avesse contattato la bottega per creare questa connessione.

«Sono sempre stato io a intervistare gli altri; finalmente, è arrivato il mio turno! Non è magnifico?»

«Sì, ma cerca di non esagerare con battute strane. Rispondi nel modo più tranquillo possibile, come è nello stile della bottega.»

«E quale sarebbe "lo stile della bottega"?»

«Be', significa...» Hyoyoung si rese conto che non sapeva come rispondere. "Forse lo stile della bottega è quello essenziale della vera amicizia, in cui non è necessario forzare la conversazione, in cui si può rimanere in silenzio senza sentirsi a disagio, ma anche dirsi tutto senza dover misurare le parole", pensò.

«Hyoyoung, sei arrivata in bottega a marzo, giusto? Siamo già a ottobre.»

«Wow, sono già passati quasi nove mesi.»

«Primavera, estate, autunno. Hai vissute ben tre stagioni qui. Che ne dici? Sei curiosa di vedere l'inverno della Bottega delle Lettere?»

Hyoyoung accennò un sorriso e volse lo sguardo verso la parete color pesca.

Negli ultimi otto mesi, aveva abbandonato la scrittura di

sceneggiature per dedicarsi alla gestione del negozio. Aveva messo da parte la sua ossessione per il cinema, trovando piacere nel contemplare il cielo fuori dalla finestra. Questo cambiamento era in parte dovuto allo spazio ristretto in cui conduceva la sua vita. Nel suo monolocale, aveva imparato a distinguere tra ciò che poteva avere e ciò che doveva lasciar andare, tra ciò di cui aveva realmente bisogno e ciò che era superfluo. Questa capacità di discernere il necessario dal voluttuario le aveva portato una grande serenità, non solo nelle attività quotidiane ma nella vita in generale.

Mentre era immersa in quelle riflessioni, Yeonggwang entrò nel negozio con una borsa della spesa. Ne estrasse vari prodotti per la cura dei capelli, che iniziò a disporre con cura sul bancone.

«Seonho, ho portato la piastra e il gel.»

«Sei venuto qui per occuparti dei suoi capelli?»

Hyoyoung guardò Yeonggwang con occhi spalancati. Seonho aveva chiesto a Yeonggwang, noto per le sue abilità manuali, di sistemargli i capelli prima dell'intervista.

«Lui è sempre stato un tipo alla moda, anche se ora si presenta in modo così trasandato», osservò Seonho.

«Chiuda la bocca e stia fermo, *signore.*»

Seonho si sedette su una sedia sistemata da Yeonggwang, il quale collegò la piastra e, mentre aspettava che si scaldasse, iniziò a spazzolargli i capelli. La conversazione tornò inevitabilmente a Woncheol e Youngeun. Hyoyoung raccontò quello che aveva sentito dire alla cantante: «Non conosco i dettagli della lettera, ma Youngeun ha detto che era indirizzata alla moglie defunta».

«Quanto è romantico...»

«Quindi, veniva sempre qui in negozio per parlare alla moglie?»

Hyoyoung pensò alla reazione commossa di Minjae alla lettera di Woncheol. Suscitare emozioni con delle parole scritte, nero su bianco, non è affatto facile. Hyoyoung sperava che Youngeun rispondesse alla lettera di Woncheol, e che il messaggio d'amore dell'uomo arrivasse a molti altri attraverso la radio.

«Ahi! Mi stai tirando i capelli, Yeonggwang!»

«Oh, scusa. Ero sovrappensiero.»

«A che stavi pensando?»

«A cosa mangiare per pranzo oggi.»

«Ma che diavolo...»

Seonho girò la testa e fece finta di dare una gomitata ai fianchi di Yeonggwang. Hyoyoung, con un sorriso in volto, osservò nuovamente il vetro del bancone, sul quale si rifletteva il cielo sereno. Dalla finestra semiaperta entrava il vento autunnale, portando con sé il profumo delle foglie cadute. Le colline sembravano più gialle e rosse rispetto alla settimana precedente, e le case di Yeonhui abbracciavano la delicata quiete portata dalla brezza.

Mentre i due uomini erano impegnati nei preparativi, Hyoyoung compilò il registro del negozio e scattò una foto del paesaggio dalla finestra. Anche se la pagina della bottega veniva aggiornata ogni due settimane, si erano accumulati diversi post.

#Diariodellabottegadellelettere

Il giorno in cui sono entrata per la prima volta nella Bottega delle Lettere, mi è subito venuto in mente il film d'animazione in stop-motion *James e la pesca gigante.* Le pareti dipinte di un delicato colore pesca mi davano la sensazione di essere proprio dentro un grande frutto. Quel colore evocava i miei ricordi d'infanzia. Avevo circa dieci anni e, una sera in cui i miei genitori erano rimasti fuori fino a tardi, era stata mia sorella maggiore a prendersi cura di me. Impegnata con gli esami di fine trimestre, mia sorella mi aveva lanciato una confezione di gamberetti secchi e una cassetta del film *James e la pesca gigante*, chiedendomi di stare tranquilla per due ore.

Poiché mia sorella era una studentessa modello, in casa nessuno osava contraddirla. Io avevo abbassato il volume della televisione al minimo e mi ero seduta davanti allo schermo a guardare il film. Osservando l'interno succoso della pesca, mi era venuta l'acquolina in bocca. Non ricordo esattamente come, ma avevo finito per addormentarmi mangiando gamberetti. Al risveglio, ero ancora distesa davanti alla televisione con una coperta rosa che mi aveva messo addosso mia sorella. È stato in quel momento che ho conosciuto l'esistenza di un amore fraterno, silenzioso e delicato.

Anche alla Bottega delle Lettere, i clienti evocano i loro ricordi osservando le forme, i motivi e i colori della carta. La scrittura attinge a un pozzo di memorie passate. Anche se ci si sente impacciati e imbarazzati, è necessario accedere a quella profondità per trovare le parole giuste. Chi riesce a purificare quel pozzo di ricordi è in grado di vedere chiaramente i propri sentimenti nel presente.

24 ottobre

«È tardi, Hyoyoung, va' a mangiare.»

«Oh, sì. Ah ah ah!»

Hyoyoung, dopo aver pubblicato il post, scoppiò a ridere guardando Seonho.

«Perché ridi, eh? Che c'è di così divertente?»

«Pensavo fossi il fornaio del piano di sotto. Con quel panino a forma di conchiglia sulla testa...»

Seonho sospirò profondamente e si guardò allo specchio. Yeonggwang gli aveva fatto una pettinatura con troppi riccioli.

«Davvero? Oh! Dai, dammi una botta di spazzola! Tra dieci minuti arriva il giornalista!»

Yeonggwang, ridendo e scusandosi, gli sistemò i capelli con una spazzola. Con i riccioli allentati, sembravano meno simili a un panino. «Adesso vanno bene: sono più naturali.»

«Davvero? Hyoyoung, dimmelo tu.»

«Sì, va molto meglio.»

Solo allora Seonho, rasserenato, porse a Yeonggwang la carta di credito aziendale.

«Non posso offrirti molto, ma ti concedo un pasto di diecimila won. Vatti a mangiare qualcosa con Hyoyoung.»

«Oh, grazie, signore!»

Yeonggwang, contento, prese la carta di credito e invitò Hyoyoung a pranzo. Sembrava stesse meglio ultimamente, forse perché l'insonnia era passata e stava per iniziare un nuovo progetto. Anche Hyoyoung si sentiva più felice.

Il direttore di «HIM», Lee Jisang, aprì la porta della bottega e si guardò intorno. Era la prima volta che entrava nel negozio. Aveva scoperto Geurwol da una conoscente e dalla pagina Instagram. La prima impressione fu che, sebbene la bottega fosse piccola, avesse tutto ciò che serviva: fosse insomma «ben fornita», anche se non sembrava la parola più adatta.

«Grazie per essere venuto. Prenditi tutto il tempo che ti serve per dare un'occhiata.» Seonho, il proprietario della bottega, fece gli onori di casa. Spiegò a Jisang i vari articoli del negozio, come la carta per le lettere, i libri e gli utensili da scrittura. Quando furono davanti alla cassetta delle lettere, parlò delle sue esperienze legate alla corrispondenza. Jisang accese il registratore prima di iniziare l'intervista ufficiale. Anche le spiegazioni di Seonho, senza domande specifiche, sarebbero state utili per la stesura dell'articolo.

«Quindi all'inizio facevi delle interviste per i tuoi studi di recitazione?»

«Esatto. Ero curioso di conoscere le vite delle persone, quali difficoltà avessero affrontato e come le avessero superate. Ma mi piaceva anche osservare le loro espressioni e i gesti mentre raccontavano le proprie storie, come se fossero a casa, anche se eravamo in una caffetteria, in una sala riunioni o in un parco. Conoscere le storie degli altri mi è sempre sembrato un buon modo per riflettere anche su me stesso. Spero che sempre più persone si dedichino a questo tipo di attività. In sintesi, è questo il senso della bottega.»

Jisang colse la soddisfazione e l'appagamento di Seonho osservando la sua espressione e i suoi gesti. La serenità sul volto di Seonho era quella di chi si trova nel proprio elemento.

«Allora, iniziamo l'intervista?»

Si sedettero l'uno di fronte all'altro. Poiché Jisang aveva inviato le domande via e-mail in anticipo, non ci furono problemi con le risposte di Seonho, che offrì suggerimenti su come scrivere lettere e consigliò alcuni libri sull'argomento. Infine raccontò di quando prestava servizio militare e scriveva lunghe lettere alla fidanzata, conosciuta come *la ragazza del soldato.*

«All'inizio pensavo che la quantità di lettere che scrivevo dimostrasse quanto la amassi. Così, annotavo tutto, dalle attività del mattino alle cose che facevo prima di andare a letto: il controllo, l'allenamento fisico, ogni attività, ogni pasto, la doccia, la preparazione per il nuovo controllo... Ma dopo alcuni mesi, lei mi rispose con una sola riga: una battuta.»

«Cosa diceva?»

«*Smettila di parlare di calcio.*»

«Ah ah ah!»

Jisang scoppiò a ridere e si coprì la bocca con la mano.

«Ma quello era veramente l'unico argomento divertente», concluse Seonho con un sorriso amaro. La storia finì dopo due mesi. Anche se non era nella lista delle domande, risultò un aneddoto interessante. Poi, Seonho gli chiese: «Come mai hai deciso di includere un articolo sulle lettere in questo numero?».

Jisang guardò il soffitto. Pensò ai soldati, alla stagione autunnale, ideale per leggere e per scrivere. Perciò, la tematica delle lettere gli era sembrata appropriata.

«A differenza delle e-mail o dei messaggi, una lettera non contiene solo testo, ma anche il tratto grafico e il carattere di chi la scrive. Si possono aggiungere disegni e lo stile cambia a seconda della penna che viene utilizzata. Anche solo guardando rapidamente una lettera, la personalità di chi l'ha scritta emerge chiaramente, il che la rende uno strumento più sincero.»

Jisang si voltò verso il lato opposto e continuò a parlare, con un largo sorriso sulle labbra.

«Mi è venuto in mente che mio fratello maggiore, il giorno in cui fu arruolato, aveva riempito il suo zaino di francobolli e carta da lettere. Ah ah ah.»

«Sì, molti soldati portano con sé carta da lettere e francobolli. Anche io ho portato molti francobolli e li ho distribuiti qua e là per fare amicizia con i commilitoni.»

Dopo un'ora l'intervista, più simile a una chiacchierata, giunse al termine. Grazie a questo incontro, Jisang poté rivivere i ricordi del fratello arruolato e il tempo trascorso fu molto piacevole. Quando Jisang uscì dalla bottega, Seonho si inchinò e gli porse un ultimo saluto.

«Grazie per aver pensato alle lettere in questa stagione dell'anno.»

Hyoyoung e Yeonggwang si diressero a piedi verso un ristorante, a dieci minuti dal negozio, che serviva piatti a base di sgombro. La scelta del menu rifletteva il fatto che, vivendo entrambi da soli, erano consapevoli di quanto fossero preziosi i contorni. Il pasto includeva patate saltate, cubetti di frittata, insalata di cavolo, *kimchi* e gelatina di soia. Mangiarono con grande entusiasmo.

«Wow, vorrei portarmi tutto a casa.»

«C'è un negozio di contorni dietro l'ufficio postale; che ne dici di passarci dopo? Se le porzioni sono grandi, possiamo comprarle e dividercele.»

«Buona idea! Ho proprio voglia di radici in agrodolce.»

Quando furono abbastanza sazi, Hyoyoung e Yeonggwang iniziarono a parlare di Seonho. Sebbene fosse un attore mancato, non era molto bravo a fingere o a darsi delle arie. Inoltre, quando parlava di cose che amava davvero, tendeva a balbettare. Anche se questa sincerità di carattere era una qualità, preoccupava Hyoyoung riguardo all'esito dell'intervista.

«Andrà bene: sarà pubblicata solo sulla rivista.»

«Spero che il giornalista gli dia una sistemata. Forse sarei dovuta rimanere lì con lui.»

«Ma quando diventerai una dipendente a tempo pieno?»

«Cosa?»

«Data la tua dedizione alla bottega, mi chiedevo come mai tu sia ancora in part time.»

Hyoyoung finì di masticare lentamente il riso, poi rispose: «Be', essendo stati compagni di università, mi interessa che la Bottega delle Lettere, che ha richiesto tanti sforzi e sacrifici, mantenga una buona immagine. Ec-c-co, tut-t-to qui».

«Hai notato che stai balbettando?»

«Ah sì, sembra che mi piaccia molto questo posto», divagò Hyoyoung. Poi abbassò il cucchiaio e sollevò le mani, come a dire: "Mi arrendo".

Yeonggwang la guardò negli occhi e sorrise, poi continuò a parlare.

«Hai inviato il disegno?»

«Cosa?»

«Il disegno che ti ho fatto. Avevi detto che lo avresti inviato a tua sorella.»

«Ah sì, quello... non l'ho inviato.»

«Perché?»

«Non conosco il suo indirizzo.»

«Non sai dove vive tua sorella?» Yeonggwang sgranò gli occhi, stupito. Hyoyeong provò una strana sensazione di improvvisa distanza.

«Se non farai altre domande, penso che potremmo essere ancora amici.»

«Scusa! Fai finta di nulla. Non ero neanche curioso, davvero.»

Hyoyoung fece un lieve sorriso e continuò a mangiare. In realtà, due giorni prima, Seonho le aveva proposto un incarico full time alla bottega, ma lei aveva preso tempo. Sentiva di avere delle questioni in sospeso. Quando pensava a un nuovo lavoro, le tornava sempre in mente sua sorella. Non le andava di lasciarla bloccata da qualche parte.

«Hai mai ferito qualcuno di caro?» chiese Hyoyoung dopo aver ripulito il piatto.

«Sì, certo. Suppongo sia normale, no? Nel cuore delle persone c'è miele e fiele.»

«Ho paura che in me sia rimasta solo amarezza.»

«Non dire così. Perché dovresti preoccuparti di una cosa del genere, Hyoyoung?»

Hyoyoung scrollò le spalle e mangiò l'ultima patata saltata.

Prendendo un sorso d'acqua, come a levarsi un sapore amaro in bocca, Yeonggwang disse: «Non è possibile che l'animo di chi si preoccupa del sonno degli altri sia pieno di fiele. Contatta tua sorella. Non sei curiosa di sapere se dorme bene?».

2.

REGISTRO DELLE ATTIVITÀ

- Data: *8 novembre, giorno feriale*
- Meteo: *Nuvole grigie dappertutto!*
- Dipendente: *Kang Seonho*
- Numero di clienti: *34 persone*
- Pagamenti con carta: *436.000 won*
- Pagamenti in contanti: *0 won*
- Totale: *436.000 won*
- Elenco dei prodotti esauriti: *Set di fogli protocollo (rimaste poche buste e carta da lettere). Segnalibri con piuma (rimasti pochi pezzi).*
- Materiali necessari: *Salviette umidificate*
- Osservazioni: *Le cartoline con il design natalizio dovrebbero arrivare la prossima settimana. Appena arrivano, scatta subito delle foto per i social. Fai solo il possibile con l'imballaggio e poi vai a casa. Mia moglie verrà in bottega dopo il lavoro per aiutare con il confezionamento, quindi non farti carico di tutto da sola! E domani mattina arriva l'albero di Natale. Non è enorme, una grandezza media. Decoralo come preferisci, mi fido del tuo gusto. Se trovi difficoltà, chiedi aiuto a Yeonggwang. Oggi sono andato in ospedale e ho scoperto di avere l'*herpes zoster*, sto scrivendo il registro da casa dopo essere uscito in anticipo. Mi dispiace, proprio ora che inizia il periodo più impegnativo... Dovrò prendermi il giovedì libero per due settimane. Lo scriverò io sui social. Ho anche ricevuto un campione del design per le cartoline di Capodanno, te lo manderò via e-mail. Fammi sapere cosa ne pensi quando hai tempo.*

P.S.: Sei di grande aiuto, Woo Hyoyoung. Senza di te, non saprei come fare.

"Ma perché scrive di avere l'*herpes zoster* nel registro delle attività?"

Appena arrivata al lavoro, Hyoyoung lesse il registro delle attività ricevuto per e-mail e scoppiò in una risata incredula.

In fondo, però, era tipico di Kang Seonho. Così, gli inviò un augurio di pronta guarigione e iniziò a stilare un elenco delle cose da fare. Proprio in quel momento, la porta della bottega si spalancò ed entrò Joohye che, con la frangetta appena fatta, sembrava ancora più giovane. Non era il suo turno di lavoro, infatti indossava un trench beige corto e una gonna a pieghe grigia.

«Quale lettera ha scelto Youngeun? Per caso ha preso la mia?!»

«Eh, chissà! La tua lettera deve essere ancora lì nella cassetta degli *Amici di penna.*»

«Perché non la prendono? Forse dovrei disegnarci sopra qualcosa che attiri l'attenzione.»

Hyoyoung sorrise scuotendo la testa. In effetti, non tutte le lettere ricevevano risposta. Era frequente che qualcuno prendesse una lettera dalla cassetta degli *Amici di penna* senza poi rispondere. Costruire un rapporto con un perfetto sconosciuto poteva risultare faticoso. Scambiarsi lettere con un anonimo era un po' come camminare nella nebbia: un misto di eccitazione e ansia. Ci si chiedeva: "Saremo sulla stessa lunghezza d'onda? Il mio messaggio sarà capito?".

Ognuno, con i propri criteri, cercava di dissipare quella nebbia e costruire nuove connessioni.

«Com'è andata con l'ultima lettera che hai preso? Non hai risposto, vero?»

«Ah, ci ho pensato tanto! Era una lettera scritta da una persona davvero gentile. Mi ha anche confortata. Ora la tengo appesa al muro della mia stanza, come un tesoro.»

Joohye ricordò il contenuto della lettera che aveva preso quel giorno e sorrise dolcemente. La prima frase di quella lettera sembrava descrivere perfettamente l'atmosfera che si respirava alla bottega:

Quel giorno i raggi di sole che entravano dalla finestra mettevano il buon umore. Quindi ho deciso di scrivere queste righe, sperando di poter fare lo stesso per qualcun altro.
Qualche giorno fa, con le mie sole forze, ho comprato un biglietto aereo e sono partita per un viaggio in Europa: Parigi e Praga.
Per me, che tendevo a preoccuparmi più che a entusiasmarmi per le nuove sfide, questo viaggio è stato un grande insegnamento.
Nuove città... nuove persone... nuovi paesaggi...
Trovarmi in un posto pieno di novità, affrontare e risolvere problemi, realizzare i piani che avevo fatto, fallire e poi riprovarci... è stato tutto molto divertente e stimolante!
Scoprire un nuovo lato di me stessa e ampliare la mia visione del mondo, temporaneamente ristretta, sono state esperienze davvero preziose e sorprendenti.
Questo dimostra che rispetto al cambiamento ci sentiamo incapaci, quando invece, semplicemente, non ci siamo ancora messi alla prova. Non preoccupiamoci troppo, godiamoci la vita e cerchiamo di essere felici. Ti auguro di diventare una persona così: coraggiosa. Da qualche parte, lontano, ti sosterrò sempre e pregherò per te.

Thurs

Il disegno del mittente era un volto con i capelli a caschetto e un sorriso aperto, accompagnato dalla scritta HAPPY. Le parole, tonde e simpatiche, erano state scritte con un inchiostro blu intenso, simile al cielo sereno di un giorno d'autunno. Hyoyoung, perplessa, inclinò leggermente la testa, poi chiese a Joohye cosa fosse venuta a comprare quel giorno. Solo allora lei, battendo le mani, le rispose: «Ah! Una lettera! Mi serve una carta da lettere resistente».

«Resistente? E perché?»

«Vorrei che la persona che riceverà la mia lettera possa conservarla a lungo!»

Non poteva fare a meno di notare come, quel giorno, le guance di Joohye somigliassero al delicato colore delle pareti della bottega. Sentendo di aver colto qualcosa, Hyoyoung si avvicinò con un sorrisetto e chiese: «Di chi si tratta? Chi vuoi che conservi la tua lettera?».

Subito pensò al set di lettere d'amore che vendevano in negozio: realizzate con carta velina trasparente, permettevano ai sentimenti di mostrarsi senza filtri, rispecchiando perfettamente l'essenza stessa dell'amore. Sentendosi ispirata, Hyoyoung decise di proporre quel set a Joohye, che lo osservò entusiasta.

«Un set di lettere d'amore... mi piace.» Con un sorriso, Joohye scelse il set color giada. Scrivere una lettera d'amore era una sfida nuova per lei, qualcosa che non aveva mai fatto prima. Ma la lettera ricevuta da quel mittente anonimo le aveva dato il coraggio di affrontare la novità senza timori. Con questo pensiero in mente, comprò la carta.

Hyoyoung avrebbe voluto sapere di più, ma l'arrivo di altri clienti interruppe la conversazione.

«Ne parleremo la prossima volta! A proposito...» Joohye si guardò intorno, poi si avvicinò ulteriormente, socchiudendo gli occhi in un'espressione un po' sospettosa: «Tu invece stai frequentando qualcuno, vero? La scorsa settimana ti ho vista in un alimentari con un bel ragazzo».

«Come? Mi hai vista?»

«Be', se ti aggiri per il quartiere di Yeonhui durante la pausa pranzo, è probabile che io ti veda, no?»

Con un'aria soddisfatta, Joohye uscì dalla bottega. Hyoyoung sentì il viso riscaldarsi all'improvviso, tanto da dover aprire leggermente una finestra. Forse era la maglia a collo alto che aveva deciso di indossare quella mattina a farla sentire così accaldata.

Mentre rispondeva a un cliente che chiedeva informazioni sulle cartoline natalizie, si rese conto che, per la prima volta dopo tanto tempo, aveva sbagliato a scrivere sulla ricevuta di carta, e fu costretta a riscriverla da capo.

Alla bottega offrivano anche un servizio che permetteva ai clienti di acquistare francobolli e di far spedire le lettere direttamente dal negozio. Era una soluzione comoda per chi non aveva un ufficio postale vicino o per chi preferiva completare tutto il processo – dalla scelta della carta da lettere alla spedizione – in un unico posto. Seonho sperava che il negozio diventasse un luogo dove le persone potessero ritrovarsi, una sorta di salotto dedicato alle lettere. Negli ultimi cinque anni molti uffici postali avevano chiuso, e Seonho si augurava che un posto come la bottega potesse in parte sostituirli. Del resto, le poste, ormai principalmente dedicate alle spedizioni di pacchi e corrispondenza, non avevano quasi mai uno spazio tranquillo dove potersi sedere a scrivere una lettera. Era sempre un viavai continuo di persone che preparavano pacchi, chiudendoli con nastro adesivo. Con meno uffici postali a disposizione, quelli rimasti erano diventati inevitabilmente più affollati.

«Di solito, è difficile trovare un posto tranquillo per scrivere qualcosa, ma è bello avere questo negozio nel quartiere», disse sorridendo una cliente, madre di due bambini. Grazie alla bottega, era riuscita a scrivere una lettera a un'amica del liceo che viveva in un'altra città. Da quando si erano sposate, si erano scambiate solo qualche breve messaggio sporadico, ma ora, saputo della nascita del secondo figlio dell'amica, voleva inviarle una lettera affettuosa.

«Non c'è mai tempo per i nostri sentimenti. Oggi, persino i regali si mandano con un semplice coupon...»

«Ha ragione. Grazie per essere venuta da noi», rispose Hyoyoung.

«E quando arriverà la lettera?» chiese la cliente.

«Se la spediamo oggi, dovrebbe arrivare in un paio di giorni. Se è urgente, posso inviarla con posta prioritaria.»

«No, va bene la posta normale. Ho scritto una lettera proprio perché non c'era bisogno di trasmettere subito ciò che volevo dire.»

La cliente, soddisfatta, chiuse gli occhi e inspirò profondamente, godendosi per l'ultima volta l'aroma di legno che riempiva il negozio. Dopo che la cliente se ne fu andata, Hyoyoung raccolse le lettere ricevute negli ultimi due giorni. Attaccò un biglietto alla porta di ferro con scritto che sarebbe andata un attimo all'ufficio postale e si affrettò giù per le scale. In quei momenti, si sentiva davvero fortunata per il fatto che l'ufficio postale fosse così vicino.

Era da tanto che non andava alle poste. Prese un numero e si sedette in attesa, guardando le quattro lettere che aveva in mano. Mentre esaminava le buste, tutte di dimensioni e design diversi, si assicurò che i francobolli fossero ben attaccati. Poi, tirò fuori dalla tasca del cardigan un'altra busta. C'era scritto WOO HYO-MIN su un lato, e all'interno c'era un disegno che Yeonggwang aveva realizzato e che aveva piegato con cura. Tuttavia, non aveva ancora scritto l'indirizzo. La sera prima, sua madre le aveva inviato l'indirizzo di sua sorella senza che lei glielo avesse chiesto. Le aveva mandato quell'informazione improvvisamente, quando meno se l'aspettava. Non avendo nulla da dire, Hyoyoung non aveva risposto al messaggio, ma la madre non era sembrata preoccuparsene. Il luogo in cui si trovava sua sorella era un'accademia di scrittura a Sokcho, dove lavorava da più di tre mesi. Mentre Hyoyoung alternava lo sguardo tra il numero del biglietto e quelli che scorrevano allo sportello, si chiese se avesse abbastanza tempo per scrivere l'indirizzo sulla busta. C'erano sette persone in attesa, un tempo più che sufficiente.

Hyoyoung si avvicinò al tavolo con la lente d'ingrandimento, la penna e il bastoncino di colla, tutti ordinatamente disposti. Sotto il tavolo di vetro erano sistemati con cura vari documenti e buste. Sembrava simile, ma non identico, al cassettone che usavano alla bottega. Pensò che sarebbe stato divertente avere un tavolo così anche da loro, dove poter mettere le lettere degli *Amici di penna,* pronte per essere prese e utilizzate. Poi scrisse l'indirizzo dell'accademia, che aveva ricevuto dalla madre, sotto il nome della sorella. Ora che sapeva con certezza dove viveva, la figura di sua sorella, che fino a quel momento era stata un po' sfocata, iniziava a prendere forma, diventando più vivida.

«Spediamo con posta normale o prioritaria?» le chiese con gentilezza l'impiegato.

Hyoyoung ripensò alle parole della cliente con cui aveva parlato poco prima.

«Queste tre le mandi con prioritaria, e queste due con posta normale, per favore.»

Decise di spedire con posta normale solo le lettere della precedente cliente e di sua sorella. L'impiegato delle poste applicò l'etichetta con l'indirizzo sulle buste. Una volta effettuato il pagamento, Hyoyoung uscì dall'ufficio postale e notò i colori vivaci del foliage autunnale. Al sollevarsi di una brezza fresca, provò la sensazione di sollievo tipica di quando si finisce un compito lasciato in sospeso per troppo tempo. Di buon umore, scattò una foto degli alberi e la inviò nella chat di famiglia.

Wow, davvero un posto molto bello e il panorama non è da meno, proprio come ce lo hai descritto!

Hai pranzato?

Dopo aver letto i messaggi dei genitori, Hyoyoung sorrise e si avviò verso il negozio. Appena arrivata all'ingresso del palazzo, vide un volto familiare: Eunchae, la sua amica dell'università. Era proprio la destinataria della cartolina che Hyoyoung aveva scritto con tanto impegno qualche tempo prima.

«Guarda chi c'è! Approfitti della tua amicizia con il capo per fare una pausa durante l'orario di lavoro?» scherzò Eunchae.

«Non proprio! Andare all'ufficio postale fa parte del mio lavoro», rispose Hyoyoung con un sorriso beffardo.

Le due amiche salirono insieme al quarto piano. Appena Eunchae varcò la porta di ferro del negozio, esclamò con un sorriso gioioso, come quello di una bambina: «Ma dai, non sapevo che Seonho avesse così buon gusto!».

«Sua moglie gli ha dato una mano, ma lo stile del negozio è opera del nostro caro amico... il proprietario», rispose Hyoyoung ridendo.

«Proprietario, eh? Ha proprio fatto carriera!» commentò Eunchae, eccitata, mentre esaminava ogni dettaglio della bottega, dalla cassetta delle lettere in metallo al calendario appeso al muro, fino al vaso di fiori.

Eunchae era una persona che non nascondeva mai le sue emozioni, una qualità che la distingueva. Proprio questa caratteristica aveva causato qualche tensione tra lei e Hyoyoung, durante le riprese di un film. Eunchae non riusciva a capire perché Hyoyoung trattenesse sempre ciò che voleva dire, e più di una volta le aveva detto, esasperata, che un regista non può comportarsi così, altrimenti gli attori non lo capiscono.

Una volta le aveva persino urlato: «Nessuno lo saprà mai se non lo dici!».

Hyoyoung si rese conto che, sebbene avesse pensato di agire in modo responsabile e attento, le osservazioni di Eunchae non erano sbagliate. Lavorare in un negozio di lettere, dove si scambiavano emozioni e parole, aveva aumentato la consapevolezza sull'importanza della condivisione.

«Non ho nemmeno avvisato Seonho. Oggi non lavora?» chiese Eunchae.

«Al momento, è bloccato a casa perché ha l'*herpes zoster.*»

«Con tutto quello che sta facendo, tra lavoro e famiglia, non c'è da stupirsi che sia distrutto.»

Eunchae, che aveva studiato recitazione, raccontò di essere ancora alla ricerca di ingaggi in piccole parti, tanto da far girare ancora profili e curriculum tra agenzie e case di produzione. Era passata dalla bottega mentre andava a distribuire i suoi curricula.

«Mi chiedo quando arriverà il mio turno di ottenere un ruolo con delle battute. Anch'io so parlare, sai! Ah! Si sente la mia voce?»

«La sento. E ho sentito che hai vinto un premio per quel tuo film indipendente.»

«È stato un premio per la miglior regia. Mi aspettavo di vincere quello per la recitazione.»

«Lo vincerai la prossima volta.»

«Quando sarà?»

Eunchae sospirò e si voltò verso il cassettone. Si avvicinò alla cassetta delle lettere e iniziò a leggere silenziosamente il volantino del servizio *Amici di penna.* Poco dopo, una coppia e una famiglia entrarono nel negozio per acquistare carta da lettere e da regalo.

Eunchae prese alcune delle buste e si sedette al tavolo per provare il servizio *Amici di penna.*

«La carta è gratuita, puoi prenderne quanta ne vuoi. Fammi sapere se ne hai bisogno.»

«Ci sono davvero persone che scrivono tutte queste lettere?»

«Ci sono clienti che non hanno problemi a scrivere anche più di quattro pagine alla volta.»

«Fantastico, ci provo anche io!»

Eunchae prese una penna dopo essersi strofinata le mani con entusiasmo. Sebbene il suo carattere facesse pensare che fosse inesperta, scrisse con facilità e velocità. Mentre Hyoyoung impacchettava gli acquisti dei clienti, Eunchae riempiva il quarto foglio.

«Arrivederci.»

«Grazie.»

Quando i due gruppi di clienti uscirono dalla bottega, Hyoyoung si concesse un momento per respirare. Eunchae, con un'espressione soddisfatta, si avvicinò al bancone con i fogli in mano. Disegnò una stella, il suo segno distintivo, sulla lista degli *Amici di penna,* e lasciò il suo contatto e il suo nome. Poi, con la sua busta ormai piena, tornò alla cassetta delle lettere per scegliere una lettera anonima.

La lettera che Eunchae pescò era quella di Joohye.

Pochi giorni dopo, Joohye ricevette finalmente la tanto attesa risposta. Hyoyoung moriva dalla curiosità di sapere se quella lettera sarebbe stata una gioia nella vita monotona di Joohye.

Bottega delle Lettere
[Inviato tramite Web]

Gentile cliente Jung Joohye, le notifichiamo l'arrivo della sua lettera di risposta per il servizio *Amici di penna*. La preghiamo di visitare la bottega durante gli orari di apertura. Nel caso non potesse recarsi al negozio, è possibile scegliere la consegna tramite corriere.

3.

Era un tranquillo pomeriggio di sabato, poco dopo le 17, quando Seonho chiamò. Per fortuna, sembrava che si stesse riprendendo, dato che la sua voce era più energica.

«Oh, hai fatto tutto da sola, ti ringrazio.»

«Macché! Tua moglie ha cambiato i fiori ogni sera e ha preparato quasi tutte le confezioni; quindi, non ho avuto un granché da fare.»

«Ho fatto bene a sposarmi, vero? La mia Sohee ha davvero le mani d'oro.»

«Ah, il nostro caro capo innamorato! Se stai meglio, potresti riprendere a gestire i social? Ho già mandato via e-mail le foto per il design delle cartoline di Natale. Ho restituito la fotocamera dato che il periodo di noleggio era scaduto, e ho contattato i fornitori per le cartoline di Capodanno come mi avevi chiesto.»

«Grazie, Hyoyoung!»

Seonho finse improvvisamente di piangere, ma la mancata reazione di Hyoyoung lo indusse a smettere. Poi, con un tono più serio, aggiunse: «Scusa. Sai, Sohee ritiene che il miglior ringraziamento sia il denaro, soprattutto dato che sono il capo».

«Oh, be', si vede che sei un professionista», commentò lei in tono scherzoso.

«Il prossimo mese avrai un aumento. Ti spiegherò tutto di persona la prossima settimana quando passerò al negozio.»

Seonho menzionò l'albero di Natale di medie dimensioni che Hyoyoung aveva ricevuto la settimana prima. Era così impegnata che non aveva avuto il tempo di tirarlo fuori dalla scatola.

«È ora di addobbarlo. Dobbiamo anche promuovere le cartoline di Natale.»

«Yeonggwang sta andando a comprare gli ornamenti e passerà da te questa sera. Se hai qualcosa di urgente, puoi staccare prima. Si occuperà lui di tutto.»

«Non dovresti dare qualcosa anche a Yeonggwang?»

«Dovrei. Anche se, lo ammetto, mi infastidisce che probabilmente guadagni più di me.»

Seonho e Hyoyoung risero, poi chiusero la chiamata.

Dopo aver compilato il registro delle attività, Hyoyoung scattò una foto della serata nel negozio e scrisse il #Diariodellabottegadellelettere. Finì di sistemare, controllò l'inventario e riempì gli scaffali con i nuovi libri. Di solito, a quell'ora avrebbe preso la sua borsa e sarebbe uscita dal negozio, ma quel giorno si sentiva stranamente lenta e distratta, come se qualcosa le stesse sfuggendo.

"Perché sono ancora qui?"

Notò una matita sul davanzale della finestra e la sistemò. Poi notò che il calendario appeso al muro era storto, così si decise a raddrizzarlo. L'orologio segnava le 19.40, e anche se era ora di cena, Hyoyoung era ancora nella bottega. Forse stava aspettando Yeonggwang, o forse voleva vedere come avrebbe decorato l'albero di Natale. Probabilmente entrambe le cose.

Appoggiandosi al bancone, guardò fuori dalla piccola finestra. Le luci delle case circostanti iniziavano ad accendersi una dopo l'altra. Sentendo di aver aspettato abbastanza, prese la borsa e uscì dal negozio, chiudendo a chiave la porta di ferro. Scendendo le scale, incontrò Yeonggwang che stava salendo. Anche se si sentiva un po' stanca, provò un certo piacere nel vederlo. Con un sorriso leggero sul viso, Yeonggwang le chiese: «Hai finito tardi stasera, eh?».

«Avevo ancora un po' di cose da sistemare. La Bottega delle Lettere è sempre molto impegnativa durante le festività.»

«Ah, capisco.»

«Sei venuto per decorare l'albero di Natale?»

Yeonggwang sollevò la scatola verde che aveva con sé. All'interno c'erano luci e ornamenti natalizi, acquistati nel negozio di un amico. Dopo un breve silenzio, Hyoyoung si girò e risalì le scale, dicendo: «Posso dare un'occhiata? Non ho mai addobbato un albero di Natale in vita mia».

«Davvero? Mai?»

Il suono dei loro passi rimbombava nell'edificio mentre salivano le scale, come il battito di due cuori all'unisono.

Quando Yeonggwang aprì la scatola verde incartata come se fosse un regalo, all'interno brillavano minuscole sfere luminose simili a perle, decorazioni di vetro a forma di fiocchi di neve, orsi con maglioni graziosi, automobili, pacchi regalo e minuscole bottiglie di champagne colorate. Tutto era così carino che era difficile decidere da cosa iniziare.

«Wow, sembra che i sogni non muoiano mai, anche quando si cresce. Mi sento emozionata come una bambina.»

«Ottimo, allora decoriamolo insieme.»

Yeonggwang prese la scatola con l'albero di Natale, che era stata appoggiata a terra accanto al bancone. L'albero sarebbe stato posizionato tra il tavolo e la porta d'ingresso. Iniziò ad aprire i rami piegati quasi stesse aprendo un ombrello.

«Vuoi provare anche tu, Hyoyoung?»

«Certo.»

Hyoyoung si sedette accanto a Yeonggwang. Nonostante il pavimento gelido, non avvertiva il freddo. Poi, avanzando sulle ginocchia, cercò il punto migliore per appendere gli ornamenti. Si divertì a decorare qua e là, controllando l'armonia dei colori e l'equilibrio delle dimensioni degli addobbi, spostando un po' le decorazioni per migliorare la composizione.

«Non è troppo spoglio? Gli ornamenti sono più piccoli di quanto pensassi.»

Yeonggwang tirò fuori dalla scatola un nastro bianco in chiffon che aveva conservato. Sembrava che avesse un asso nella manica. Dopo aver srotolato il nastro arricciato, lo tagliò con le forbici per creare dei bei fiocchi.

«Se li appendiamo ai rami vuoti, l'albero sembrerà più pieno.»

«Oh, che bello! Yeonggwang, decori l'albero di Natale ogni anno?»

«Sì. Mio padre era cristiano, quindi facevamo l'albero ogni anno. Anche se usavamo sempre le stesse decorazioni.»

«Lo fai ancora tutti gli anni?»

«No. Mio padre è morto giovane, e mia madre si è risposata. Il mio patrigno è buddhista.»

Non sapendo cosa dire, Hyoyoung tagliò un altro pezzo di nastro e creò un fiocco. Il nastro brillava scintillante. Yeonggwang si alzò, dicendo che era il momento di appendere le luci.

«Questa è la parte migliore.»

«Le luci! Volevo proprio vederle!»

Con abilità, Yeonggwang le avvolse intorno all'albero. Erano luci minuscole. Dopo averle sistemate, collegò la spina della presa di corrente a un interruttore sul pavimento.

«Siediti qui e accendi quando è buio.»

Yeonggwang spense immediatamente le luci del negozio. Il silenzio e l'oscurità sembravano aver inghiottito ogni cosa.

Yeonggwang, avanzando lentamente nell'ombra, si sedette e disse: «Ora! Accendi!».

Hyoyoung premette l'interruttore, e in un istante decine di minuscole lampadine emanarono una calda luce dorata, che fece sussultare il suo cuore.

Clap clap clap!

Si sedettero entrambi accanto all'albero e applaudirono. Non ricordavano l'ultima volta che si erano sentiti felici come dei bambini. Hyoyoung guardò di sfuggita il profilo di Yeonggwang, illuminato dal giallo delle lucine. Ma subito dopo l'entusiasmo, emerse un po' di imbarazzo, così si alzò di scatto.

«Sono davvero soddisfatta! Voglio scattare una foto e metterla sui social.»

«Con l'hashtag #Diariodellabottegadellelettere? Seguo sempre quel profilo. Scrivi davvero bene! Ho quasi pensato che avessi superato un concorso di scrittura per entrare a lavorare qui.»

Hyoyoung sorrise a quella sciocca battuta, e iniziò a cercare l'inquadratura giusta per fotografare l'albero con il suo smartphone. Nel frattempo, Yeonggwang tirò fuori dalla tasca un oggetto a forma di scatola di fiammiferi e lo posò sul tavolo. Hyoyoung, ancora intenta a scattare foto, gli chiese: «Che cos'è quello?».

«Una radio. Non te l'ha detto Seonho?»

«Che cosa?»

«Oggi una delle lettere dei clienti del negozio sarà letta alla radio.»

Hyoyoung e Yeonggwang si sedettero al tavolo uno di fronte all'altra, illuminati solo alla luce soffusa delle decorazioni natalizie. Mentre osservava le ombre allungarsi sulle pareti color pesca, Hyoyoung ascoltò la canzone di apertura del programma *Passeggiata notturna con Moon Youngeun*.

La melodia delicata della chitarra, accompagnata dall'armoniosa voce di Youngeun, creava un'atmosfera rilassante. Sembrava di camminare a piedi nudi su un morbido tappeto di velluto, come un gatto svegliatosi da un lungo pisolino in un silenzio tranquillo. La canzone di Youngeun aveva proprio quell'effetto.

Senza dire nulla, fissarono la radio, finché Hyoyoung, per rompere il silenzio, si stiracchiò e disse: «Ma perché Seonho non me l'ha detto? Che sbadato!».

«Probabilmente in mezzo a tutti gli impegni, se l'è scordato. Anche io l'ho saputo solo stamattina, quando mi ha chiamato per aiutarlo a montare l'albero. Poi ha dovuto chiudere la telefonata perché Hayul ha cominciato a piangere.»

Mentre salutava gli ascoltatori, Youngeun menzionò il clima insolitamente freddo di novembre. Condivise anche qualche consiglio pratico su come lavare e conservare i maglioni o asciugare le sciarpe. Poi, in occasione dello speciale autunnale, parlò di un libro che aveva recentemente acquistato. Era un libro che Hyoyoung non aveva mai sentito nominare.

– *È un libro della scrittrice giapponese Ito Ogawa,* La cartoleria Tsubaki. *Quando ero piccola, amavo davvero i libri dell'illustratore francese Jean-Jacques Sempé. La copertina di questo libro ha attirato la mia attenzione perché, proprio come le illustrazioni di Sempé, le linee sono morbide e dettagliate.*

Contrariamente a quanto suggerito dal titolo, *La cartoleria Tsubaki* raccontava la storia della proprietaria di una cartoleria che aveva ereditato la tradizione di scrivere lettere per conto dei clienti. La *calligrafa,* come veniva chiamata, aveva il compito di trascrivere i pensieri dei clienti che, per vari motivi, non potevano scrivere di persona, utilizzando una calligrafia che rispecchiava i loro sentimenti. Hyoyoung trovò il libro interessante e ne prese nota sul suo blocco appunti.

– *A dire il vero, non sono una grande lettrice, e questo libro l'ho comprato due mesi fa. Mi sento un po' imbarazzata a parlarne solo ora. Comunque, leggendolo, ho scoperto per caso un negozio interessante proprio nel mio quartiere: sono originaria di Yeonhui, a Seoul. È una bottega delle lettere.*

«Oh? Sta per cominciare!»

Yeonggwang sorrise quando Hyoyoung inclinò la testa verso la radio. Le ombre di Hyoyoung si sovrapposero alle sue.

– *Non scrivevo una lettera da molto tempo. L'ultima volta è stato alle medie, quando decisi di fare pratica con l'inglese tramite un sito di amici di penna... Ma ormai non ricordo quasi nulla. Comunque, qualche giorno fa sono entrata in questo negozio e ho trovato una lettera davvero commovente. Ho avuto l'onore di leggerla!*

La musica di sottofondo diminuì gradualmente, e anche il tono della voce di Youngeun si fece più sommesso.

Dopo aver spiegato che l'autore della lettera le aveva dato il permesso di leggerla alla radio, Youngeun iniziò:

Cara Wonsuk,
come stai? Non ti senti sola, vero?
Il cielo è sereno, senza neanche una nuvola, così ho guardato a lungo in alto, nella speranza di vedere il tuo volto.
Alla fine, ho rinunciato. Solo le foglie di ginkgo cadevano sulle mie guance come se mi volessero prendere in giro.

Il modo in cui Youngeun leggeva la storia di Woncheol aveva un che di meraviglioso, nel trasmettere con sincerità i sentimenti altrui, senza aggiungere o togliere nulla.

Quando sono tornato nella stanza d'ospedale, quel giorno, le mie scarpe da ginnastica erano completamente sporche. Tu hai riso, dicendo che un preside non poteva presentarsi in quel modo.
Mi manca il tuo sorriso.
Mi rammarico di non aver riso di più davanti a te, invece di mostrarti sempre il mio volto crucciato.
Sì, sono consapevole che ogni volta che ti ricorderò, penserò ai miei rimpianti.

Hyoyoung sentì un nodo alla gola e distolse lo sguardo verso la parete, dove le ombre dell'albero di Natale si allungavano. Sembrava che il tempo si fosse fermato.

Ci vediamo presto, Wonsuk.
Con amore,
Cheol

Youngeun pronunciò l'ultima parte con una voce incrinata dall'emozione. Hyoyoung percepì attraverso le onde radio i rumori di Youngeun che schiariva la voce e sfiorava la carta della lettera. Sembrava che Youngeun, da qualche parte nello studio radiofonico di Ilsan, e Hyoyoung, nella bottega di

Yeonhui, fossero collegate da una sorta di energia elettrostatica. Fu in quel momento che si rese conto di quanto potesse essere confortante il fatto che persone con vite diverse potessero connettersi attraverso un piccolo evento.

«Che scrittore sensibile! Ed è un cliente della bottega... Che bello!»

Yeonggwang sorrise appena, sollevando un angolo della bocca. Intravedendolo alla penombra, anche Hyoyoung annuì. Si chiese se lui stesse pensando al padre scomparso, e quali emozioni nascoste si celassero nel suo cuore. Ma non aveva intenzione di avvicinarsi in modo avventato. Mentre Youngeun faceva i saluti finali, Yeonggwang tamburellò con le unghie sul lato della radio e disse: «Quando vedo qualcosa di così bello, a volte mi sembra che i miei lavori siano insignificanti. Cose commoventi come questa mi fanno pensare a quale sia il senso di cercare di ricrearle.»

«Anch'io ho avuto pensieri simili quando scrivevo sceneggiature. Ma spesso la bellezza della vita è nascosta da altre cose: stanchezza, apatia, cinismo. Le opere che crei possono aiutare a sciogliere i cuori induriti, permettere alle persone di vedere di nuovo il bello che le circonda», disse Hyoyoung.

«Ecco le parole giuste.» Yeonggwang la guardò con occhi scintillanti.

Hyoyoung, imbarazzata, si alzò di scatto dalla sedia. «Forse sto scrivendo un po' troppo spesso nel diario della bottega. Dovrei rallentare.»

«No, davvero. Mi è piaciuto molto. Mi ha davvero confortato.»

«Non ho ancora cenato e ho fame. Che ne dici di pollo e birra?»

«Ottima idea.»

Hyoyoung spense le lucine dell'albero. Dopo aver chiuso la porta della cartoleria, scese le scale, seguita da Yeonggwang che accese la torcia del suo telefono per illuminare la strada davanti a lei. I loro passi risuonarono nel silenzio del palazzo, immerso nell'oscurità.

4.

Un martedì, durante l'ora di pranzo, Seonho si presentò al negozio: sembrava stare meglio. Scherzando, disse che crescere una figlia era sicuramente più difficile che affrontare l'*herpes zoster*.

«Come sei riuscito a sfuggire ai doveri di padre, oggi?»

«Mia moglie si è presa un giorno di permesso per darmi una mano. Non volevo chiedere l'aiuto di mia suocera anche stavolta.»

«Ma se non c'era nessun motivo particolare, perché prendere il permesso?»

Seonho sorrise e tirò fuori uno dei suoi soliti fascicoli dalla borsa. Dando una rapida occhiata, Hyoyoung vide che si trattava di un contratto di affitto.

«Ho appena firmato per la seconda bottega!» esclamò Seonho.

Hyoyoung sapeva che stava pensando a una seconda sede già dall'estate precedente. Aveva detto che voleva creare un nuovo punto di riferimento per le lettere. Nonostante la fatica di dover crescere due bambini piccoli, gestire l'attività senza sosta e combattere l'*herpes zoster* inaspettato, la determinazione di Seonho nel promuovere la scrittura delle lettere sembrava non essersi mai affievolita.

«Tempo fa un amico di Sohee ci ha parlato di un edificio di tre piani appena costruito a Seongsu.»

Quel luogo, descritto come una sorta di *piattaforma spaziale*, sarebbe diventato un complesso con caffetterie, negozi di moda e boutique. Considerando che la Bottega delle Lettere aveva già una sede nel quartiere di Yeonhui, Seongsu, a est di Seoul, sembrava il posto perfetto per la seconda.

Seonho e sua moglie Sohee, ogni sera, dopo aver messo a letto i due figli Hajun e Hayul, passavano ore a discuterne. Dovevano ancora presentare una proposta per l'affitto, ma il vero problema era capire se fossero pronti ad assumersi la responsabilità di una nuova sede. Sohee non era del tutto convinta che fosse il momento giusto.

Allora Seonho, senza esitazione, aveva acceso il computer e creato una tabella, elencando i pro e i contro dell'apertura di una seconda sede. Alla fine, i vantaggi avevano avuto la meglio per un punto: 7 a 6.

«Un padre che insegue i propri sogni è un modello per i figli. Questo era l'ultimo punto a favore dell'apertura del secondo negozio. Naturalmente, l'ho aggiunto io!» disse Seonho con un sorriso orgoglioso, battendosi il petto con la mano.

Durante la convalescenza, aveva avuto più tempo per sé e lo aveva usato per fare delle ricerche. Aprendo Google Maps, mostrò a Hyoyoung la posizione e l'edificio della futura sede. Seongsu aveva un'aria decisamente diversa da Yeonhui. L'esterno elegante, con tonalità grigie, trasmetteva una forte impronta moderna. Hyoyoung era curiosa di vedere come la bottega si sarebbe adattata in un ambiente così diverso.

«Non male. Dicono che Seongsu stia diventando molto popolare.»

«Sì, questa sede sarà diversa: avrà un'atmosfera più urbana e moderna, con arredi in acciaio anziché in legno.»

«Allora sarà meglio iniziare subito a cercare personale. Quando pensi di aprire?»

«L'obiettivo è febbraio dell'anno prossimo. Sto già sfruttando tutte le mie conoscenze.»

«Che ne dici di ricevere le candidature tramite i social?»

«Certo, anche quello sarà necessario.»

Seonho si avvicinò all'albero di Natale, si mise le mani sui fianchi e lo esaminò da tutti i lati, annuendo soddisfatto.

«Niente male.»
«Niente male? Abbiamo dato il nostro massimo per addobbarlo!»
«Hyoyoung, anche tu hai dato una mano?»
«Be', ci siamo incrociati sulla via di casa.»
Forse era solo una sua impressione, ma lo sguardo di Seonho sembrava quello di Joohye della settimana prima. Quando lo guardò storto, Seonho si voltò subito e si avvicinò alla cassetta delle lettere.
«Perfetto! In giorni come questi bisogna scrivere una lettera!»
«Scriverai una lettera a un amico di penna?»
«Sì. Non ho mai utilizzato il servizio da quando ho aperto il negozio. È il momento giusto per scriverne una, sia per festeggiare la mia guarigione che per celebrare la firma del contratto. Sarà una specie di diario.»
Hyoyoung gli passò la carta e il portapenne. Seonho chiuse gli occhi per un momento, con uno stato d'animo solenne, poi li riaprì e cominciò a scrivere con una penna a sfera. Sul foglio, scrisse: *Buongiorno, sono il papà di due bambini.* E continuò il testo con una fluidità naturale.

L'anno prossimo mio figlio inizierà la scuola elementare e mia figlia non ha nemmeno compiuto un anno. La felicità è raddoppiata, ma anche la stanchezza.
Non l'ho mai detto a mia moglie, ma in realtà non avrei mai immaginato di sposarmi. Ho sempre avuto molti sogni, luoghi che volevo visitare e cose che volevo realizzare. Avevo paura di perdere tutto questo. Mi sembrava difficile navigare senza inseguire luci scintillanti. In realtà, dentro di me c'era un po' di presunzione. Pensavo fosse naturale avere un sogno da inseguire senza mai voltarsi indietro. Ho avuto anche pensieri stupidi, come considerare noiose le persone che studiavano e si inserivano nel mondo del lavoro senza grandi ambizioni.
Andavo avanti a testa alta con orgoglio.
Ma poi, alla fine, ho ceduto. Ho sentito in modo straziante la

mancanza di talento. Ho accantonato il sogno di diventare attore. Anche se tutto ciò che ho imparato all'università mi è sembrato affascinante e divertente.

Perché ho smesso di seguire quella strada? Cosa c'è di sbagliato nel talento? Ho avuto paura e sono fuggito? Prima che qualcuno mi ponesse queste domande, me le sono fatte da solo. E così, ti chiedo: puoi vivere senza sogni?

Ma credo che chi ha vissuto l'esperienza di una splendida devastazione non sia mai veramente fallito, perché il risultato vero, concreto, è rimanere in piedi. Certo, sopportare di perdere un sogno non è facile, ma nella vita si presentano sempre nuove opportunità che ci emozionano. Davvero, prima o poi.

Ora sto attraversando il mare con la nave più solida del mondo, cercando un nuovo sogno. Non è che non ci siano onde o che non incontri tempeste, ma il solido albero maestro della famiglia mi sostiene sempre. Mi dà la forza di andare avanti senza paura.

Le parole che ho scritto sono mosse da forti emozioni e sembrano una dichiarazione. O forse è solo una mia impressione?

Ho scritto queste righe perché desidero essere un buon padre, un buon marito e per seguire nuovi sogni con sincerità.

Vivi e godi della bellezza delle cose!

Concludo questa lettera augurandoti salute e felicità.

Con affetto, SH

Seonho piegò la lettera e sigillò la busta. Nel frattempo, tre clienti erano usciti dopo aver acquistato articoli di cancelleria e cartoline. La clientela affezionata della bottega stava crescendo lentamente, e Seonho si mostrava ottimista: anche con l'apertura della seconda sede, il business non avrebbe avuto problemi. Con i negozi a Yeonhui e Seongsu, rispettivamente a ovest e a est di Seoul, la copertura sarebbe migliorata notevolmente.

«Hyoyoung, prendi questo», chiamò Seonho. Aprì lo zaino appoggiato davanti al bancone e ne estrasse un documento conservato in una cartellina. Era un nuovo contratto di lavoro con un aumento. Le condizioni erano talmente vantaggiose che Hyoyoung non poté che accettarle con entusiasmo.

«È ancora un contratto part time, ma ho fatto del mio meglio per migliorare la retribuzione», spiegò Seonho.

«Va benissimo. Grazie mille per aver pensato a me», rispose Hyoyoung, grata per l'opportunità.

«Sono io che ringrazio te. Mi assicurerò di assumere altri collaboratori in modo che il lavoro non ricada tutto sulle tue spalle.»

Mentre Seonho si avvicinava all'uscita della bottega, la porta si aprì e Yeonggwang entrò. Sembrava appena uscito dal parrucchiere, con i capelli sistemati con cura a coprirgli le orecchie.

«Che c'è?»

«Sono un cliente!» rispose Yeonggwang spalancando gli occhi alla domanda di Seonho.

«Perché continui a venire al negozio, invece di lavorare al tuo webtoon? Ho visto sul registro delle attività che vieni abbastanza spesso.»

«Hai visto sul registro? Hyoyoung, annoti i giorni in cui vengo qui?» domandò Yeonggwang, guardando Hyoyoung, la quale rispose imbarazzata: «Non è proprio così. Dal momento che sei amico del capo, lo faccio di tanto in tanto quando non accade niente di importante».

«Sono curioso di sapere cosa hai scritto.»

Seonho colpì scherzosamente Yeonggwang al fianco e disse: «Probabilmente ha scritto che c'è un tipo rumoroso che viene a dare fastidio».

«Wow, se hai scritto davvero così, mi offendo.»

Hyoyoung scosse la testa, dicendo che non era affatto così e che non c'era nulla di cui preoccuparsi. Yeonggwang allora estrasse una rivista arrotolata che teneva sotto il braccio e la aprì. Una delle pagine mostrava l'intervista a Seonho, fotografato con le braccia incrociate davanti al bancone della bottega. Vedere il suo lato giocoso dietro un'espressione seria la fece sorridere.

«Ho già visto questa foto online, ma sulla carta stampata è ancora più divertente.»

Seonho, facendo finta di arrabbiarsi, disse: «Divertente? Ehi, ero un attore, sai? Non dovrei emanare un forte carisma?».

«Mi sembra che il carisma sia bello che svanito.»

Mentre Yeonggwang lo prendeva in giro, Seonho finse scherzosamente di afferrargli i capelli. In quel momento, entrò una coppia di liceali in uniforme. Mentre sceglievano delle cartoline, i due bisbigliavano guardando Yeonggwang. Poi il ragazzo si avvicinò e chiese: «Scusi, lei non è per caso... un autore di webtoon?».

«Certo.» Prima che Yeonggwang potesse rispondere, Seonho confermò la cosa al posto suo.

«Wow!! Ho letto *La mia vicina Yeonjeong* tre volte di fila! Siamo entrambi studenti di una scuola di animazione!»

«Vi ringrazio», rispose Yeonggwang, grattandosi la testa e sorridendo imbarazzato. Hyoyoung non si aspettava di vederlo così nervoso di fronte a dei fan. La coppia di studenti aveva riconosciuto Yeonggwang grazie alla sua intervista su una piattaforma specializzata in webtoon. Non essendo lei una lettrice di quel genere, non aveva mai compreso fino in fondo quanto fosse popolare e talentuoso.

«Ah, ma questo è il posto di cui ha parlato nel suo blog!» esclamò la ragazza, e Seonho colse la palla al balzo per intromettersi di nuovo.

«Esatto! Questa è la Bottega delle Lettere – Geurwol, dove viene anche un famoso autore di webtoon! Tornate presto a farci visita.»

Gli studenti, visibilmente emozionati e felici, uscirono dalla bottega con l'autografo di Yeonggwang.

Subito dopo, Seonho iniziò a fare domande impertinenti a Yeonggwang per scherzare: perché non si era vantato della sua intervista? Quanto guadagnava dai diritti d'autore?

Poteva cedergli l'appartamento di Yeonhwa? Yeonggwang era visibilmente infastidito.

«Ero uscito per una passeggiata e ho visto il tuo volto in una libreria, quindi ho deciso di prendere la rivista e portarla con me. Ma sembra che stia ricevendo più prese in giro che altro.»

«So bene che l'hai portata per farmi uno scherzo. Ma che posso fare? Non mi vergogno con tanta facilità.»

«In quanto scrittore in imbarazzo, torno a dedicarmi al mio prossimo lavoro. Arrivederci.»

Quando Yeonggwang uscì, Seonho sbuffò come un vecchio con la pipa in bocca: «I giovani temono il fallimento» .

«Il fallimento è spaventoso a qualsiasi età. Anche Hanjun piange quando cade mentre corre.»

«Ah, ai miei tempi...»

Hyoyoung spinse Seonho fuori, dicendo che era ora di andarsene. Subito dopo, i clienti cominciarono ad arrivare senza sosta.

Nonostante il clima fosse diventato più freddo, la fine dell'anno era il momento per esprimere la gratitudine. Visitarono la bottega persone che compravano articoli di cancelleria per i regali di Natale o che venivano a lasciare messaggi ai loro amici prima di un lungo viaggio all'estero.

Durante un momento di calma, Hyoyoung prese una ricevuta di carta rimasta e scrisse una lista di persone a cui era grata: Kang Seonho, la moglie di Seonho, Hanju, Heo Eunchae, Yeonggwang, la proprietaria dell'agenzia immobiliare ecc. Dopodiché, si rese conto che, tranne Seonho ed Eunchae, erano tutte persone che aveva conosciuto di recente. Le conversazioni e gli interessi con le persone che vedeva frequentemente erano mutati nel corso dell'anno. Si era sempre convinta che le persone non cambiassero facilmente, ma ora quella convinzione era svanita. A seconda dello spazio in cui ci si trova, anche lo stato interiore cambia. In questo senso, Hyoyoung non poteva che apprezzare la bottega.

Sulla strada di casa, Hyoyoung si coprì la testa con il cappuccio del piumino e camminò a passo svelto. Le mani erano gelate per il freddo della sera. Tenendole in tasca, pensò alla coppia di studenti della scuola di animazione incontrati prima e a Yeonggwang, che si era sentito imbarazzato di fronte ai suoi lettori. Tirò fuori il telefono e cercò l'opera di debutto di Yeonggwang. Ogni capitolo aveva più di cinquecento commenti. Aprì i commenti sull'ultimo episodio e vide che il più votato parlava di quanto la protagonista di *La mia vicina Yeonjeong* avesse offerto conforto alle persone. Hyoyoung scorse i commenti fino a fermarsi sui più recenti.

Quando esce il prossimo lavoro? È quasi due anni che hai finito questo.

Chi lo sa? Forse riesce ancora a vivere con quello che ha guadagnato.

È davvero un autore del passato, ormai. Forse non ha fiducia nel suo prossimo lavoro.

Stava per cliccare su NON MI PIACE, ma si fermò, rendendosi conto che non avrebbe cambiato nulla. Prima aveva pensato che Yeonggwang esagerasse un po' con la sua preoccupazione quando lo vedeva vagare per il quartiere senza nemmeno radersi, ma ora iniziava a provare una sorta di compassione.

Hyoyoung ricordò il giorno in cui sua sorella, dopo aver superato l'esame d'ammissione all'università, era venuta con lei alla pista di pattinaggio.

«Quando vedo persone che fanno del loro meglio per non cadere, mi sento un po' triste. Mi ricordano me stessa.» Osservando le persone che pattinavano con cautela sul ghiaccio bianco, Hyomin aveva sussurrato queste parole. All'epoca, Hyoyoung, che aveva appena terminato la scuola media, non poteva capire cosa intendesse la sorella, di cinque anni più grande. Era sempre in ritardo rispetto a lei, che aveva già vissuto cinque anni di esperienze in più.

NATALE ALLA BOTTEGA

1.

Durante la prima settimana di dicembre, un volto familiare arrivò in bottega: il contabile Seong Minjae. Indossando un elegante cappotto di lana grigio, Minjae tolse i guanti di pelle e salutò Hyoyoung con un inchino. Al complimento sul bellissimo albero di Natale, Hyoyoung rispose con un sorriso.

«È passato un po' di tempo. Sembra che lei sia stato molto occupato con il lavoro, ultimamente.»

«Sì, oltre agli impegni aziendali, ho anche delle questioni personali da gestire.»

Nonostante il look impeccabile, compresa la valigetta ventiquattrore e l'outfit, c'era qualcosa di diverso nel modo di fare di Minjae. Proprio come Joohyee aveva guardato Minjae con sospetto, anche Hyoyoung lo osservava con uno sguardo curioso. Non sembrava essere innamorato, ma aveva comunque trovato un nuovo interesse nella vita.

Minjae scelse alcune cartoline natalizie e disse di voler utilizzare il servizio *Amici di penna.* Non appena si sedette al tavolo, estrasse un astuccio di pelle dalla valigetta e prese una stilografica. Il cielo era coperto di nuvole grigie, e il negozio era un po' buio. Hyoyoung gli portò una lampada a forma di fungo, che era in vendita nel negozio, insieme al portapenne.

Minjae, guardando Hyoyoung, chiese: «Hai ascoltato la radio la settimana scorsa? C'era la cantante Moon Youngeun che leggeva la lettera di un cliente della bottega».

«Sì, l'ho ascoltata in diretta. La sua voce è così bella, mentre legge le lettere.»

«Esatto. Anche se sono ormai vicino ai quarant'anni, mi sono commosso.»

«Oh, anch'io mi sono emozionata un po'.»

Hyoyoung parlava ormai con una maggiore disinvoltura ai clienti. Minjae sembrava intuire che la lettera fosse di Woncheol. Loro due si erano scritti due lettere ciascuno da quando avevano iniziato la corrispondenza.

«Ma davvero sta per compiere quarant'anni? Sembra molto più giovane!»

«Grazie. Tutto merito della genetica.»

Hyoyoung si coprì la bocca e rise. Sembrava che Minjae fosse più divertente di quanto pensasse. Per un attimo, Hyoyoung si fermò, sul punto di chiedere se Minjae stesse mantenendo una buona corrispondenza con Woncheol. Anche se avrebbe potuto dare a Minjae ulteriori informazioni, si trattenne. In quel momento, si sentì come una guardiana dell'anonimato degli *Amici di penna*.

Hyoyoung rimase in silenzio per permettere a Minjae di concentrarsi sulla sua lettera e si diresse verso il bancone. Mancavano circa venti minuti alla chiusura, e decise di iniziare a scrivere il registro delle attività della bottega.

REGISTRO DELLE ATTIVITÀ

- Data: *4 dicembre, giorno feriale*
- Meteo: *Nuvoloso*
- Dipendente: *Woo Hyoyoung*
- Numero di clienti: *29 persone*
- Pagamenti con carta: *319.000 won*
- Pagamenti in contanti: *2.800 won*
- Totale: *321.800 won*
- Elenco dei prodotti esauriti: *Biglietti di Natale Red (restano pochi biglietti e buste), Diario belga Black (restano pochi pezzi).*
- Osservazioni: *Fa talmente tanto freddo che le carte di credito*

dei clienti sembrano lastre di ghiaccio. Il manager dei grandi magazzini Lotte, che aveva inviato una proposta per un pop-up store via e-mail il mese scorso, è venuto personalmente a visitare la bottega. Ha scattato alcune foto dell'interno del negozio. Gli abbiamo detto che ci piacerebbe avere un pop-up store con un concept simile all'immagine della bottega. Sembra che ci saranno circa sei negozi che si riuniranno, inclusi alcuni concept store di cancelleria. Siamo entusiasti del nostro primo pop-up store.

Dopo che hanno parlato della bottega in radio, la settimana scorsa, c'è stato un picco di clienti, ma ora siamo tornati ai livelli normali. Forse a causa del freddo intenso, i clienti online sono aumentati rispetto a quelli in negozio. Potrebbe essere utile considerare un servizio Amici di penna *online. Questo è tutto per oggi!*

Ultimamente, Hyoyoung si era appassionata all'idea di sviluppare nuovi servizi. Guardando il vaso sul tavolo, le venne in mente che sarebbe stato bello avere un servizio che consegnasse fiori e lettere insieme. L'idea di aggiungere nuovi aggettivi alle buste della bottega era venuta proprio a lei. Quando aveva annotato il concept del pop-up store su un quaderno e inviato le foto a Yeonggwang, aveva subito ricevuto schizzi promettenti. La visione concreta del progetto l'aveva entusiasmato.

«Mi dispiace. Cercherò di finire tutto entro dieci minuti», disse Minjae, guardando l'orologio e controllando l'orario di chiusura. Hyoyoung, mentre esaminava le idee annotate al mattino, guardò Minjae e rispose: «Non si preoccupi. Faccia pure con calma».

«Ma per un impiegato uscire puntuale dal lavoro è prezioso come l'oro.»

«Oh, davvero?»

Hyoyoung rise scherzosamente. Minjae tornò a concentrarsi sul suo lavoro con un'espressione seria. La scrittura sulla carta divenne più veloce, con un suono frenetico di tratti veloci e ripetuti.

A qualcuno.

Ciao! Come stai trascorrendo questo freddo inverno? Spero che tu stia vivendo un dicembre pieno di gioia e senza rimpianti. Questa è la mia ultima lettera dell'anno.

Io sono un habitué del servizio Amici di penna. *Ormai mi definisco un esperto in materia, ah ah ah. Alcune persone rispondono a poche lettere e poi interrompono la corrispondenza, mentre con altre ho mantenuto il contatto per mesi e anni. Grazie a questo, credo di essere diventato una persona un po' più sincera, almeno sulla carta.*

L'inverno è la stagione in cui si dice addio a chi si è amato. Per me, è la stagione che ha messo fine a circa tre anni di matrimonio. Mia moglie, dopo solo un anno dalle nozze, ha iniziato una relazione con un altro uomo, uno degli studenti della scuola d'arte dove lavorava. Dopo due anni sono venuto a sapere della sua infedeltà e, inevitabilmente, abbiamo avviato le pratiche di divorzio. È passato del tempo in cui non provavo né rabbia né rimpianto, come se fossi stato paralizzato.

Poco dopo il divorzio, mi trovavo solo in soggiorno quando ho notato la riproduzione di un quadro appeso a una parete, lasciato dalla mia ex moglie, un'opera di Caspar David Friedrich intitolata Il viandante sul mare di nebbia. *Mostra un uomo con un bastone che osserva il mare e le colline avvolte dalla foschia.*

Essendo l'immagine di un uomo di schiena, non posso vedere la sua espressione, il che mi rende ancor più curioso riguardo ai suoi sentimenti. A volte sembra preda del pessimismo, altre volte colmo di vana speranza.

Recentemente, mentre osservavo il quadro, ho avuto l'impressione che l'uomo mi stesse parlando: "Alza lo sguardo. Guarda avanti. Non avere paura della nebbia!".

Il pensiero che mi trasmette mi fa pensare che forse sono diventato una persona migliore rispetto alla primavera passata.

In realtà, il quadro lasciatomi dalla mia ex moglie mi ha dato un'inattesa consolazione. Non sono riuscito a mantenere un amore in eterno, ma ho scoperto che non ci sono dolori eterni. Questo mi basta. Ecco il mio motivo per continuare a camminare attraverso la fitta nebbia.

Spero che questo mio racconto personale non risulti troppo pesante.

A te com'è andato quest'anno?

Ti auguro un felice Natale e un felice Anno Nuovo!

Papillon

Minjae depositò la sua lettera nella cassetta degli *Amici di penna* e ne prese una nuova da leggere. La busta mostrava un piccolo germoglio che cresceva sotto la calda luce del sole, simbolo di nuovi inizi, perfetto per il nuovo anno. La scritta ETC. CAMPAGNOLO catturò immediatamente la sua attenzione.

Sabato, XX *del mese* X

Dopo due mesi lontano da Seoul, sono tornato per far visita a un amico. Ho preparato i vestiti pesanti, visti il freddo e la neve che imperversavano.

Prima di partire da Seoul, nella mia testa continuava a ronzare la parola BASTA. *Non sapevo esattamente cosa dovessi smettere di fare, ma avevo la sensazione di voler allontanarmi da tutto ciò che mi circondava. Così, ho lasciato il lavoro, gli amici e ogni cosa legata alla città per tornare al mio paese natale in campagna.*

In campagna, ho intrapreso una nuova vita, con la mia famiglia e il nostro cane, lavorando a nuovi progetti in una routine più stabile. Anche se a volte mi chiedo se questa sia la scelta giusta, sono felice di stare meglio, fisicamente e mentalmente.

Nel corso della lunga vita che ho di fronte a me, cercherò di trovare risposte e andare avanti. In questo percorso, non devo perdermi e dimenticare di essere felice.

Spero che anche tu, mio caro amico, possa avere un anno nuovo, ricco di felicità.

Campagnolo

Minjae rilesse più volte la parte finale della lettera: "Non devo perdermi e dimenticare di essere felice." Era come se queste parole fossero indirizzate a lui. Ricordava i giorni in cui, dopo il lavoro, si sedeva davanti al computer a scrivere racconti, cercando di non perdere la propria identità. La lettera sembrava incoraggiarlo e sostenerlo, come una carezza affettuosa da parte di chi l'aveva scritta. Lasciare una vita conosciuta e intraprendere una nuova esperienza non doveva essere stato facile. Ma, come diceva la lettera, nell'esistenza, si cerca sempre una risposta e si continua a vivere. Minjae applaudì al coraggio di dire *basta* e sorrise.

Quando Minjae infilò la lettera nella busta, Hyoyoung gli chiese: «Tornerà di nuovo prima della fine dell'anno?».

«Probabilmente no. Sto preparando un concorso letterario», rispose Minjae.

«Un concorso letterario? Giusto, è dicembre!»

Dicembre è infatti il mese dei concorsi per il nuovo anno. Hyoyoung sapeva che molti dei suoi amici che scrivevano sceneggiature sognavano di diventare drammaturghi. Le scadenze variavano tra i diversi giornali, ma non andavano mai oltre metà dicembre. I vincitori venivano annunciati il 1° gennaio e le loro opere e interviste venivano pubblicate sui giornali. Per questo motivo, venivano contattati poco prima di Natale.

«Sto scrivendo... un romanzo. Ne ho già inviato uno, ma sto lavorando a un altro da presentare a un altro concorso. È una sfida.»

«Le auguro il meglio!»

«Grazie.»

Minjae, con il suo papillon verde e una sciarpa a quadri, lasciò il negozio. Poco dopo, iniziò a nevicare. La neve bianca cadeva in diagonale sui grandi vetri della bottega. Hyoyoung guardava fuori dalla finestra con un sorriso. L'appartamento di fronte sembrava una torta morbida e soffice. Pensò che il Natale fosse davvero vicino, prese la borsa e uscì per tornare a casa.

Appena fuori dall'edificio, Hyoyoung ricevette un messaggio da Yeonggwang. Alzò subito lo sguardo verso il quinto piano dell'appartamento. Sulla veranda, con addosso pantaloni da pigiama blu e una maglietta a maniche corte, le faceva segno con la mano. Nonostante la neve, non sembrava particolarmente infreddolito. Gli fece un cenno di saluto, invitandolo a rientrare, e lo ringraziò.

«Grazie per il disegno!»

«Figurati! Chiedi pure ogni volta che vuoi!»

Non voleva far rumore in quel quartiere tranquillo, così Hyoyoung si voltò rapidamente e si incamminò verso casa. A ogni passo che faceva, i fiocchi di neve le si posavano sulle spalle e sulle maniche come a schernirla. Il cielo invernale era già scuro nel primo pomeriggio e, mentre tornava a casa, Hyoyoung si sentì particolarmente sola.

Non appena aprì la porta del suo appartamento, notò subito la valigia all'ingresso. Doveva essere stata sua madre. Sulla valigia c'era un biglietto. Anche se non era entusiasta di questa visita improvvisa, Hyoyoung fece un sorriso e lesse il messaggio.

Ho portato qualche vestito invernale. Ti metti sempre quel brutto piumino nero; quindi, ho pensato di portarti qualcosa di meglio. Non fare la capricciosa, mettilo. Tua sorella dice che, se hai bisogno di qualcosa, puoi prendere anche i suoi vestiti.

P.S: Hyomin ti ringrazia per la lettera. Non credevo le avresti risposto!

«Non era una risposta!» mormorò Hyoyoung, arrossendo. Scosse la testa verso il biglietto, imbronciandosi. A differenza sua, che era solita indossare solo abiti comodi ed economici per le riprese, la sorella aveva molti vestiti eleganti, cappotti di sartoria. Aprì la valigia e ne trovò uno di lana beige che Hyomin aveva indossato alla laurea e un parka kaki che aveva usato per una conferenza. Tutti erano stati lavati a secco e avvolti in un telo di plastica. Quello stile completamente diverso dal suo la fece sorridere.

«Quindi dovrei indossare questi vestiti?»

Hyoyoung piegò rapidamente i cappotti e li rimise nella valigia. La sistemò tra il frigorifero e il cassetto, poi aprì la finestra. La neve ricopriva dolcemente Yeonhui. Guardandola accumularsi sui tetti e sui terrazzi di fronte, paradossalmente si sentì avvolta da una sensazione di calore e sbadigliò.

2.

«Buone notizie! Finalmente, ho qualcosa di cui vantarmi!» Euna, visibilmente entusiasta, entrò nel negozio. Sembrava più giovane, con quel nuovo taglio e la permanente appena fatta. «L'anno prossimo andremo in Thailandia, io e mio marito.»

«Davvero? Il vostro primo viaggio all'estero?» Hyoyoung reagì con un sorriso luminoso, ed Euna iniziò subito a parlare della trasmissione radiofonica di Youngeun. Il marito di Euna, il panettiere, accendeva la radio ogni volta che chiudeva il negozio. Non perché fosse un appassionato, ma per abitudine, mentre puliva il pavimento dalle briciole. Sentendo Youngeun leggere una lettera del servizio *Amici di penna*, il marito aveva cambiato idea e si era deciso ad andare in viaggio con la moglie.

«Chi ha scritto quella lettera? Chiunque sia, gli sono davvero grata!»

Le parole di Woncheol che si lamentava di non aver mai trascorso del tempo di qualità con la moglie a causa della vita frenetica avevano fatto riflettere anche il marito di Euna, che viveva una vita dedicata al lavoro.

«Ora sembra che abbia capito quanto sia importante avere qualcuno accanto in buona salute. Ha persino prenotato i biglietti aerei per gennaio! Ma come ha fatto a non capirlo prima?»

«E per quanto tempo starete via?»

«Ben quattro notti e cinque giorni! Inaudito, per lui, lasciare il negozio per così tanto tempo...»

«Durante il periodo più freddo dell'anno, avrete la possibilità di riposarvi magari in un paese caldo.»

«Non sono mai stata da quelle parti, quindi non so quanto sarà bello, ma dato che i biglietti sono già prenotati, non posso fare altro che seguirlo.»

Euna, raggiante, sembrava più giovane. Dopodiché cambiò argomento.

«In realtà, avevo pensato di portarti una torta, ma non sapevo a che ora finivi di lavorare. L'ho lasciata in panetteria: quando stacchi, passa a prenderla. È un regalo per te!»

«Oh, grazie! Non dovrebbe sentirsi obbligata. Inoltre, ci ha regalato spesso il pane.»

«Visto che è merito della bottega se facciamo questo viaggio, una torta è il minimo!»

Mentre Hyoyoung accettava il regalo con gratitudine e si apprestava a salutarla, il telefono di Euna squillò improvvisamente: era l'agenzia immobiliare che la cercava. Prima che potesse andarsene, Hyoyoung la trattenne un momento e le porse un diario verde scuro.

«Questo è per lei. Buon Natale!» disse con un sorriso.

«Oh, grazie! Buon Natale anche a te!» Euna accettò il regalo, felice e sorpresa.

Era passato l'orario di chiusura quando Hyoyoung accolse Seonho e sua moglie Sohee, che erano venuti a fare un salto in bottega. Sohee, con quel suo sorriso luminoso e affascinante, dava una mano importante al negozio. Da quando Seonho aveva contratto l'*herpes zoster*, Sohee aveva iniziato ad aiutare nella gestione della bottega dopo il suo lavoro, e quindi avevano avuto diverse occasioni di incontrarsi. Anche se si erano conosciute otto anni prima al matrimonio, non avevano mai avuto una frequentazione stretta.

«Ho sentito dire che l'albero di Natale è davvero stupendo, così siamo venuti a vederlo. Essendo a fine anno, il lavoro è stato frenetico e non sono riuscita a venire prima.»

Sohee si dispiaceva di non aver avuto molte occasioni di chiacchierare con Hyoyoung.

«Anche a me avrebbe fatto piacere. Avrei voluto parlare di più con te, capo.»

«Oh, puoi chiamarmi semplicemente Sohee», disse lei, mostrando il suo sorriso smagliante. «Non ti ho invitata a cena perché non ho mai tempo. Sai che Seonho ti loda sempre e dice che lavori in modo impeccabile?»

«Oh, è solo perché ho imparato tutto da lui.»

«Vorremmo ringraziarti per quello che fai nella Bottega delle Lettere. Hai un momento?»

Sohee agitò il suo portabottiglie. Aveva fatto tappa in un grande supermercato con Seonho e aveva comprato del formaggio e un'insalata di salmone.

«Volevamo gustare il vino accanto all'albero di Natale e godere del panorama notturno. Vieni a bere qualcosa con noi.»

«Il vostro momento di relax senza i bambini, non vorrei rovinarlo...»

Seonho, che fino a quel momento era rimasto in silenzio, intervenne improvvisamente.

«Cosa, non siamo una buona compagnia? Vuoi invitare anche Yeonggwang?» Ridendo, Seonho si allontanò mentre Hyoyoung rimetteva la sua borsa sul bancone.

Poiché c'erano solo due sedie al tavolo, Seonho ne prese una dal retro. Sohee tolse dei bicchieri di plastica dal sacchetto della spesa e li riempì con il dolce vino rosso.

«Ho assunto un paio di nuovi collaboratori. Due amici che lavoreranno con noi al pop-up store.»

«Davvero? Sei stato veloce. Pensavo sarebbe stato difficile trovare qualcuno in tempi così stretti.»

«Una di loro è mia cugina.»

Sohee mangiò un pezzo di formaggio e continuò a parlare. L'altra persona era un cliente abituale del negozio, uno studente fresco di diploma che aveva appena sostenuto l'esame di ammissione all'università. Era un ragazzo che usava il servizio *Amici di penna* e comprendeva bene la direzione che la bottega voleva prendere.

«Hyoyoung, per il primo giorno del pop-up store, puoi dare una mano ai nuovi collaboratori e poi occuparti del negozio solo mercoledì, giovedì e venerdì durante la settimana di Natale.»

«E per il resto, la bottega la gestirà Seonho?»

«Esatto. Sohee è così gentile da dedicarci tutte le sue ferie.»

«Oh, no, i miei preziosi giorni di ferie!»

Sohee fece una smorfia esagerata, fingendo di piangere mentre sorseggiava il vino. Seonho si appoggiò affettuosamente a lei, ringraziandola con un sorriso, ma lei si allontanò con un'espressione di disprezzo.

«Smettila. È imbarazzante.»

A quel punto, Seonho si girò verso Hyoyoung e, con un tono solenne, disse: «Hyoyoung, te l'avevo detto? Non so cosa sia la vergogna».

Hyoyoung ridacchiò e bevve un sorso di vino, che le riscaldò il petto e il corpo. Fuori era ormai buio. Seonho posò il bicchiere, spense le luci del negozio e accese quelle dell'albero di Natale. Gli addobbi scintillanti creavano un'atmosfera che ricordava le lucciole di notte in campagna. Era un'immagine di armonia, tranquillità e calore.

«No, Seonho sa perfettamente cos'è la vergogna.»

Sohee sorrise, torcendo il naso. Aveva incontrato quello che sarebbe diventato suo marito per caso, tramite un amico. Erano coetanei e, poiché provenivano da ambiti completamente diversi, erano affascinati dalle esperienze e dalle storie dell'altro. Ben presto, Seonho si era innamorato di Sohee. Lui era rimasto sorpreso di vedere sé stesso incapace di parlare con disinvoltura davanti a lei, nonostante fosse sempre stato un tipo piuttosto sicuro di sé. Alla fine, per evitare la timidezza aveva deciso di dichiararsi tramite lettera.

«Mi ha scritto una lettera, ma...»

«Sohee, di cosa stai parlando?»

«In appena una mezza pagina, c'erano ben cinque errori di ortografia.»

«No, erano tre!»

Seonho abbassò la testa e sospirò. Era da tempo che Hyoyoung non vedeva Seonho così imbarazzato, con le orecchie rosse. Sebbene fosse solito vantarsi con arroganza, in realtà si sentiva a disagio quando i suoi limiti venivano scoperti. Anche durante il periodo universitario, se perdeva una discussione su qualche tema artistico, il giorno successivo leggeva articoli per prepararsi a una nuova disputa. Tuttavia, era migliorato molto da quando aveva incontrato la moglie ed era diventato padre di due bambini.

«Così gli ho detto: va bene, accetto la dichiarazione, ma la prossima volta usa un correttore ortografico prima di inviare una lettera.»

«Ah ah ah!» Hyoyoung scoppiò in una risata sincera.

Seonho, in segno di resa, mangiò due pezzi di salmone, masticandoli lentamente. Sohee alzò il bicchiere di vino e fece un brindisi. Il vino rosso, il piatto di formaggi e il salmone rosato sulla plastica scintillavano sotto le luci dell'albero di Natale, creando un'atmosfera calda e morbida. Il panorama innevato era così rilassante che calmava il cuore.

A un certo punto, il cellulare di Sohee iniziò a vibrare. Era la telefonata di una vicina che le diceva che la bambina si era svegliata e stava facendo i capricci: vivendo nello stesso complesso residenziale, Sohee le aveva chiesto il favore di sorvegliare la figlia per qualche ora. Guardando il cibo e il vino rimasti sul tavolo, Sohee fece una faccia dispiaciuta.

«Purtroppo dobbiamo andare. Ci pensi tu, Hyoyoung?»

«Okay, visto che i bambini vi richiamano all'ordine, berrò io il resto del vino.»

Hyoyoung sorrise e accompagnò Seonho e Sohee all'uscita. Sollevò la bottiglia e ne bevve un sorso, poi si diresse verso la grande finestra sul davanti. Vide Seonho e Sohee che camminavano, tenendosi per mano. Il berretto verde di Seonho e la sciarpa color senape di Sohee brillavano anche nel buio. Dall'alto, la coppia sembrava davvero affiatata.

Visto come stavano andando le cose, Hyoyoung decise di creare un'atmosfera festiva. Accese il laptop e mise canzoni natalizie. Cambiò modalità delle luci dell'albero, facendole brillare scintillanti: sembrava un party di fine anno. Poggiò la mano sulla finestra, sentendo freddo fino al gomito, una sensazione che le risvegliò i sensi.

Grazie a Yeonggwang, aveva inviato alla sorella qualcosa che somigliava a una risposta. Non era una vera e propria lettera, era solo un disegno, ispirato a una vecchia foto. Sperava, tuttavia, che potesse offrirle una piccola consolazione. In quello spazio tranquillo della notte, Hyoyoung immaginò sua sorella da qualche parte a Sokcho, anche lei sola, a osservare il cielo notturno.

Non ce l'aveva con lei: tutti commettono errori. Forse era stata davvero un po' arrabbiata quando l'aveva aspettata invano in accademia. Si era sentita abbandonata. D'altro canto, se l'avesse rivista, forse avrebbe avuto il desiderio di scappare. Con una persona come sua sorella, che pensava non avrebbe mai fatto errori, non sarebbe stata in grado di gestire l'imbarazzo della delusione. Avrebbe voluto che fosse rimasta forte, intelligente e capace: una fonte di orgoglio per la famiglia.

Solo frasi sfilacciate come rumori di esplosioni le affollavano la mente. Hyoyoung avvertì un leggero mal di testa e si diresse verso il banco. Poi, in modo quasi solenne, pronunciò a voce alta: «Hyoyoung, perché non riesci a scrivere? Devi farlo!».

Non sapendo se fosse l'effetto dell'alcol o della determinazione, tirò fuori la carta per le lettere. Non aveva intenzione di inviare una lettera a sua sorella, ma a un anonimo. Aveva la sensazione che sarebbe stato più facile. Hyoyoung afferrò una penna qualunque e iniziò a scrivere di getto. Le luci scintillanti dell'albero sembravano incoraggiarla, come fate e folletti in suo sostegno.

A chi sta concludendo l'anno.

Siamo in inverno e il Natale si avvicina. Spero che tu stia trascorrendo giorni sereni mentre leggi questa lettera. Quanto è bello inviare un pensiero affettuoso, le parole gentili sono carburante prezioso contro il freddo!

Ti scrivo perché, ascoltando alcune canzoni natalizie, mi sono venuti in mente i ricordi dell'infanzia.

Una volta, tre giorni prima di Natale, andai a trovare un'amica. Lei aveva preso un quaderno da disegno e mi disse che voleva fare dei biglietti di Natale. Non avevamo nessuno a cui inviarli, ma decidemmo comunque di crearli.

Con le nostre matite colorate disegnammo alberi addobbati, pacchi regalo, pupazzi di neve e Babbo Natale. I biglietti erano semplici, con brevi scritte come BUON NATALE! *o* FELICE ANNO NUOVO! *Una dozzina di questi biglietti andammo a metterli nelle cassette postali dei vicini, senza fare distinzioni. Quando chiesi perché dovessimo inviarli a persone sconosciute, la mia amica rispose che di sicuro qualcuno sarebbe stato felice di riceverli.*

Ripensando a quel giorno, immagino tra quelle persone qualcuno che sorrise vedendo il biglietto di Natale.

Mi manca un po' quella spontaneità. Adesso, a volte, mi imbarazza anche solo chiedere a chi mi è vicino come sta. Non avrei mai pensato di diventare così chiusa, ma eccomi qui.

Grazie per aver letto fino alla fine. È stato molto bello poter condividere con qualcuno un ricordo d'infanzia. Se anche tu vorrai condividere la tua storia con me, conserverò la tua lettera come un tesoro prezioso.

Ti auguro un buon Natale e un felice anno nuovo!

Con affetto,
Un'amante delle lettere

Hyoyoung osservò il foglio di carta con un sorriso soddisfatto.

Prese una banconota dal portafoglio e la mise sul banco.

Poi scrisse su un post-it: *Aggiungere 10.000 won alle entrate in contante nel registro delle attività.*

Dopo aver lasciato la sua lettera nella scatola per le corrispondenze, ne tirò fuori un'altra. Il segno distintivo del mittente era una scatola regalo decorata con un bel nastro: sembrava un pacchetto di Natale. Inoltre, notò con piacere che erano cerchiati i termini *disorganizzato, impaziente* e *nostalgico.* Tre parole che descrivevano perfettamente anche lei. Con il cuore palpitante, aprì la busta.

Conosci il film Taipei Exchange? *È noto anche con il titolo* Taipei Café Story. *Nel film, il protagonista gestisce un caffè dove diverse persone lasciano oggetti che raccontano le loro storie. I clienti possono scambiare questi oggetti con i propri.*

Il fascino di quel caffè, carico di umanità, era tale che volai fino a Taiwan per vedere se esistesse davvero, ma mi deluse scoprire che il baratto era un'invenzione cinematografica.

Quella nostalgia mi ha portato a scrivere, qui alla bottega: che posto romantico per poter scambiarsi storie!

Tra le parole chiave sul biglietto, quella che ha attirato subito la mia attenzione è stata «nostalgico». Sono una persona molto nostalgica. Mi affeziono facilmente agli oggetti e mi piace rivivere i ricordi del tempo passato. Anche scrivere una lettera in tranquillità è un'emozione nostalgica.

Da un certo momento in poi, la scrittura a mano è stata sostituita da computer e smartphone.

Quindi, stare qui alla bottega e sentire il fruscio della carta mentre scrivo a una persona sconosciuta è adorabile.

Il foglio sta per finire. Anche se non conosci né il mio volto né il mio nome, spero che tu possa percepire un po' della felicità che provo mentre scrivo queste righe.

Ti auguro giorni piacevoli.

Leggere il biglietto le aveva dato la sensazione di sorseggiare una bevanda dolce, gustando ogni frase: era stato davvero piacevole. Aveva visto *Taipei Exchange* con Eunchae il primo anno d'università. Dovevano realizzare un monologo ed Eunchae le aveva proposto di lavorare insieme. Il film preso come riferimento era proprio quello.

Il ricordo di quei momenti, mentre mangiavano popcorn e guardavano il film nel piccolo appartamento di Eunchae, tornò alla mente di Hyoyoung. Era un periodo di piogge, l'appartamento era umido e i popcorn erano diventati subito molli.

Quel biglietto aveva risvegliato la nostalgia di Hyoyoung. Sentire la mancanza di qualcosa significa anche essere stati felici per quella cosa.

Hyoyoung bevve l'ultimo sorso di vino e rimise la lettera nella busta. Le infuse un calore che le aprì un sorriso sulle labbra.

Osservando le luci delle case e degli appartamenti, nel buio gelido della notte, percepì un leggero formicolio alle dita. Forse il biglietto che aveva appena scritto era stato un catalizzatore. Sentiva di avere ancora tante cose da dire.

Hyoyoung andò al bancone e prese un altro foglio di carta.

3.

Al terzo piano del grande Lotte Department Store, un ampio spazio per eventi con fiocchi di neve bianchi di carta che coprivano l'intero soffitto, tra un negozio di oggettistica a forma di baita con un simpatico Snoopy gigante all'esterno e uno di articoli per la casa a forma di serra in vetro, si trovava il pop-up store della Bottega delle Lettere. Il design era ispirato a un ufficio postale occidentale degli anni Sessanta con dettagli raffinati.

Spiccavano il bancone verde scuro, che ricordava una reception vintage, e gli addobbi a forma di cespuglio. Le cassette postali alle pareti erano di legno pregiato.

«Nonostante il poco tempo che abbiamo avuto per preparare tutto, è venuto bene, vero?» chiese Seonho, mentre contemplava nel corridoio il pop-up store.

Hyoyoung annuì, visibilmente soddisfatta.

«Lui è il nuovo impiegato part time: Seo Yeonwoo.»

«Buongiorno.»

Yeonwoo, che stava al bancone del negozio, fece un leggero inchino a Hyoyoung. Aveva capelli corti e lisci e una piccola lentiggine sul naso. Molto giovane, essendo appena uscito dagli esami di ammissione all'università, ma con una voce pacata e matura che dava un'impressione di serietà.

«Non è la prima volta che lo vedi: ha usato il nostro servizio *Amici di penna.*»

Hyoyoung inclinò la testa, cercando di riconoscere Yeonwoo. Lui sorrise e spiegò che aveva utilizzato il servizio tre volte.

«Hai ricevuto delle risposte?»
«Sì, fino a poco tempo fa ci siamo scambiati lettere. Ora il mio amico di penna sta scrivendo un romanzo e ha detto che risponderà l'anno prossimo, quindi sto aspettando.»
«Ah, capisco!»
Hyoyoung annuì e fece un sorriso di circostanza.
«Io ora vado a Yeonhui. Se hai bisogno di qualcosa, fammi sapere», disse Seonho prima di uscire.
«Va bene, lo farò. Grazie, capo!»
«Yeonwoo, per favore, scatta delle foto senza persone e inviamele.»
«D'accordo.»
Uscito Seonho, ci fu un momento di imbarazzo tra Hyoyoung e Yeonwoo. Yeonwoo non era difficile da trattare, ma sembrava che considerasse la conversazione qualcosa di non essenziale tra le persone. Hyoyoung decise di concentrarsi sull'organizzazione delle lettere e sull'assistenza ai clienti.
Poiché il grande magazzino attirava molto più pubblico rispetto a Yeonhui, anche la clientela era molto variegata. Alcuni volevano comprare set di carta, altri acquistavano biglietti di ringraziamento. I clienti sembravano riflettere l'energia vivace del grande magazzino rispetto alla calma tipica della bottega.
«Wow, la tua calligrafia è davvero bella!»
«Grazie.»
Due donne, di circa trent'anni e vestite da impiegate, rimasero meravigliate dalla calligrafia di Yeonwoo sulle ricevute di carta. Con molte aziende nei pressi del grande magazzino, diversi impiegati venivano a fare una breve visita durante la pausa pranzo. Hyoyoung osservava con soddisfazione Yeonwoo, che si occupava dei clienti con impegno.
«Potresti, per favore, conservare questa lettera per me?»
«Certo.»
Una donna di mezza età, con una voce gentile, allungò a Hyoyoung una busta. Indossava un completo elegante e aveva un cappotto di sartoria appoggiato a un braccio.

«La mia amica verrà qui al pop-up store tra un'ora. Potresti darle questa lettera al posto mio? Ho un altro impegno e non posso aspettarla.»

Hyoyoung accettò di conservare la lettera: offrire un servizio di custodia delle lettere sembrava una cosa che la bottega dovesse fare per natura. La donna di mezza età ringraziò con un inchino e lasciò il negozio.

Era passata una settimana e mancavano solo due giorni a Natale. Hyoyoung, immersa nella gestione del pop-up store, stava annotando le sue riflessioni su un quaderno della bottega. Non appena ebbe finito, ricevette una telefonata da Seonho.

«Sta andando bene?»

«Sì, il ritmo è frenetico, ma ce la stiamo cavando.»

«Bene. E Yeonwoo?»

«Yeonwoo lavora bene. Anche se è piuttosto taciturno, non sembra brusco.»

«Già, vero? Ho un buon occhio per le persone!»

Hyoyoung immaginò il sorriso compiaciuto di Seonho dall'altra parte della linea, immerso nella sua autocelebrazione.

«Questo è il primo pop-up store e l'accoglienza è stata migliore del previsto, quindi sono felice. Ma la prossima volta vorrei preparare anche qualche evento.»

«Quale tipo di evento?»

Hyoyoung, colta dall'entusiasmo, decise di condividere la sua idea con Seonho senza filtri.

«Dal momento che l'inizio dell'anno è vicino, che ne dici di scrivere una lettera a sé stessi a Natale e riceverla la primavera successiva? Sarebbe un modo per riflettere sulle proprie azioni e prendersi cura di sé.»

«Ottima idea!»

Seonho dichiarò che avrebbe chiuso personalmente il pop-up store la vigilia di Natale. Terminata la telefonata, Hyoyoung vide Minjae davanti al negozio. Minjae, ancora con la camicia e il papillon, stava scattando foto con il cellulare.

«Ha visto le foto del pop-up store su Instagram? Ed è venuto qui: davvero un cliente fedele!»

«Esatto, in realtà ho fatto un salto perché la mia azienda è qua vicino.»

Hyoyoung chiese a Minjae se avesse inviato la sua candidatura al concorso per il nuovo anno.

«Direi che posso anche arrendermi, visto che non sono stato contattato.»

Vedendo il sorriso flebile e le spalle abbattute di Minjae, Hyoyoung non seppe cosa dire per consolarlo.

«E a Natale, cosa farà? Non dimentichi che bisogna divertirsi!»

Minjae, che si avvicinava ai quarant'anni, era sposato? Aveva una fidanzata? Non avendo mai osato fare domande personali, Hyoyoung stava ancora imparando quanto fosse appropriato mantenere una certa distanza con i clienti abituali.

«Mi rilasserò guardando il mare e la nebbia. Al caldo.»

«Quindi se ne va da qualche parte?»

«No, resterò a casa.»

«A casa? Ma non vive a Seoul?»

Hyoyoung, perplessa, guardò Minjae mentre questo sorrideva e si dirigeva verso il banco per scegliere un biglietto di auguri per il nuovo anno. La visione di Minjae e Yeonwoo insieme le suscitò un sorriso curioso. Sebbene si scambiassero lettere tramite il servizio *Amici di penna*, era affascinante non sapere nulla dell'identità dell'altro, ed era divertente essere l'unica a conoscere tutta la situazione.

«Prendo questi.»

Yeonwoo si inchinò leggermente e tirò fuori una busta di carta da imballaggio. Dopo aver messo dentro i tre set di biglietti di auguri per il nuovo anno che Minjae aveva scelto, aggiunse anche una cartolina di colore senape con la scritta PER TE SOLO COSE BELLE.

«Questo è un regalo di Natale. Lo stiamo dando a ogni centesimo cliente.»

Hyoyoung inclinò di nuovo la testa perplessa alle parole di Yeonwoo. Era un evento che non avevano mai organizzato durante la settimana del pop-up store. Le venne in mente che forse Yeonwoo aveva ascoltato la conversazione tra lui e Minjae. C'era la possibilità che, sapendo che Minjae era un cliente abituale e aspirante scrittore, avesse intuito che si trattava proprio del suo amico di penna. Se così fosse stato, sarebbe stata una gentilezza piuttosto carina. Era sorprendente scoprire che anche il riservato Yeonwoo avesse un lato premuroso.

«Wow, sembra che essere un cliente abituale della bottega stia dando i suoi frutti!»

Minjae, con un sorriso luminoso, guardò alternativamente Yeonwoo e Hyoyoung mentre si allontanava dal pop-up store con il suo regalo. Senza che Hyoyoung dovesse chiedere ulteriori spiegazioni, Yeonwoo aprì bocca.

«Credo di aver letto una sua lettera come amici di penna.»

«Davvero? Che sorpresa! Ed è come ti immaginavi?»

«Pensavo fosse un tipo affascinante.»

«E invece?»

«Invece, sembra proprio un tipo affascinante. Con il papillon, poi!»

Hyoyoung ricordò che il segno distintivo di Minjae era proprio il papillon e sorrise di nuovo. Era sollevata nel pensare che Yeonwoo avesse potuto offrirgli un piccolo conforto.

«Per favore, detrai il costo della cartolina dalla mia paga», disse Yeonwoo.

«Non è necessario. Se lo dicessi a Seonho, probabilmente non approverebbe. Preferirebbe rimetterci lui.»

Yeonwoo sorrise e riprese a confezionare le lettere. Hyoyoung decise di chiedere a Yeonwoo ulteriori dettagli.

«Perché non gli hai detto che avete avuto una corrispondenza lunga? Sarebbe stato carino.»

«Se l'avesse saputo, avrebbe potuto essere condizionato e

non scrivere più con la stessa sincerità. E anche io potrei fare lo stesso.»

«Hai ragione, ha senso.»

Hyoyoung annuì. Ricordava che Seonho aveva detto che Yeonwoo era una persona che comprendeva bene la filosofia della bottega.

«Hai detto che stai finendo le superiori? L'anno prossimo andrai all'università?»

«Ho un paio di opzioni, ma sono indeciso. Sto riflettendo se l'università sia davvero ciò di cui ho bisogno ora.»

Nonostante la risposta pacata, Hyoyoung percepì il peso della scelta dietro le sue parole. Ogni giorno si sentiva dire che l'università non era la risposta a tutti i problemi, ma la selezione sulla base dei titoli accademici era ancora molto radicata.

«Capisco, è una decisione importante. Ascolta i consigli delle persone di cui ti fidi, ma non di Seonho. Lui vive seguendo l'istinto.»

«Anche vivere in quel modo è affascinante. Senza il suo istinto non ci sarebbe la bottega!» disse Yeonwoo.

In quel momento entrò un gruppo di clienti che interruppe la loro conversazione. Hyoyoung percepì una sensazione di gratitudine per i rapporti che si stavano creando grazie alle lettere.

Hyoyoung sorrise tra sé e sé, pensando che il consiglio di evitare Seonho fosse in effetti saggio. Il suo carattere eccentrico poteva non essere il miglior punto di riferimento per decisioni serie.

Era la vigilia di Natale. Mentre Seonho si occupava dell'ultimo giorno del pop-up store al Lotte Department Store, Hyoyoung si trovava a gestire la bottega a Yeonhui. L'albero di Natale brillava fiero di essere il protagonista, e i clienti che venivano al negozio godevano dell'atmosfera natalizia scattando foto. Arrivò anche Joohye, insieme a un uomo.

«Buon Natale, amica mia. Lui è il mio ragazzo.»

Hyoyoung salutò in modo un po' imbarazzato. Joohye era di fronte a lei e accanto a un ragazzo, alto e ben vestito, con la giacca di pelle in contrasto con il freddo pungente: proprio il genere di ragazzo che si frequentava a quell'età.

«Ah, l'altra volta eri venuta per chiedere carta da lettere bella resistente. Era per lui?»

«Sì, volevo dichiararmi e avevo bisogno di carta robusta e bella, che durasse a lungo.»

«Che cosa romantica, Joohye...»

Joohye, sorridendo, aggiunse: «Pensa che ha pianto quando l'ha letta!».

«Ma cosa dici?! Non ho pianto!»

Il ragazzo di Joohye sorrise imbarazzato. Scelsero un set di carte da lettera ciascuno, dicendo che le avrebbero usate per scrivere ai genitori.

«Ma tu, Hyoyoung, ultimamente non pranzavi con un ragazzo alto? Non lo vedo da un po'.»

«Non ci pranzo sempre, e non passa tutto il tempo libero con me!»

«Be', sarebbe un hobby interessante.»

L'energia vivace di Joohye contrastava un po' con la tranquillità della bottega, ma Hyoyoung apprezzava il suo carattere. Se avesse avuto un temperamento diretto come il suo, avrebbe avuto più facilità nell'allacciare nuove amicizie e ricucire i rapporti familiari.

A trenta minuti dalla chiusura, l'ambiente si era fatto silenzioso. Il cielo si era oscurato e cominciava a cadere una neve leggera.

«È un bianco Natale!» si sentì gridare dall'esterno.

La neve candida scendeva nel cielo notturno. I piccoli fiocchi cadevano piano, accumulandosi sul suolo con insolita rapidità. Il cielo sembrava sussurrare. Hyoyoung posò la cartellina e si avvicinò alla finestra. La socchiuse e tese la mano. I fiocchi, simili a chicchi di riso, le sfiorarono il palmo. Mentre si asciugava la mano umida sui pantaloni, la porta della bottega si aprì ed entrò Yeonggwang, con la barba lunga e trasandata e un berretto bianco sui capelli scompigliati.

«C'è qualcuno al pianoterra che mi ha chiesto di consegnarti una lettera.»

«Una lettera? Chi era?»

«Mi sa che era tua sorella. Non ho chiesto conferma, mi ha solo pregato di consegnartela ed è scappata via.»

Hyoyoung aprì la busta e riconobbe la scrittura di Hyomin.

Ancora prima di finire l'ultima riga, corse giù per le scale.

4.

Un'ora prima, sdraiato sul letto, Yeonggwang aveva posato il fermacarte a forma di balena che Hyoyoung gli aveva regalato. Aveva saputo che il suo patrigno, che lavorava nel settore delle spedizioni, era a riposo forzato da tre mesi a causa di un incidente stradale. Con i soldi risparmiati stava sopravvivendo, ma aveva sentito dal fratellastro che i soldi stavano finendo. Dopo aver inviato una certa somma di denaro, Yeonggwang si era reso conto dell'età avanzata del patrigno. Sebbene l'incidente non fosse grave, non si sapeva se sarebbe potuto tornare a lavorare come prima. La madre di Yeonggwang non gli aveva detto nulla al riguardo, forse per non farlo stare in pensiero. Anche quando lo aveva contattato qualche giorno prima per chiedergli notizie, si era limitata a dire che gli avrebbe mandato delle costine di manzo marinate.

Stai frequentando la scuola?

Yeonggwang aveva inviato un messaggio al fratellastro. Lui lo aveva letto, ma non aveva risposto. Il fratellastro, ormai ventenne, stava ripetendo l'anno scolastico. Yeonggwang non voleva essere quel tipo di fratello che non offriva supporto in un momento così cruciale della vita.

Aveva posato il pesante fermacarte a forma di balena sul comodino ed era uscito dalla camera. In soggiorno aveva aperto completamente le tende oscuranti. Il vetro della finestra era così appannato che fuori non si vedeva nulla. Con la mano aveva pulito il vetro. Un'ondata di freddo pungente lo aveva avvolto, facendolo rabbrividire. Dalla finestra, non più umida, si vedevano i palazzi di Yeonhui, ora immersi nell'aria gelida dell'inverno.

«Che freddo!» Yeonggwang mormorò a bassa voce mentre osservava una persona ferma vicino a un palo della luce. Era avvolta in un lungo piumino nero e aveva il cappuccio ben tirato sul capo. La persona aspettava qualcuno, muovendo nervosamente i piedi sul posto. Il cielo era scuro e carico di neve. Se fosse stato meno grigio, avrebbe fatto una passeggiata, ma non sembrava il momento migliore. Yeonggwang alzò la temperatura del riscaldamento e si preparò un tè, ricevuto in regalo da un amico di ritorno da un viaggio. Gli balenò in testa il pensiero di offrirne una tazza a Hyoyoung.

Era tè Oolong di un verde tenue. Yeonggwang prese un thermos che non usava da tempo, lo pulì accuratamente e versò con attenzione il tè dalla teiera di vetro. Indossando il piumino e tenendo stretto il thermos, uscì dall'appartamento.

Il vento gelido lo colpì immediatamente. Yeonggwang afferrò il cappello per non farlo volare via.

Mentre stava per attraversare la strada, si fermò. Allora si rese conto di non essersi rasato da due giorni. Toccandosi la pelle ruvida del mento, si chiese se fosse il caso di tornare indietro a darsi una sistemata. Mentre guardava pensieroso verso la finestra della bottega, sentì una voce tenue alle spalle.

«Mi scusi.»

Yeonggwang si voltò e vide una donna in un lungo piumino nero accanto a un palo della luce. Aveva i capelli corti e indossava una mascherina, quindi non era possibile distinguere bene i suoi tratti, ma Yeonggwang lo capì solo guardandola negli occhi: era la sorella di Hyoyoung.

«Per caso sta andando da quella parte? Il negozio di lettere è al quarto piano, là in fondo, giusto?»

«Sì, esatto. È venuta a trovare Hyoyoung?» Yeonggwang si rese conto che quella persona era lì, accanto al palo della luce, da almeno mezz'ora. Nella mano guantata stringeva qualcosa, che si rivelò essere una busta.

«No, non sono qui per questo. Ma se va al negozio di lettere, potrebbe per favore consegnare questa busta alla persona che lavora lì?»

«Una lettera?»

«Sì, una lettera.»

Yeonggwang non le chiese perché non gliela consegnasse lei, perché capì che la domanda sarebbe stata indiscreta, data la situazione.

«D'accordo», si limitò a dire.

«Grazie mille. Davvero, grazie.»

Quando Yeonggwang prese la busta, la donna si chinò più volte in segno di gratitudine. Proprio in quel momento, un vento carico di neve si abbatté su di loro. I fiocchi, simili a chicchi di riso, si addensarono sulle ciglia di Yeonggwang e sulle spalle della donna. Quando lui si strofinò gli occhi e li riaprì, vide la donna allontanarsi rapidamente.

«È un bianco Natale!» gridò una bambina di circa dodici anni, guardando il cielo. La neve bianca e soffice si accumulava in ogni angolo di Yeonhui. Yeonggwang infilò subito la busta nella tasca interna del piumino per proteggerla dalla neve. Aveva il presentimento che si trattasse di una lettera preziosa. Con passi veloci, salì le scale e aprì la porta della bottega. Cercando di calmare l'emozione, disse a Hyoyoung: «C'è qualcuno al pianoterra che mi ha chiesto di consegnarti una lettera.»

«Una lettera? Chi era?»

«Mi sa che era tua sorella. Non ho chiesto conferma, mi ha solo pregato di consegnartela ed è scappata via.»

Hyoyoung aprì la busta e riconobbe la scrittura di Hyomin. Mentre leggeva la lettera, il suo labbro inferiore tremava impercettibilmente.

A Hyoyoung.

Sono venuta a trovare mamma e papà e ho pensato a te, così ho deciso di scriverti qualche riga. Come stai? Ho sentito dire che la-

vori in un negozio di lettere. Sono davvero felice per te. Mi preoccupavo che, a causa mia e della tua decisione di lasciare il cinema, tu potessi restare triste e sola nel tuo appartamento. Ma vedo che, a differenza mia, sei forte e capace, e sai sempre cosa fare. Ti invidio, in un certo senso.

Gli altri pensano che io sia intelligente, ma tu sai quanto sono insicura. Ricordi l'anno scorso? Anzi, all'inizio di dicembre. Quando mamma si era operata all'anca ed era stata ricoverata in ospedale, sono andata a trovarla. Ero lì per dirle qualche parola di conforto, ma fuori dalla stanza ho sentito la tua voce. Ero così imbarazzata e mortificata che non riuscivo a parlare. Mi vergognavo così tanto che volevo solo scappare.

Mi dispiace, Hyoyoung. È passato più di un anno da quando ho iniziato a scriverti, e solo ora riesco a dirti quanto mi dispiace. Avrei voluto essere una sorella affidabile per te, e ho cercato di nascondere ogni mio errore e debolezza. Ho ricevuto così tanto amore da papà solo perché studiavo, e so che questo ti ha spesso ferita. Non riuscivo a perdonare i miei fallimenti, volevo essere una buona sorella e restituire tutto ciò che avevo ricevuto.

Ora, guardandomi indietro, non so cosa stessi tentando di proteggere. Sono scappata da tutto senza affrontare le cose. Mi dispiace. Volevo scriverti una lettera di Natale, ma ho finito per parlare d'altro.

Tornerò presto e mi prenderò cura di ciò che ho abbandonato.

Ti voglio bene. Buon Natale!

Con affetto,
Tua sorella

Ancora prima di finire l'ultima riga, Hyoyoung corse giù per le scale facendo risuonare i passi lungo tutto l'edificio.

Tap-tap-tap-tap.

Yeonggwang, che la seguiva a una velocità quasi frenetica, non riusciva a tenere il passo. Uscita in strada, Hyoyoung si guardò tutt'intorno, ma sua sorella era ormai troppo lontana.

«Dove sei? Dove sei andata?»

Hyoyoung gridò con tutte le forze, con gli occhi gonfi di lacrime. Stringeva il foglio di carta che aveva in mano, quasi a strapparlo.

«Woo Hyomin! Dove sei? Dove sei andata?»

Hyoyoung gridò di nuovo, poi si lasciò cadere a terra. Le sue lacrime riempivano l'aria e Yeonggwang, incapace di dire qualcosa, rimase in piedi in silenzio. I passanti si limitarono a lanciare loro uno sguardo fugace. Yeonggwang, vedendo i fiocchi di neve che cadevano, si tolse il cappello e lo posò delicatamente sulla testa di Hyoyoung.

«Ho portato del tè Oolong: dovrebbe essere ancora caldo. Saliamo a berne un po'.» La prese per il braccio e la aiutò ad alzarsi. «Tra l'altro, mancano ancora venti minuti alla fine del tuo turno...»

Hyoyoung si lasciò scappare una breve risata. Quando i suoi occhi, ancora lucidi di lacrime, incontrarono quelli di Yeonggwang, anche lui le rispose con un sorriso.

Un piccolo fiocco di neve le accarezzò il naso.

C'È UNA LETTERA CHE NON RIESCO A INVIARE A NESSUNO

1.

La prima settimana di gennaio, la cantante Moon Youngeun tornò alla bottega. Forse grazie all'energia che il nuovo anno portava con sé, sembrava più vivace e in salute rispetto all'ultima volta. Youngeun, che stava preparando un nuovo album, raccontò di come dedicasse molto tempo alla lettura di libri e alla visione di film per stimolare la sua sensibilità.

«Anche le lettere della bottega mi sono state di grande aiuto.»

«E noi le siamo grati. Grazie a lei, la nostra promozione è andata molto bene.»

Youngeun richiese il servizio *Amici di penna.* Spiegò che, non avendo avuto modo di tornare a casa per un po', sentiva il bisogno di scrivere lettere per tenere viva la sua determinazione.

Hyoyoung le porse il portapenne e la carta per la corrispondenza. Youngeun guardò a lungo la neve accumulata sugli edifici fuori dalla finestra, poi iniziò a scrivere.

A chiunque abbia accolto il nuovo anno.

Ciao, sono una residente di Yeonhui.

Ho già scritto una lettera alla bottega a fine estate, e questa è la seconda. In realtà, l'estate scorsa il mio gatto Lime, che ho tenuto con me per tre anni, è passato dall'altro lato dell'arcobaleno. Era già vecchio quando è venuto da me, e abbiamo trascorso insieme solo una breve parte della sua vita.

Quando sono tornata a casa, ho trovato il piccolo batuffolo di peli immobile, rannicchiato con gli occhi chiusi. Non sono riuscita a stargli vicino negli ultimi momenti, e ancora oggi, di tanto in tanto, mi scuso davanti alle sue foto.

Anche se non è la prima volta che affronto un lutto, non ci si abitua mai al dolore della perdita di un caro. Mi mancano la sensazione della sua lingua sulle mie guance e l'espressione adorabile sul suo musetto mentre suonavo la chitarra.

Condividere il tempo e lo spazio con Lime era una benedizione. Da quando l'ho perso, le giornate sembrano più lunghe. E se Lime, dall'altro lato dell'arcobaleno, dovrà aspettare parecchio tempo prima del mio arrivo, la sua mancanza sarà interminabile per me.

Ho passato un periodo triste, di grande riflessione.

Recentemente, però, scrivere a un amico di penna tramite la Bottega delle Lettere mi è di conforto.

Ho letto di qualcuno che aveva perso la moglie amata e le scriveva delle lettere. È così romantico imbucare una lettera diretta in cielo, non è vero?

Anche se non è la mia storia, ho pensato che qualcun altro stava ugualmente curando in questo modo le ferite di una perdita.

Ognuno di noi cerca di vivere la propria vita come può. Mi piace pensare che, affrontando il mio dolore, questa lettera possa essere d'aiuto a qualcun altro.

Perciò, ho pensato di rivolgere a un amico di penna anche i miei propositi per il nuovo anno.

Auguro a te che leggi un anno pieno di energia e di speranza.

La chitarrista di Yeonhui

Youngeun piegò il foglio a metà, lo inserì nella busta e lo imbucò. Dopodiché prese a sua volta dalla casetta della corrispondenza una lettera. Sotto la data c'era scritto: *In una giornata un po' meno fredda.* Il simbolo dell'autore era un disegno di un quokka. Accanto al volto sorridente del marsupiale c'era una nota che la fece sorridere: *Quokka, eh eh eh...*

Le piacque molto che fosse cerchiato l'aggettivo *amante degli animali domestici.*

Senza esitazione, Youngeun aprì la busta.

Vorrei che questo momento durasse per sempre.

Tu in che momento ti trovi? Sicuramente è diverso dal mio.

Non so come vivano gli altri, quali pensieri abbiano. A cosa stai pensando?

Ho molte domande senza risposta.

A casa abbiamo un gatto e un cane. Il gatto è un incrocio tra un american shorthair e un persiano e ha circa due anni. Il cane è un maltese e ne ha già sei. Il cane è molto docile, quindi giocano insieme e vanno d'accordo. Questi animali mi hanno dato molta gioia. Posso dir loro quanto sono grato e dimostrarlo, ma non posso sapere cosa pensano o fare una conversazione. In quei momenti mi sento molto triste e il cuore mi si stringe, come adesso.

Volevo chiederti come stai vivendo, se hai delle difficoltà, se c'è qualcosa in cui posso aiutarti. Anche se non ti ho mai incontrato prima, è come scrivere a un vecchio amico.

Perché ho questa sensazione?...

È la prima volta che scrivo una lettera a uno sconosciuto, ma è familiare e confortante. Se avessi l'opportunità, lo rifarei.

Youngeun passò delicatamente la mano sopra il foglio di carta. Immaginava qualcuno seduto al piccolo tavolo della scrivania, intento a scrivere con cura e dedizione. La parte che esprimeva il dispiacere per non poter comunicare con il proprio animale domestico e non poter ricevere risposte le sembrava particolarmente toccante. Ricordò i momenti in cui Lime era malato e sospirava mentre lei gli stringeva delicatamente la zampetta.

"Anche io mi sento così. Pur non essendoci mai incontrati, sembra davvero che ci si conosca."

Youngeun accennò a un sorriso, piegò la lettera e la ripose nella busta. Era certa che, una volta tornata a casa, l'avrebbe riletta. Si avvicinò al bancone e salutò Hyoyoung. Non sarebbe tornata al negozio di calligrafia per un po', impegnata con la sua voce e il suo canto in giro per il mondo.

Poco dopo arrivò l'ora di pranzo. Joohye, in uniforme dell'ufficio postale, entrò nella bottega con un largo sorriso.

«Felice anno nuovo!»

Hyoyoung mostrò un'espressione dispiaciuta, dicendo che Youngeun era appena passata. Come previsto, Joohye spalancò gli occhi e arricciò le labbra. Hyoyoung pensò che Joohye sarebbe stata una buona sorella minore.

«Ah, proprio adesso! Ma tu non hai il mio numero?»

Joohye afferrò il telefono di Hyoyoung e aggiunse il suo numero in rubrica.

«Quando Youngeun tornerà, fammi uno squillo che corro!»

«Ma mica puoi il lasciare il lavoro all'improvviso, sei una dipendente!» commentò Hyoyoung.

«Sono una persona molto diligente, quindi non è un problema se una volta esco per cinque minuti», disse Joohye con un sorriso. Hyoyoung sospirò e rise.

Joohye notò il calendario appeso al muro. Era prodotto dalla bottega per il nuovo anno.

«È davvero bello. Anche il design è molto elegante. Ultimamente, la bottega è in una fase creativa, tutto merito tuo, vero?»

«Abbiamo aumentato il personale. Con più mani a disposizione, il proprietario ha avuto più tempo per realizzare le sue idee.»

Dopo la chiusura del pop-up store natalizio, Seo Yeonwoo aveva deciso di lavorare come stagista nel secondo punto vendita della bottega per circa un anno. Non avendo intenzione di iscriversi subito all'università, avrebbe trascorso del tempo a Seongsu, studiando le tendenze di moda di quel quartiere. Seonho, sapendo che il sogno di Yeonwoo era diventare uno stilista, aveva commentato che sembrava aver trovato un'ottima opportunità ancora prima di dover essere convinto. Attualmente, Yeonwoo stava aiutando Seonho nell'apertura del secondo punto vendita.

«Be', comunque, è grazie a te che la bottega a Yeonhui è così curata. Insomma, sei una vera benedizione per il proprietario!»

Joohye, sorridendo e arricciando il naso, guardò il foglio di carta e poi esclamò: «Devo rispondere a una lettera!».

«Una lettera di un amico di penna?»

«Sì. Durante le festività, anche l'ufficio postale era in fermento, quindi non ho avuto il tempo di scrivergli.»

L'ultima volta, la lettera di Joohye era stata presa da un'amica di Hyoyoung, Eunchae. In seguito, Eunchae aveva inviato una risposta alla bottega tramite corriere, ma non era riuscita a passare di persona poiché era impegnata con le riprese come attrice non protagonista.

«Hai ricevuto la lettera? L'amico di penna è in sintonia con te?»

«In parte sì.»

Joohye era vivace e diretta come Eunchae, e sperava che ci fosse una buona intesa tra loro. Si allontanò dalla cassetta e si avvicinò al bancone dove si trovava Hyoyoung.

«Però mi sembra che sia una persona un po' malinconica.»

«Malinconica?»

Eunchae? Hyoyoung trattenne le parole che stava per dire e ascoltò Joohye.

«Mi ha detto che sta lavorando come attrice in ruoli minori, ma non è sicura che questo sia il suo percorso di vita. Dice che ci sono tanti attori talentuosi e originali e non arriva mai il suo turno.»

«Capisco.»

«Immagino sia difficile diventare famosi come attori, e anche avere un sogno non è una cosa facile», disse Joohye, con un'espressione seria. «Ti ricordi quando sono arrivata per la prima volta alla bottega? Ero una persona annoiata tutta casa e lavoro, senza nulla di interessante nella vita.»

«Oh, sì, lo ricordo.»

«Ecco perché spero che le persone con un sogno non si arrendano. È una cosa preziosa. Anche se è difficile, è importante avere un interesse che ci entusiasma.»

Hyoyoung le era grata per la sua attenzione e la sua capacità di comprendere i sentimenti degli altri. Era contenta che Joohye avesse letto la lettera dell'amica Eunchae.

Joohye la salutò e uscì dalla bottega. Ma a Hyoyoung venne in mente una richiesta.

«Aspetta un momento!»

Uscì dalle scale e, affacciandosi alla ringhiera, guardò giù verso Joohye e le mostrò una pochette.

«Potresti per favore spedire queste per me? Sono lettere dei clienti. Ho messo anche i soldi per le spese di spedizione dentro la borsetta.»

«Certo!»

Joohye allungò la mano e prese la pochette. Era un accessorio del negozio, realizzato in lino bianco.

«Puoi tenerti la pochette, te la regalo!»

«Che bello!»

Joohye sorrise mentre guardava verso Hyoyoung.

Era una serena giornata di gennaio.

Seonho arrivò più tardi del previsto, essendosi fermato a casa per prendere dei fiori freschi da mettere nel vaso.

«E il secondo punto vendita? È davvero pronto per il mese prossimo?»

«Gli interni sono stati completati e i mobili richiesti arriveranno in tempo.»

«E il personale?»

«Yeonwoo si occuperà del negozio durante la settimana, e la cugina di Sohee nel weekend. Quindi, dovrebbe essere tutto a posto.»

Senza Sohee, la moglie di Seonho, sarebbe stato difficile. Tuttavia, lui non aveva solo beneficiato dell'aiuto degli altri, ma aveva anche negoziato con i suoceri perché passassero più tempo con la figlia Hayul, e aveva studiato libri di design e arredamento in biblioteca ogni sera per affinare il suo senso estetico. Insomma, era entrato nella parte di un vero e proprio imprenditore.

«Dobbiamo annullare il contratto che abbiamo firmato l'ultima volta.»

«Perché?»

«Ho preparato un nuovo contratto come dipendente a tempo indeterminato. E ho aumentato lo stipendio rispetto a prima.»

«Sei davvero veloce.»

«Nel business, è fondamentale avere le persone giuste.»

Hyoyoung accettò il nuovo contratto. Anche se poteva dimettersi in qualsiasi momento, aveva come la sensazione che il suo legame con il mondo del cinema stesse giungendo al termine. Si chiese se avesse qualche rimpianto. Si sentì imbarazzata per non sapere ancora quali fossero i suoi veri sentimenti.

«Puoi sempre tornare indietro.»

«Cosa?»

«Stai pensando se potresti fare film, vero?»

«Anche se tornassi, non avrebbe molto senso. Io non...»

«Non sei adatta a fare la regista...»

Seonho disse a Hyoyoung che, se avesse continuato ad ascoltare i pareri degli altri, di sicuro non avrebbe mai fatto un film.

«Chi investirebbe su una regista così? Devi essere capace di prendere decisioni e assegnare le persone ai ruoli giusti. Ora che gestisco la bottega, l'ho capito.»

«Non posso darti torto.»

«Ma anche tu puoi farlo: dirigere una bottega può essere simile a dirigere un film.»

Seonho sorrise a Hyoyoung.

«Continua a scrivere sceneggiature. Lavora al negozio e dedicati alla preparazione dei concorsi per un anno. Se poi decidi di mollare la bottega, puoi sempre farlo.»

Era chiaro perché le persone buone si radunassero alla bottega. Persone buone attirano altre persone buone.

Hyoyoung firmò il contratto senza esitazioni. Poi cambiò argomento.

«Seonho, per caso hai sentito Eunchae di recente? È parecchio che non la vedo, sono un po' preoccupata.»

«Sì. Ha perso il lavoro part time e sta faticando per guadagnare qualche soldo come comparsa.»

«Ha perso il lavoro? Perché?»

«Non lo so. Qualche giorno fa ha cercato di trovare un ingaggio tramite le mie vecchie conoscenze di attore.» Seonho, che rideva, notò l'espressione seria di Hyoyoung. «Stai pensando di nuovo al perché Eunchae non ti ha detto niente?»

«Mi leggi nel pensiero?»

«Non essere troppo delusa. Neanch'io, se fossi stata Eunchae, te lo avrei detto.»

«Perché?» Hyoyoung sgranò gli occhi sorpresa. Nonostante tutto, Eunchae restava sempre la sua migliore amica.

«Anche se non so esattamente cosa ti stia succedendo, capisco che c'è qualcosa che non va, visto che non parli mai della tua famiglia. Eunchae non può aggiungere le difficoltà della sua vita alle tue.»

Seonho sistemò i fiori che aveva portato nel vaso e li posò sul banco, poi continuò: «Hyoyoung, le relazioni umane sono visibili solo da una prospettiva. Non abbiamo il dono della chiaroveggenza».

«Cosa stai cercando di dirmi?»

«Il punto è che se non parli, gli altri non ti leggono nella mente.»

2.

Hyoyoung approfittò di un momento di tranquillità per organizzare sul laptop l'idea che le era venuta durante il periodo trascorso al pop-up store natalizio: LETTERE SCRITTE A GENNAIO E SPEDITE A GIUGNO. Aveva già proposto questo progetto a Seonho e, sebbene volesse iniziare subito con il nuovo anno, si rese conto che, data la mole di eventi e nuovi prodotti, era meglio prendersi un po' più di tempo per perfezionare il servizio.

Le buone intenzioni per l'anno nuovo tendono a svanire verso la metà dell'anno. Questo servizio è pensato per conservare i pensieri e le promesse personali fatte all'inizio dell'anno, per poi rileggerle quando le cose si saranno calmate.

Dopo aver scritto il testo promozionale del servizio, Hyoyoung inviò a Seonho un'e-mail con il documento che spiegava le strategie di marketing. Mentre cercava delle immagini per descrivere l'atmosfera della bottega, il cursore del mouse improvvisamente si bloccò.

«Le batterie!»

Hyoyoung rovistò nei cassetti del bancone di lavoro alla ricerca di pile e notò, con un cattivo presentimento, che il secondo cassetto era vuoto. Quel cassetto era destinato a conservare le lettere dei clienti dopo che avevano richiesto il servizio postale, ma ci aveva lasciato anche qualcosa di personale. Hyoyoung inavvertitamente aveva messo tutto nella pochette.

Due giorni prima, aveva dato a Joohye la pochette con le lettere dei clienti per farle spedire.

Nel cassetto, però, avrebbe dovuto esserci la sua lettera, lunga, scritta in una notte di ebbrezza, piena di rimpianti e infantili nostalgie, per la sorella!

«Oh, no!»

Hyoyoung fu presa da un profondo senso di vergogna. Ogni frase le sembrava imbarazzante... Se la lettera alla sorella era finita nella pochette... allora...

«No!»

Hyoyoung si afferrò la testa con entrambe le mani.

Tum, tum, tum, tum.

Yeonggwang si svegliò di soprassalto al suono insistente dei colpi alla porta d'ingresso. Un'altra serie di colpi risuonò, seguita dal trillo del campanello. In pigiama, si alzò e andò ad aprire. Davanti a lui c'era Hyoyoung, con un'espressione preoccupata.

«Hyoyoung? Cosa ci fai qui?»

«Hai la macchina?»

«Certo, vuoi una tazza di tè?»

«No, voglio l'auto!»

Yeonggwang, realizzando la situazione, la fece entrare e la invitò a sedersi sul divano. Avrebbe preferito sistemarsi i capelli arruffati prima di parlare.

«Devi essere di fretta, se non hai tempo per un tè.»

«Esatto, devo andare subito a Sokcho.»

«A Sokcho? Ma perché?»

«Ho spedito... una lettera sbagliata!»

Yeonggwang si alzò immediatamente e andò a cambiarsi. Si pettinò alla meglio, indossò un cappellino e mise un paio di jeans e un maglione verde con sopra una giacca corta grigia. Era evidente che fosse una situazione urgente, quindi decise di rimandare le domande in auto. Tornò in soggiorno e trovò Hyoyoung già vicino alla porta. Yeonggwang afferrò le chiavi dell'auto dal mobiletto e disse: «Raccontami tutto durante il viaggio».

Una volta saliti sul SUV nero, Yeonggwang accese il riscaldamento. Lei aveva le gambe gelate. Vedendo come tremava, lui prese una coperta dal sedile posteriore e gliela passò. Lei se la mise sulle ginocchia e, con un filo di voce, lo ringraziò. Yeonggwang rimase in silenzio, aspettando che lei parlasse.

«Due giorni fa, un'impiegata delle poste, una cliente abituale, è venuta in negozio. Avevo delle lettere da spedire, così le ho messe di fretta in una pochette e gliele ho consegnate. Non potevo lasciare la bottega, quindi le ho chiesto di spedirle per me.»

Fermandosi al semaforo, Yeonggwang gettò uno sguardo preoccupato verso Hyoyoung, seduta accanto a lui.

«Ma per errore ho messo nella pochette una lettera che non doveva essere spedita.»

«Che lettera era?»

«Una lettera per mia sorella.»

Era un giorno feriale, quindi, una volta superata Jongno, uscire da Seoul fu piuttosto facile. Quando imboccarono l'autostrada, Yeonggwang aveva sentito l'intera storia di Hyoyoung. Non era la prima volta che avevano una conversazione personale, ma era la prima volta che le confidenze arrivavano come un'ondata di piena in uno spazio ristretto come l'auto. Sebbene la conversazione fosse imbarazzante, a Yeonggwang non dispiaceva. Poteva percepire quanto Hyoyoung fosse legata alla sorella, quanto quella figura fosse importante per la sua famiglia e quanto fosse doloroso il suo allontanamento. Anche se nelle parole di Hyoyoung c'era ancora del risentimento verso la sorella, era evidente l'amore profondo che provava per lei.

«Stai viaggiando in sicurezza?» Fu allora che Joohye chiamò. Hyoyoung sospirò, ripensando a quello che era successo. Non poteva credere di essere stata lei a mettere nel posto sbagliato la lettera alla sorella.

«Come diavolo è finita nella pochette? Non è che la lettera abbia le gambe!»

Forse erano stati Seonho o Sohee, che erano passati per la bottega, oppure davvero le forze dell'universo, che volevano punirla, avevano fatto sì che la lettera finisse lì.

Joohye, anche se non era colpa sua, si scusò. Avrebbe dovuto controllare prima di spedire, disse. Hyoyoung le assicurò che non c'entrava niente e che non doveva preoccuparsi.

«Sì, per fortuna un mio amico ha la macchina, stiamo raggiungendo la posta.»

«Davvero? Ah, è quel tipo che ti piace?»

«Ora devo andare! Buon lavoro!»

«Dai, non prendertela, scusa.»

«Sai dove potrebbe trovarsi la lettera, ora?»

«No, ma considerando l'orario di partenza, penso che sarà recapitata entro le tre o le quattro del pomeriggio.»

«Quindi, se tutto va bene...»

«Se tutto va bene, potresti riuscire a recuperarla. Forza!»

Appena chiusa la chiamata, Hyoyoung sospirò e guardò il navigatore: mancavano circa due ore a Sokcho. C'erano tante scuole vicino a Seoul: perché sua sorella aveva deciso di andare a lavorare così lontano? Forse anche lei era arrivata a odiare il posto in cui viveva.

Yeonggwang, che stava guidando in silenzio, si voltò verso Hyoyoung e le chiese: «Se hai scritto l'indirizzo della scuola sulla lettera, allora volevi davvero spedirla, no? Come l'hai trovato?».

«Era quello che volevo, in quel momento. Ma ero un po' brilla. Mia madre mi ha inviato l'indirizzo della scuola dove lavora mia sorella via messaggio. Voleva che le rispondessi.»

«Quello che c'è scritto in quella lettera ti imbarazza così tanto?»

«Sì!!!» Hyoyoung rispose senza nemmeno respirare.

Yeonggwang scoppiò a ridere. Lei lo fissò con uno sguardo severo, chiedendosi perché ridesse in un momento del genere. Lui si scusò e distolse lo sguardo. Lei iniziò a fissare il paesaggio che scorreva fuori dal finestrino. Osservando i campi innevati e le serre bianche, il suo cuore si calmò.

Arrivarono nel parcheggio dell'area di servizio di Hongcheon. Yeonggwang, notando che avevano un lungo viaggio davanti, disse che non potevano partire senza mangiare e suggerì di andare al ristorante.

Hyoyoung rispose, incredula: «Ma è urgente, lo capisci?».

«Arriveremo in tempo, prima delle tre. Fidati.»

«Davvero?»

«Chi controlla la cassetta della posta ogni ora? E poi, se è una scuola, probabilmente starà lì fino a fine giornata.»

Hyoyoung lo fissò con aria perplessa, mentre Yeonggwang, infreddolito, infilava le mani nelle tasche del piumino.

«E poi, non mangio nulla da stamattina.»

Hyoyoung trovava stranamente fastidioso il modo in cui Yeonggwang parlava, con il vapore che usciva dalla bocca a ogni parola.

«Ma come fai a non aver mangiato nulla fino a ora?»

«Non solo non ho mangiato, ma non sono nemmeno andato in bagno.» Yeonggwang sorrise e si diresse velocemente verso la toilette degli uomini.

Hyoyoung sospirò, chiedendosi se non avrebbe fatto meglio a prendere un autobus. Mentre guardava il vapore del suo respiro disperdersi nell'aria, le venne in mente una frase di una lettera che sua sorella le aveva scritto tempo prima.

Mando lettere senza risposta, lettere che mi sembra di veder svanire nell'aria come se fossero una nuvoletta d'alito.

Hyoyoung alzò lo sguardo verso il cielo invernale, bianco e gelido, immaginando le lettere della sorella fluttuare nell'aria e svanire come respiro. Non c'era nessuno a cui confidare perché avesse fatto quella scelta sciocca. Nessuno con cui condividere quanto si fosse sentita in colpa, quanto fosse stata imbarazzata e quanto avesse sofferto. Stringendo il pugno come se volesse afferrare quelle lettere, Hyoyoung restò in silenzio. Poco dopo, Yeonggwang tornò e le diede un colpetto sulla spalla.

«Mio padre diceva che non si dovrebbe mai fissare troppo a lungo l'orizzonte.»

«Perché?»

«Perché finisci per rimuginare su domande a cui è meglio non dare risposta.»

Hyoyoung annuì, facendo finta di avere capito. Anche se erano coetanei, Yeonggwang era più maturo. Quando l'aveva incontrato per la prima volta alla bottega, lo aveva considerato un ficcanaso. Ripensandoci, le venne da sorridere. Proprio come diceva Seonho, le relazioni umane sono una questione di prospettiva, da un altro punto di vista si scoprono nuove sfumature.

Yeonggwang ordinò una zuppa di manzo e riso, mentre Hyoyoung optò per degli *udon* al *kimchi*. Nel ristorante, ampio e spazioso, c'erano pochi clienti. Mentre sorseggiavano il brodo caldo, il freddo iniziò ad allentare la sua morsa. Con il calore del cibo, anche il cuore di Hyoyoung cominciò a sciogliersi. Si rese conto che era una fortuna non dover affrontare quel lungo viaggio da sola e, senza pensarci, ringraziò Yeonggwang che mangiava.

«Come hai detto?»

«Ho detto grazie, per esserti preso la briga di guidare.»

Yeonggwang, asciugandosi la bocca con un fazzoletto, rispose: «Ma no, figurati. Sono io che ti ringrazio per avermi chiamato.»

Hyoyoung guardò il suo piatto vuoto. Sentiva un nodo in gola, come se avesse qualcosa da dire. Non sapeva se parlarne l'avrebbe fatta sentire meglio o peggio, ma aveva una strana voglia di confidarsi.

«Sai, Yeonggwang...»

Yeonggwang la fissò, appoggiando educatamente le mani sul tavolo.

«Mia sorella... era innamorata di un uomo sposato.»

L'anno precedente, all'inizio dell'autunno, Hyoyoung aveva deciso di fare visita a sua sorella Hyomin al nuovo istituto scolastico che stava allestendo.

«Ma come, aprite il mese prossimo e non è ancora pronto niente!»

Hyoyoung era entrata nell'istituto, trovando la porta aperta. Le vecchie tappezzerie erano strappate qua e là; una lavagna bianca, poggiata accanto a un divano logoro e a una libreria, era ancora coperta di macchie. Sulla scrivania del bancone c'erano documenti e articoli di cancelleria sparsi ovunque. Nonostante non fosse sola nella preparazione, Hyomin sembrava andare molto a rilento, e Hyoyoung non riusciva a capire perché. Tuttavia, non aveva minimamente sospettato che sua sorella potesse essere stata truffata.

Con l'inizio dell'università, le due sorelle, con interessi diversi, si erano allontanate progressivamente. Hyoyoung non riusciva a comprendere come mai Hyomin preferisse leggere un'altra ricerca piuttosto che guardare un film, mentre Hyomin trovava incomprensibile il modo in cui Hyoyoung sacrificasse la sua giovinezza all'arte, come se stesse versando acqua in un secchio bucato.

Le loro vite, con obiettivi e gusti diversi, avevano portato a una relazione sempre più superficiale. Non erano più andate a fare shopping o a vedere una mostra insieme. Ma tra loro non c'erano mai stati problemi. Erano solo molto occupate. Ecco perché Hyoyoung aveva ignorato i segnali del fatto che qualcosa non andava.

Proprio mentre stava per sedersi su un divano sprofondato e chiamare sua sorella, la porta di vetro si era aperta bruscamente ed era entrata una donna sulla quarantina. Con un tono tagliente, che non ammetteva repliche, aveva chiesto di Hyomin, facendo sobbalzare Hyoyoung: «Sei tu? Sei Hyomin?».

«No, non sono io, è mia sorella, ma...»

«Chiamala subito. Sbrigati!»

La donna aveva urlato con voce strozzata. Spaventata e ignara di cosa stesse succedendo, Hyoyoung aveva chiamato immediatamente Hyomin, senza risposta. La donna, ormai in lacrime, si era accasciata a terra porgendole il suo cellulare. Era uno screenshot di una conversazione tra Hyomin e qualcun altro. Il tono dei messaggi era inequivocabile: si parlava di come, una volta aperto l'istituto, avrebbero voluto presentarsi ufficialmente ai genitori di entrambe le famiglie.

«Kim Jonghwa è mio marito. Siamo sposati da più di quattro anni.»

«Mia sorella non farebbe mai una cosa del genere.»

«Ma tu che ne sai?»

Hyoyoung era rimasta paralizzata, con i muscoli del viso immobili. Sua sorella, sempre così razionale, precisa e giusta, sempre a dire che non bisogna mai ferire gli altri, aveva fatto una cosa del genere?

«Le manderò un messaggio. Dev'esserci stato un errore...»

«Che razza di sorella! Non risponde nemmeno al telefono? Che razza di famiglia siete?»

Dove sei? Perché non rispondi al telefono? Che stai facendo? Richiamami subito!

Hyoyoung, con le mani che tremavano, aveva inviato il messaggio a Hyomin.

La donna aveva lasciato l'istituto, ma Hyoyoung era rimasta lì, appoggiata al muro, in attesa di sua sorella.

Era trascorsa mezz'ora prima che arrivasse la risposta.

Ne parliamo dopo.

3.

«La nostra scuola offre anche un corso speciale di scrittura antica coreana e insegna ai ragazzi a sviluppare il pensiero logico attraverso lo studio della storia», disse Hyomin, aprendo il libro di esercizi di scrittura e mostrandolo ai genitori seduti di fronte a lei. Poi iniziò a spiegare in dettaglio quanto fosse importante la comprensione del testo per gli alunni delle elementari e come il pensiero logico potesse aiutarli a risolvere i problemi in modo più efficace.

«Gli studenti hanno poco tempo per leggere a causa degli impegni scolastici. Il nostro obiettivo è stimolare l'interesse per la lettura, offrendo loro la possibilità di entrare in contatto con testi diversi», aggiunse.

I genitori, soddisfatti, sorrisero e annuirono, dicendo che sarebbero tornati con il figlio per fargli fare un test di valutazione.

«Vorremmo che nostra figlia diventasse proprio come lei», dissero con ammirazione.

Il direttore, che era uscito dall'ufficio, sorrise e diede una pacca sulla spalla di Hyomin: «La nostra Hyomin ha studiato storia alla Seoul National University. È una laureata d'eccellenza!».

«Davvero? Allora è proprio un'insegnante eccezionale», commentò uno dei genitori, uscendo dal centro studi. Era giunta l'ora di pranzo. Hyomin prese l'ascensore insieme al direttore per scendere al primo piano. Mentre attraversavano l'atrio, videro una fila di cassette postali metalliche lungo la parete di sinistra. Nel palazzo a cinque piani c'erano dodici negozi e scuole, compresa quella dove lavorava Hyomin al quarto piano. Una lettera spuntava in verticale dalla cassetta del loro istituto. Il direttore la notò per primo e si fermò.

«Che cos'è? Una bolletta?» disse avvicinandosi. Ma proprio mentre Hyomin si accingeva a prendere la lettera, il direttore la fermò: «Lasci stare. Prima mangiamo, poi vediamo di cosa si tratta».

Si trovarono presto davanti a una pentola di brodo di merluzzo bianco che bolliva sul fuoco. Mentre mescolava lentamente la zuppa, il direttore suggerì a Hyomin di indossare abiti dai colori più vivaci, considerando che lavorava con i bambini. Lei annuì e accettò il consiglio.

«Non possiamo sapere cosa pensa una persona. Le chiedo solo questo favore: la gente giudica sempre dall'apparenza. Se l'atmosfera è cupa, i bambini potrebbero non sentirsi a loro agio», spiegò il direttore.

«Farò come dice», rispose Hyomin.

Il direttore, dopo aver servito due pezzi di merluzzo, le passò il piatto dicendo: «Mangi, mi sembra dimagrita ultimamente».

Hyomin lo ringraziò.

Erano passati cinque mesi da quando Hyomin si era trasferita a Sokcho. Il primo mese aveva vissuto a casa di un'amica, ma dopo aver trovato lavoro alla scuola, aveva affittato un monolocale. Durante l'università aveva condiviso una stanza doppia nel dormitorio, e nel periodo del master aveva sopportato lunghi viaggi da pendolare per risparmiare sui costi, vivendo a casa dei genitori. Finalmente, dopo tanto tempo, Hyomin aveva uno spazio tutto suo. Viveva da sola, e ciò significava che aveva il controllo totale del proprio tempo.

«Non sta nevicando, piove», disse il direttore sorseggiando il brodo limpido con un cucchiaio. Aggiunse che la zuppa di merluzzo risultava ancora più gustosa quando fuori pioveva.

Hyomin, già da un po', si sentiva infreddolita. L'umidità

e il vento gelido le davano la sensazione di essere ammalata, e non si sentiva affatto bene.

«Direttore, posso andare a casa dopo la lezione del pomeriggio?» chiese.

«Perché? Si sente male?»

«Credo di avere un po' di febbre.»

Il direttore la guardò con preoccupazione. Anche se a volte poteva sembrare rigido e conservatore, era una persona premurosa: trattava Hyomin come se fosse una delle sue studentesse, e a lei non dispiaceva affatto.

«Prenda un altro po' di brodo. È sicura di poter fare lezione nel pomeriggio?»

«Sì, ma penso dopo sia meglio riposare, per poter affrontare le lezioni di domani.»

«Capisco.»

Il direttore versò altro brodo bollente nel piatto di Hyomin e poi si girò a guardare la pioggia fuori dalla finestra. Dall'interno, con i rumori attutiti, la pioggia emetteva un sussurro solitario. Hyomin, senza nemmeno accorgersene, imitò con la lingua il suono della pioggia: «*Totok totok*».

«Cosa ha detto?» chiese il direttore.

«Eh?»

«Ha detto qualcosa?»

«Ho detto *grazie*, direttore.»

Tornando verso la scuola, il direttore propose di fermarsi davanti a un negozio che vendeva dolci al vapore.

«Uno per me e uno per lei. E una confezione per i ragazzi.»

Hyomin prese tra le braccia il sacchetto con i dolci caldi che il direttore le aveva passato. Sentì subito il calore diffondersi sul suo stomaco. Lui sorrise mentre spezzava a metà un dolce fumante e ci soffiava sopra per raffreddarlo. Ora la vita di Hyomin era tranquilla, senza stress o tristezze particolari. Eppure, quando si sentiva un po' oppressa, le piaceva camminare fino al mare per schiarirsi le idee. Non era la vita di successo che aveva immaginato per sé, tuttavia vivere così le dava la certezza di non essere una cattiva persona.

Rientrata a scuola, portò a termine l'ultima lezione del pomeriggio, destinata agli studenti delle classi inferiori. Vedere quei bambini, con le loro boccucce che cercavano di esprimersi in modo intelligente, la faceva sorridere. Abituata a insegnare agli studenti delle superiori, trovava l'atmosfera completamente diversa. Le sembrava quasi incredibile che quei bambini sarebbero cresciuti, un giorno, per diventare adulti, lavoratori e magari genitori.

«Maestra! Oggi Yongjin si è lasciato con la fidanzata!» gridò uno dei bambini, con uno zaino grande quanto lui.

«Ehi! Ti avevo detto di non dirlo!»

Erano solo al secondo anno, ma già provavano vergogna e imbarazzo come gli adulti. Hyomin finse di non sentire e salutò con la mano.

«Non correte sulle strisce pedonali e andate subito a casa!»

Dopo aver completato il registro, si mise il cappotto e la sciarpa intorno al collo. Mentre scendeva con l'ascensore al primo piano, le tornò in mente la lettera che aveva visto nella cassetta postale durante la pausa pranzo. Si avvicinò alla cassetta numero 403, ma non c'era traccia della busta di prima. Anche infilando la mano nella cassetta, sentiva solo il freddo metallo sul fondo.

"Sarà stata consegnata per sbaglio?"

Si girò e vide due ragazzini che ridevano, nascosti dietro la parete del corridoio dell'atrio, gli stessi che avevano seguito la sua lezione.

«Ehi, cosa state facendo lì?» chiese Hyomin.

I due ragazzini scapparono lungo il corridoio verso l'uscita posteriore.

Hyomin si riteneva una persona molto fortunata. Capiva tutto alla svelta, studiava meno degli altri e riusciva a ottenere ottimi voti. Aveva una grande facilità di apprendimento che era convinta di aver ereditato dal nonno, insegnante di matematica al liceo. Al contrario la sorella, Hyoyoung, molto più emotiva, somigliava ai genitori. Per Hyomin era naturale che fosse lei a sostenere la famiglia, data la sua razionalità.

Il primo passo per raggiungere questo obiettivo era diventare professoressa. Dopo essere entrata all'Università di Seoul, sentiva che sarebbe stato un peccato non terminare gli studi. Anche se il suo obiettivo richiedeva del tempo, era sicura che lo avrebbe raggiunto. Voleva essere di supporto a Hyoyoung, che era cresciuta con una minor autostima a causa sua. Voleva mandarla a studiare all'estero per completare i suoi studi cinematografici.

Tuttavia, durante la scuola di specializzazione aveva affrontato esperienze difficili da comprendere per la sua razionalità.

«Hai sentito? Il prof Choi ha assegnato la cattedra a Jinsoo!»

Era stato in un periodo in cui Hyomin, fiduciosa, stava superando egregiamente gli esami prima della tesi. Allora era stato annunciato un posto da insegnante e il professore aveva dichiarato che i risultati delle tesi avrebbero avuto un peso importante nella selezione. Tutti dicevano che Hyomin avrebbe ottenuto la cattedra.

Il risultato era stato diverso.

«Come sarebbe a dire? Perché non Hyomin?»

«I voti di Jinsoo non sono mica così brillanti!»

Hyomin ignorava le voci che circolavano su Jinsoo, il quale era imparentato con un professore e si comportava in modo opportunistico e servile con Choi, inviandogli carne di manzo e funghi pregiati durante le festività, facendolo, però, sempre in modo discreto, affinché non si dicesse che la sua carriera potesse essere valutata positivamente a causa di simili pratiche.

«Fai qualcosa anche tu, non startene sempre immobile ad aspettare.»

«Inventati qualcosa. Almeno alza la mano e offriti di guidare quando il professore va in gita con gli studenti.»

Dopo aver mancato la posizione di insegnante, i suoi colleghi avevano cercato di spronarla.

Hyomin si era resa conto che non sapeva molto in fatto di vita professionale.

Un giorno, Hyomin si era recata nello studio del professor Choi con un libro che conteneva una carta regalo di un centro commerciale in occasione della Festa degli insegnanti. Come volevasi dimostrare, aveva trovato il professor Choi e Jinsoo già lì. Hyomin si era nascosta istintivamente dietro una parete.

«Grazie per avermi affidato il corso, professore», aveva detto Jinsoo.

«La valutazione dei suoi docenti è stata piuttosto buona.»

«Ho solo seguito quello che ho imparato da lei.»

Il professor Choi aveva riso e dato una pacca sulla spalla di Jinsoo. Poi, Hyomin aveva udito le parole che non avrebbe voluto ascoltare...

«Hai davvero un bel modo di fare. Ho sentito che hai attirato parecchia invidia, ultimamente...»

«Probabilmente perché ho preso la cattedra prima degli altri.»

«Chi studia soltanto non capisce niente di vita sociale. Hyomin dice che hai ottenuto la cattedra solo perché sei un uomo? È ridicolo.»

Hyomin aveva messo il libro nella borsa ed era uscita immediatamente dall'università. Dopo aver visto che i suoi progetti non venivano approvati, aveva deciso di prendersi una pausa e iniziare a lavorare come insegnante in un'accademia.

Avere uno stipendio regolare quasi la spaventava. Insegnare alle scuole superiori e trasmettere le conoscenze agli studenti era fin troppo facile per lei. Preparare materiali e creare contenuti per le lezioni si era rivelato anche più divertente del previsto. Il direttore dell'accademia aveva promesso di trattare Hyomin con rispetto, considerando che frequentava la Seoul National University, e le offriva incentivi ogni volta che il numero degli studenti aumentava.

«Quando torni all'università? Hai già preso un anno sabbatico», le aveva chiesto il padre, che aveva un'opinione diversa. Credeva che, essendo sua figlia iscritta all'università, sarebbe diventata inevitabilmente professoressa. Si aspettava che Hyomin continuasse a studiare e le comprava carne di manzo ogni mese, vestiti costosi e tutte le medicine di cui aveva bisogno. Lei non poteva rivelare alla famiglia il vero motivo per cui aveva lasciato l'università. Non voleva ammettere che, nonostante i suoi sforzi, era stata esclusa dalla selezione.

«Papà, qui guadagno molto più di un professore.»

«Chi sta parlando di soldi? Non ti dispiace che tutto quello che hai studiato possa andare sprecato?»

«Non è che voglio fare soldi per il gusto di farli. Voglio guadagnare per compensare il denaro che ho speso per gli studi. Né io né Hyoyoung abbiamo mai avuto la possibilità di studiare tranquillamente!»

Hyomin alla fine aveva nascosto il proprio dolore ferendo suo padre. La sosteneva il pensiero che offrire ricchezze materiali fosse l'unico modo per compensare la perdita del sogno di diventare docente.

A comprendere il cuore di Hyomin era stato Jonghwa, entrato all'accademia un anno prima di lei, come insegnante di preparazione per gli esami. Jonghwa, laureato in filosofia, aveva intrapreso un percorso simile al suo, ed era finito all'accademia dopo aver fallito nella selezione per diventare professore.

Durante una cena di lavoro, si erano seduti vicini e avevano condiviso le loro esperienze: Jonghwa raccontava delle ingiustizie subite dai suoi professori e Hyomin esprimeva la sua rabbia per le lotte di fazione nel dipartimento di Jonghwa. La comprensione reciproca si era trasformata in amore.

«Con le nostre competenze, troveremo presto una strada. Invece di dare la percentuale dello stipendio alla scuola in cui insegniamo, perché non apriamo un'accademia tutta nostra?»

Jonghwa aveva convinto Hyomin che rimanere nella loro situazione fosse un segno di stagnazione. Con due anni di esperienza alle spalle e un buon numero di studenti, Hyomin aveva raggiunto il massimo stipendio possibile. Jonghwa pensava che aprire un'accademia a Pyeongchon sarebbe stata una buona scelta.

La prospettiva di costruire qualcosa di proprio, con Jonghwa al suo fianco, offriva a Hyomin una nuova speranza e un senso di realizzazione che avrebbero potuto riscattarla.

Perché non rispondi al telefono? L'imbianchino dice che non l'hai ancora pagato...

Ah, stavo per farlo oggi.

Ma dove sei adesso?

Adesso sono con il nostro ex professore. Ti ricordi? Quello del dipartimento di filosofia che ha promesso di aiutarci con una lezione speciale per l'apertura.

Hyomin non si era accorta subito delle menzogne di Jonghwa, che nel tempo si arricchivano sempre di più. Solo dopo un anno, quando il suo amore per lui si era completamente spento, aveva cominciato a notare che i suoi comportamenti erano strani e sospetti. Jonghwa, per apparire più importante nel suo nuovo business, si era fatto confezionare abiti firmati e aveva cambiato macchina. Aveva chiesto soldi a Hyomin per la revisione di un libro di esercizi di scrittura di cui era autore, ma poco dopo le aveva detto che quei soldi erano serviti per comprare mobili per l'accademia.

Non era detto che fin dall'inizio lui avesse avuto l'intenzione di truffarla. Forse, nel tentativo di avviare la sua accademia, Jonghwa aveva perso il controllo nella gestione del denaro e la sua avidità aveva superato l'ambizione e la correttezza. Solo molto dopo Hyomin aveva scoperto che Jonghwa aveva anche preso in prestito una notevole somma di denaro da amici e conoscenti.

Lei si chiedeva spesso cosa fosse passato nella mente di Jonghwa in quei momenti, ma non riusciva a trovare una risposta.

Dopo sei mesi di inganni e manipolazioni che avevano lentamente eroso sia il denaro che lo spirito di Hyomin,

Jonghwa era scomparso senza lasciare traccia. Quando Hyomin era andata al suo appartamento, lo aveva trovato vuoto. Era scoppiata in lacrime e proprio in quel momento aveva ricevuto una telefonata dalla moglie di Jonghwa, di cui ignorava l'esistenza.

«Lei chi è? Perché continua a chiamare mio marito?»

Quando aveva scoperto che Jonghwa era sposato, Hyomin si era ritrovata sul fondo di un abisso.

4.

«Vedi? Non c'è niente!», disse Hyoyoung a Yeonggwang mentre frugava nella cassetta delle lettere di metallo dell'accademia. Vedendo il suo volto contrariato, lui si scusò imbarazzato. Le aveva assicurato che non sarebbe stato troppo tardi, ma la lettera era già stata portata via.

«Sono già le 16. Quindi è stata consegnata?»

«Se hanno lasciato la posta durante l'ora di pranzo, potrebbe averla ritirata quando è uscita.»

«Vado a dare un'occhiata. Potrebbero esserci stati ritardi o errori di spedizione.»

Il direttore dell'accademia, sceso nella hall con in mano un sacchetto per la raccolta differenziata, li guardò con attenzione.

«Chi siete e perché state controllando la nostra cassetta delle lettere?»

«Oh, mi scuso. Lei è un insegnante del quarto piano?»

«Sono il direttore.»

Il direttore informò Hyoyoung che Hyomin era andata via presto a causa di un lieve malessere.

Hyoyoung chiese ripetutamente se Hyomin stesse bene.

«Se è così preoccupata, può andare a trovarla», suggerì il direttore, intuendo che la situazione era delicata.

«Ah, il problema è che...»

«Vuole salire? Ho l'indirizzo di sua sorella negli archivi del personale.»

L'aula insegnanti era un piccolo spazio di circa cinquanta metri quadri. L'ufficio del direttore aveva solo una grande scrivania per le consulenze e due tavolini accostati, più una semplice libreria. Il direttore frugò tra i documenti e trovò la scheda personale di Hyomin. Sulla parte superiore del curriculum era indicato l'indirizzo del domicilio.

«Era un po' troppo qualificata per questa mansione e stavo pensando di non assumerla. Ma ho pensato che se voleva lavorare a scuola avesse un motivo più che valido.»

«Grazie mille.»

Hyoyoung chinò il capo in segno di gratitudine. Anche Yeonggwang annuì.

«Hyomin è una persona riservata, non sapevo avesse una sorella. Dato che è venuta da lontano, faccia una bella chiacchierata con lei prima di andare via.»

Hyomin era a casa. Uscì dal bagno con il cesto della biancheria e si accinse a stenderlo fuori.

Nel quartiere in collina in cui abitava c'era, a sinistra, una fila di casette di mattoni dai tetti azzurri e color corallo. Dietro le case di mattoni, si ergevano eleganti palazzine di tre o quattro piani che sembravano uscite da un gioco da tavolo.

"Sarebbe stato meglio finire su un'isola deserta", pensò Hyomin con un sorriso. Le ricordava la casella *Isola deserta* di un gioco da tavolo in cui ci si doveva fermare per tre turni. "Anche nella vita reale, a volte servono delle isole deserte", si disse. Quale scusa migliore avrebbe potuto dare a famiglia e amici? "Sono finita su un'isola deserta. Forse è un periodo sfortunato. Mi prendo una pausa per tre turni."

Scendendo a metà collina, a destra, si potevano vedere un piccolo supermercato, una panetteria, una macelleria e una trattoria. Oltre ai negozi, si estendeva un vasto mare blu intenso. Le navi, piccole come un'unghia in lontananza, si muovevano lentamente, e Hyomin trovò conforto in quel panorama.

Le cose che si muovono piano infondono una sorta di certezza, come se dicessero: "Sei sulla strada giusta".

Immergersi nell'acqua calda aveva alleviato il suo malessere.

Hyomin mise la mano rossa e fredda in tasca, dove sentì una busta di carta.

Un'ora prima, due ragazzini avevano rubato una lettera dalla cassetta della posta per fare uno scherzo. Hyomin li aveva minacciati, dicendo che avrebbe raddoppiato i compiti se non l'avessero restituita. Quindi i ragazzi erano tornati correndo con le mani giunte in segno di scusa e avevano restituito la busta di un morbido color crema, con l'apertura in grigio scuro. Hyomin aveva letto l'iscrizione in piccolo nell'angolo in basso a sinistra: PER MIA SORELLA.

Prendendo la busta dalla propria tasca, Hyomin lesse di nuovo la scritta. Poco più in basso sulla collina c'era un piccolo negozio dove comprava spesso il latte alla banana. Sebbene il vento del mare di gennaio fosse particolarmente freddo, Hyomin voleva leggere la lettera della sorella in un luogo aperto. Fortunatamente, davanti al negozio c'era un grande banco di legno con delle panche. Hyomin acquistò un cartoncino di latte alla banana e si sedette. Quando aprì la lettera, sentì un peso nel cuore. Si sorprese di provare risentimento per il fatto che la risposta fosse arrivata così tardi. Non aveva mai pensato di avere il diritto di aspettarsi una risposta dalla sorella, ma ora si sentiva in qualche modo ferita dal lungo silenzio.

"Spero che non sia piena di insulti."

Hyomin cercò di forzare un sorriso e aprì con coraggio il foglio della lettera. La carta era decorata con un piccolo disegno di rondine con un cuore nel becco. La lettera era su tre fogli, con una scrittura fitta e disordinata: si chiese se fosse davvero la calligrafia della sorella. Tuttavia, leggendo, le parole di Hyoyoung sembravano risuonare nella sua mente come ricordi ancora vivi e indelebili.

Ricordi quando al secondo anno delle medie hai letto di nascosto la mia fanfiction? Hai segnato tutti gli errori con una penna rossa e l'hai lasciata sul letto! I nostri genitori mi hanno preso in giro per questo.

Perché dovevo sempre chiedere scusa? Perché i miei sforzi non erano mai sufficienti per te? Pensavi che diventare una brava studentessa fosse una gran cosa? Io sono riuscita a entrare nella scuola che volevo al primo colpo. E pensi che fare la regista sia facile? Mentre tu te ne stavi lì a studiare comoda comoda, io lavoravo sul campo e dovevo gestire decine di membri della troupe!

Non c'era dubbio che la lettera fosse stata scritta sotto gli effetti dell'alcol.

Hyomin leggeva incapace di sorridere o piangere, sentiva le urla e la rabbia della sorella, parola dopo parola. Alcuni passaggi la colpirono profondamente, mentre in altri percepì delle accuse ingiuste.

Ricordava il giorno in cui era stata ammessa all'università, i genitori avevano prenotato un tavolo in un ristorante cinese e le avevano regalato un elegante cappotto di lana fatto a mano, del valore di oltre quattrocentomila won. Senza dire nulla, Hyoyoung aveva seppellito il volto corrucciato nel piatto di spaghetti ai fagioli dolci.

Successivamente, cercando di rimediare, Hyomin aveva comprato un cappotto di lana per Hyoyoung con i soldi guadagnati facendo ripetizioni. Tuttavia, Hyoyoung non lo aveva mai usato e, durante la facoltà di cinematografia, indossava sempre un piumino nero. Incurante dei rimproveri della madre, Hyoyoung rispondeva con arroganza che per un'artista i cappotti erano superflui.

Se ti credi così speciale, allora comportati da tale!

Invece ti sei fatta prendere in giro da un uomo stupido e ti ritrovi in una situazione imbarazzante!

Non scusarti con me. Non rispondere nemmeno.

Ogni volta che mi scriverai una lettera, la strapperò!

Hyomin rimase colpita dalla durezza di quelle parole. Davvero la sorella era convinta che lei volesse vivere in quel modo? Anche lei aveva delle cose da rimproverare a Hyoyoung.

Vedere suo padre che, nonostante le difficoltà economiche, le dava sempre dei soldi per studiare, la faceva sentire in dovere di aiutare a casa. Sua madre, che non aveva continuato gli studi, si vantava del successo della figlia. Hyomin sentiva che quello che faceva era il minimo per soddisfare i desideri della madre, che raccontava a tutti che presto sarebbe diventata professoressa.

Solo ora Hyomin si rese conto di quanto queste pressioni si erano tramutate in un peso dentro di lei, e solo dopo aver fallito, piena di vergogna e addolorata, aveva compreso la portata del suo malessere. Era sul punto di esplodere a causa della frustrazione, quando sentì una voce potente provenire dal basso della collina.

«Non leggerla!»

Hyomin si asciugò gli occhi arrossati con le dita. Sollevò lo sguardo e vide Hyoyoung avvicinarsi correndo.

«Non leggerla!»

«Hyoyoung?»

Con un grido, Hyoyoung le strappò la lettera dalle mani.

«Non l'ho scritta con l'intenzione di fartela leggere!»

Hyoyoung accartocciò la lettera e se la infilò nella tasca del piumino. La sua faccia era rossa come un pomodoro, come se fosse appena uscita da una sauna.

«Ma l'hai inviata tu. C'era scritto anche l'indirizzo dell'accademia.»

«Era solo una cosa che ho scritto per rabbia una sera che ero ubriaca! Non avevo intenzione di spedirla!»

Hyoyoung strinse la tasca del piumino, mordendosi le labbra. Aveva lo stesso volto che aveva avuto quando, al secondo anno di scuola media, Hyomin aveva letto la sua fanfiction. Un'espressione di vergogna e imbarazzo, ma anche di accettazione del fatto che l'irreparabile era ormai accaduto.

In quel momento, Hyomin trovò la sorella adorabile.

«Ma è comunque mia, quindi ridammela. C'è scritto il mio nome sulla busta.»

Hyomin sollevò davanti ai suoi occhi la busta che le era rimasta in mano con scritto PER MIA SORELLA. Hyoyoung scosse la testa e distolse lo sguardo. Hyomin non poté trattenere una risata.

«Sei l'unica sorella che ho. Non comportarti in modo infantile e restituiscimela subito. Ho spedito anch'io tante lettere, superando la vergogna!»

«Chi te l'ha chiesto? Sei solo tu che ti crogioli nei tuoi sentimenti! La colpa è tutta tua!»

«Restituiscila subito! Vuoi ridarmela?»

Hyomin afferrò il piumino di Hyoyoung. Hyoyoung, spaventata, si allontanò rannicchiandosi sulla panca. Hyomin cercò nella tasca. Hyoyoung tentò di allontanare la sorella, sferrando calci. Mentre Hyomin lottava, perse l'equilibrio e scivolò. Prima di cadere, afferrò la tasca del piumino di Hyoyoung, che, con un suono secco, si strappò, facendo svolazzare le piume in aria.

Hyoyoung immaginò alcune scene di film come: la piuma che volteggia nell'aria in *Forrest Gump* o i popcorn sospesi nel vuoto in *Big Fish.* La vista di qualcosa di così bello, come un fermoimmagine congelato, le suscitò un sorriso involontario. Sembrava che una risata irresistibile stesse per esplodere come uno starnuto. Le piume bianche dell'imbottitura si posarono leggiadre sui capelli e sulle spalle di entrambe.

«Ehi, Hyomin! Sei impazzita!»

«Ah!»

Le urla di Hyoyoung, i gemiti di Hyomin che era caduta a terra e le piume d'anatra che uscivano in modo disastroso dal piumino si mescolarono nel caos. Improvvisamente, il vento gelido dell'inverno spazzò il vicolo, e le piume volarono fino ai piedi di Yeonggwang, che stava a una decina di passi dalle due sorelle.

«Ah, e adesso come facciamo a pulire questo disastro?» disse, grattandosi il viso con entrambe le mani.

Hyomin, sdraiata a terra, si girò verso di lui. Yeonggwang

teneva una borsa con la scritta ZUPPA DI RISO e un sacchetto della farmacia.

«Sei il fidanzato di Hyoyoung? Perché hai un sacchetto della farmacia? Mia sorella sta male?»

«Non sono il suo fidanzato e lei non sta male. Le avevano detto che eri malata tu e Hyoyoung ha comprato del porridge per te.»

Hyomin comprese che Hyoyoung era venuta a casa dopo aver sentito che non stava bene.

«Okay, non sembra che tu stia troppo male. Comunque, eccotelo.»

Yeonggwang porse a Hyomin la borsa con il porridge. Il contenitore di plastica era ancora tiepido. Allora Hyomin sentì il freddo vento del mare di Sokcho e riconobbe il caldo affetto della premura della sorella. Quindi le lacrime le iniziarono a scendere senza controllo.

«Ma perché sei venuta all'improvviso, eh?»

«E tu perché piangi? Hyomin, sei diventata così emotiva e imbarazzante...»

Mentre anche Hyoyoung si asciugava le lacrime, la proprietaria del negozietto, una vecchietta, aprì la porta di vetro.

Yeonggwang, mortificato, si chinò e raccolse le piume sparse attorno al bancone.

«Signora, ci dispiace. Puliremo tutto e ce ne andremo!»

Mezz'ora dopo, i tre si trovavano a passeggiare lungo la via dei ristoranti di pesce di Sokcho, con una vista ampia e mozzafiato sul mare. Hyoyoung non vedeva l'ora di andarsene, ma Hyomin la trattenne. Dopo aver fatto guidare Yeonggwang per oltre due ore, nonostante non fosse nemmeno il suo fidanzato, era giusto offrirgli qualcosa in segno di gratitudine.

Era l'ora del tramonto. Le nuvole soffici si tingevano di colori caldi e variabili – albicocca, grigio perla, rosa – e il cielo sembrava così vicino da poterlo sfiorare. Hyoyoung osservava Hyomin, anche lei con un lungo piumino nero, per la prima volta. La figura della sorella, con il cappello calato sugli occhi, le sembrava inaspettatamente carina.

Si sedettero in un ristorante di pesce, dove si udiva chiaramente il suono delle onde. Ordinarono una porzione grande di molluschi grigliati, una media di ostriche e tre di gamberi fritti. Hyoyoung e Hyomin presero un po' di *soju*, mentre Yeonggwang ordinò una bibita gassata.

«È troppa roba, siamo solo in tre.»

«So che ti piacciono le ostriche. Se non ce la fai, lascia pure. Me le porto via io.»

Hyomin era decisa a mantenere l'ordine delle pietanze. Dopo aver discusso a lungo con la sorella, trovarsi in un ristorante di cozze grigliate le sembrava surreale.

Yeonggwang pensò che la loro relazione fosse complicata quanto quella di due innamorati.

«Hyoyoung, sei innamorata di Yeonggwang? O è lui a essere innamorato di te?»

«Cosa?»

«O forse la cosa è reciproca?»

Yeonggwang guardò con occhi spalancati prima Hyomin e poi Hyoyoung. Quest'ultima fece una smorfia, come se non volesse rispondere.

«Vuoi di nuovo mettermi in imbarazzo? Lasciami mangiare in pace.»

«Va bene, non chiedo più.»

Yeonggwang pensò che dovesse abituarsi a quella strana situazione.

«Hai preso quel truffatore?»

«Mi ha contattato il mese scorso. Ha detto che mi avrebbe restituito i soldi che ha.»

«Quanto?»

«Dieci milioni di won.»

Hyoyoung emise un lungo sospiro. «Scherzi? Solo dieci milioni?»

«Figurati che la moglie mi accusa di essere stata l'amante del marito e vuole farmi causa. Se succede, dovrò sborsarne circa venti milioni.»

«Era davvero un tradimento?»

«Era tutto una truffa, anche i sentimenti.»

«Ah.» Un lamento di angoscia e rabbia uscì dalle labbra di Hyoyoung. Riempì il bicchiere vuoto di Hyomin con del *soju*. Si sentiva sollevata dal fatto che la sorella non avesse davvero avuto una storia, ma era furiosa perché il truffatore aveva giocato anche con i suoi sentimenti.

«Hai ragione. Stavo solo a studiare, senza capire nulla del mondo. Pensavo che comprendesse il mio cuore, così non ho dubitato. Quanto ero stupida.»

Hyoyoung aprì una cozza con i guanti di plastica e la diede a Hyomin.

«Mangia qualcosa.»

«Volevo davvero andare a trovare mamma il giorno dell'operazione, ma... sono arrivata fino alla porta...»

Alla fine, Hyomin scoppiò in lacrime mentre teneva in bocca il mollusco. Questa volta, Hyoyoung le accarezzò dolcemente il dorso della mano, consolandola come solo una sorella sa fare.

«Torna a casa. Non restare qui a soffrire da sola.»

Chissà da quanto Hyoyoung voleva dirlo. Cercò di nascondere la propria emozione bevendo un altro bicchiere di *soju*.

Yeonggwang, vedendo le due sorelle arrossire, propose: «Ormai siamo qui, basta bere. Perché non andiamo a vedere il mare?».

Camminarono lungo la spiaggia. I lampioni si accesero uno dopo l'altro. Era il momento dopo il tramonto, e il mare blu scuro aveva ormai assunto una tonalità quasi nera. Le luci dei negozi lungo la spiaggia illuminavano la scena, rendendo l'oscurità meno totale. Yeonggwang, che si trovava a circa tre passi di distanza dalle sorelle, osservò attentamente i loro profili mentre apriva il blocco note sul telefono.

Il suono irregolare delle onde che si infrangevano e svanivano riportò Hyoyoung alla realtà. Si rese conto di quanto fosse stato frenetico il viaggio da Yeonhui a Sokcho, un viaggio che sembrava quasi impossibile in un luogo così tranquillo. Era venuta spinta dall'idea di ritrovare la lettera o forse di ritrovare sua sorella? Non avrebbe saputo rispondere.

«Mi dispiace... per tutto il dolore che hai provato a causa mia.»

«Non importa. Mi pento delle parole che ti ho detto e scritto nella lettera.»

Hyomin prese la mano di Hyoyoung. Anche se entrambe avevano le mani gelide come il ghiaccio, il loro calore si diffondeva lentamente mentre camminavano.

«Il lavoro al negozio di lettere sta andando bene?»

«Sì, mi piace: sia le lettere che la bottega.»

Hyoyoung parlò dei progetti che le aveva proposto Seonho. Intendeva lavorare a tempo pieno per il secondo negozio e, dopo il lavoro, scrivere sceneggiature. Hyomin ascoltava attentamente, annuendo con serietà. La incoraggiò dicendo che era sicura che ce l'avrebbe fatta, e mostrò dispiacere per la sua decisione di lasciare la regia.

Poi, mentre camminavano silenziosamente con il vento che soffiava loro addosso, Hyomin disse: «Ti ricordi quando, in seconda superiore, mi hai chiesto dei soldi per comprare una videocamera?».

«Certo che mi ricordo, ci ho girato una quantità assurda di video.»

«Eri riuscita a coinvolgere anche i tuoi amici del corso di recitazione. Ti ricordi quel video in cui uno dei ragazzi del nostro quartiere sembrava essere posseduto?»

«Ridicolo, vero? Era una storia su un cantante morto che cercava di comunicare durante una seduta spiritica.»

Hyomin ridacchiò, asciugandosi il naso divertita.

«Nel titoli di coda c'era il tuo nome. L'unica investitrice del mio film, Hyomin.»

«Già. Quella cosa mi ha commossa.»

Le due sorelle si fermarono e girarono lo sguardo verso l'orizzonte. Osservarono il faro bianco in lontananza e il mare notturno che brillava di verde scuro sotto le luci. La schiuma bianca si avvicinava e allontanava sulla spiaggia, in un ritmo costante.

Ssshh... ssshh...

Il suono delle onde, come se si abbracciassero l'una all'altra, confortava i loro cuori feriti.

Hyomin tenne stretta la mano di Hyoyoung e, guidandola, disse: «Ora andiamo in un posto più caldo».

Le due sorelle avanzarono, con passi allineati, attraverso la sabbia bianca battuta dal vento d'inverno.

EPILOGO: ABBIAMO SEMPRE CERCATO DI ISPIRARCI A VICENDA

1.

REGISTRO DELLE ATTIVITÀ

- Data: *7 febbraio, giorno feriale*
- Meteo: *Cielo sereno ma molto freddo*
- Dipendente: *Seo Yeonwoo*
- Numero di clienti: *82 persone*
- Pagamenti con carta: *970.000 won*
- Pagamenti in contanti: *31.800 won*
- Totale: *1.001.800 won*
- Sito web: *18 ordini*
- Materiali necessari: *30 penne gel e 15 segnalibri a forma di rondine*
- Osservazioni: *È il terzo giorno di apertura del punto vendita di Seongsu. Oggi abbiamo avuto un modesto afflusso di clienti, per colpa del pop-up store che abbiamo accanto, che vende oggetti realizzati da un famoso designer. Anche se c'era un po' di confusione, non è stato così fastidioso da farci pensare di chiudere il negozio. Questa mattina è passato Minjae con il suo papillon. Non sa ancora chi io sia esattamente, mi ha lasciato una copia del «Kyunghyang Shinmun» del 1° gennaio da consegnare a Hyoyoung. L'ho aperta e ho visto che è stato premiato nella sezione narrativa del concorso Nuove Opere. Ha spiegato che, mentre festeggiava con gli amici, non ha avuto il tempo di passare in bottega. Negli ultimi tempi è stato difficile trovare giornali cartacei, così ha dovuto girare per sette edicole prima di trovarne uno. Ma alla fine ha realizzato il suo sogno.*

È davvero una persona straordinaria!!

Quando Hyoyoung arrivò al negozio di Seongsu, si dedicò subito alla lettura del registro che Yeonwoo aveva compilato il giorno prima. Poi aprì il giornale sul bancone e cercò l'articolo e il racconto di Minjae. Il racconto breve, intitolato *Il viandante sul mare di nebbia*, narrava le avventure di un impiegato insoddisfatto che, per caso, entra in un dipinto appeso alla parete del soggiorno e vive un'esperienza fantastica. Alla fine, il ritorno alla realtà del protagonista è accompagnato da una profonda sensazione di vuoto, ma l'avventura vissuta gli offre una forma di consolazione.

Per la sua conoscenza personale, Hyoyoung trovava delle affinità tra Minjae e il protagonista del racconto. Quando Yeonwoo tornò dopo una breve uscita e vide Hyoyoung immersa nella lettura, commentò che, secondo l'intervista, Minjae non aveva intenzione di smettere di lavorare, ma che avrebbe continuato a scrivere con l'obiettivo di pubblicare il suo primo libro.

«Provo invidia per il fatto che sia riuscito a diventare uno scrittore.»

«Sei ancora giovane e hai tutto il tempo, cosa c'è da invidiare?»

La risposta di Yeonwoo, che aveva appena compiuto vent'anni, strappò un sorriso a Hyoyoung. Anche Seonho aveva trovato la sua strada solo dopo innumerevoli tentativi.

«Be', mi annoio facilmente delle cose. Da bambino, volevo diventare nuotatore e facevo allenamenti intensivi. Poi, da adolescente, sognavo di essere ciclista e partecipavo alle maratone. Alle superiori, ero iscritto a corsi di arte...»

«Yeonwoo, hai vissuto tante vite!» esclamò Hyoyoung con ammirazione. Essere giovani e annoiarsi non era poi così male. Era una vita molto diversa dalla sua, che aveva sempre e solo sognato di diventare regista.

«Fai semplicemente tutto ciò che desideri. Alla fine, anche se il mondo intero ti dice di fermarti, troverai qualcosa per cui vale la pena perseverare.»

«Davvero?»

«Puoi contarci.»

Yeonwoo prese il telefono e, dopo aver premuto alcuni tasti, mostrò a Hyoyoung il suo canale YouTube, dove recensiva articoli di moda.

«Ultimamente ho imparato a montare video e sto caricando nuovi contenuti. Per ora, mi concentro sui video brevi e, per il momento, mi diverto molto.»

«Wow, mi iscrivo subito!»

Hyoyoung visitò il canale di Yeonwoo e, poco dopo, arrivò l'orario di apertura. Yeonwoo accoglieva i clienti al bancone, Hyoyoung impacchettava le carte da lettera. Il negozio di Seongsu aveva un'atmosfera molto più urbana rispetto a Yeonhui. L'edificio moderno di tre piani, grigio antracite, ospitava un caffè al pianoterra, un negozio di abbigliamento al secondo piano e uno di articoli da regalo al terzo, come la bottega. Passando lungo il corridoio, si percepiva un delicato profumo di candele, oli e saponi, proveniente dal negozio di articoli da regalo. Il negozio a Yeonhui aveva mobili di legno, tessuti di lino e fiori stagionali che assorbivano il calore del sole. Quello a Seongsu, invece, era allestito con scaffali rettangolari di acciaio grigio che, con il loro aspetto freddo, sembravano conservare le lettere anonime come in un frigorifero, mantenendo intatti i sentimenti.

«Che tipo di negozio sarebbe questo?»

«Come funziona il servizio *Amici di penna*?»

«Se scrivo così, riceverò una risposta?»

Quando i clienti curiosi arrivavano senza conoscere la bottega, Hyoyoung provava un senso di gratitudine e di soddisfazione, rendendosi conto del fatto che stava avviando con successo il negozio di Seongsu.

Yeonwoo spiegava il servizio *Amici di penna* con calma e chiarezza. Hyoyoung raccomandava le lettere ai clienti e abbassava il volume della musica per coloro che volevano scrivere una lettera.

«Hai sentito l'ultima canzone di Moon Youngeun? L'ha scritta per il suo gatto che non c'è più.»

Dopo pranzo, Seonho era arrivato al negozio di Seongsu e aveva raccontato con orgoglio di aver inviato un messaggio su Instagram a Moon Youngeun e di averla seguita sui social. Hyoyoung ripensò a Youngeun, che era venuta a trovarla all'inizio di gennaio e aveva parlato del nuovo album in preparazione. Quando Hyoyoung le aveva detto che aspettava con interesse le sue nuove canzoni, Youngeun aveva risposto con voce dolce e sincera: «Non è fantastico trasformare la tristezza in qualcosa di creativo, anziché fermarsi al dolore?».

Seonho sembrava perso nei suoi pensieri, seguendo il ritmo della musica di sottofondo nel negozio. Hyoyoung, temendo che i clienti potessero arrivare, gli prese il braccio e lo guidò verso la porta.

«Se hai verificato che tutto va bene, dovresti tornare presto a Yeonhui. Non lasciare la nuova arrivata da sola.»

«Perché? Sta andando bene. E poi, è praticamente un'esperta, no?»

Anche al negozio principale di Yeonhui erano arrivate nuove facce, tra cui Jeong Joohye, l'ex impiegata delle poste. Era andata a studiare caffetteria seguendo il fidanzato barista e si era innamorata di quest'arte. Aveva lasciato subito il suo lavoro alle poste e ora lavorava part time alla bottega per prepararsi all'esame da barista. Aveva detto che, dopo un anno, avrebbe aperto una caffetteria vicino a Yeonhui.

«È un'esperta... forse. Ma con il suo carattere esuberante...» Hyoyoung ridacchiò. «Quando si lamentava che la vita fosse noiosa, non immaginavo che sarebbe diventata entusiasta come lo è adesso.»

«L'importante è non dimenticare mai cosa si vuole davvero. Anche se richiede tempo e si incontrano difficoltà, bisogna andare avanti e trovare la propria strada.» Seonho era diventato più maturo. Lo era sempre stato, in realtà, ma ora sembrava avere una comprensione più profonda della vita. Recentemente, con la promozione della moglie Sohee a manager, sentiva di aver raggiunto anche lui un obiettivo nella sua vita. Aveva temuto che, sposandolo e avendo dei figli, Sohee potesse allontanarsi da ciò che desiderava. Così si era dedicato ai bambini per permettere a Sohee di esprimere le sue capacità nel lavoro. Ora, si sentiva molto grato dei risultati raggiunti.

«Comunque, Hyoyoung, senza di te non sarei mai arrivato fin qui.»

Lei sorrise. Avrebbe voluto dirgli che era grazie a lui che era arrivata fin lì. Lavorando alla bottega, aveva scoperto quanto amasse la carta da lettere. Le piaceva sentire il movimento della penna stilografica, l'odore dell'inchiostro che si asciuga e quello delle mine delle matite. Aveva anche notato come ogni persona avesse un modo diverso di aprire le buste e di leggere una lettera: alcuni mormoravano le parole con le labbra, altri le assaporavano nella mente. Guardando attraverso la lente d'ingrandimento della bottega, Hyoyoung percepiva la vita con una gran varietà di sfumature. Provò un orgoglio profondo nel sapere di essere diventata una persona migliore grazie alla bottega.

Dopo il turno in negozio, Hyoyoung scese alla caffetteria del pianoterra, dove la attendeva Eunchae per prendere un caffè.

«Non mi aspettavo una lettera così lunga da parte tua. È stata una sorpresa», le disse l'amica. «Non pensavo di riuscire a scrivere una risposta altrettanto articolata, quindi ho pensato di invitarti a prendere un caffè.»

Dopo il viaggio da Sokcho, nel silenzio dell'auto di Yeonggwang, Hyoyoung si era resa conto di quanto fosse stata egoista e di quanto non avesse considerato la tristezza della sua amica. Perciò, al ritorno, le aveva scritto una lettera, raccontandole tutto quello che era successo con la sorella.

«Non preoccuparti. Considera la mia lettera come una riparazione», rispose Hyoyoung, mentre Eunchae sorrideva.

Sul tavolo c'erano due bicchieri di caffè americano ghiacciato. Quando Hyoyoung sollevò il suo, il rumore dei cubetti di ghiaccio riempì l'aria.

«Perché non mi hai mai detto nulla di tutto questo? Deve essere stato difficile affrontarlo da sola.»

«È una tradizione familiare mantenere il silenzio. Pensavo di non assomigliare per nulla a mia sorella, ma mi sono accorta che entrambe abbiamo la tendenza a chiuderci in noi stesse quando succede qualcosa», rispose Hyoyoung.

«Le famiglie sono fatte così», commentò Eunchae ridendo, mentre sorseggiava il suo caffè.

Eunchae iniziò a raccontare di come un casting, che credeva ormai certo, fosse andato in fumo. Aveva dovuto lasciare la scuola di recitazione perché costava troppo e pensava che il suo sogno fosse diventato inaccessibile. A trent'anni, si sentiva persa senza la recitazione, l'unica cosa in cui si riteneva veramente capace.

«Sono riuscita a scrivere tutte queste cose all'amica di penna. Non potevo certo dirle a mia madre, dopo averle promesso che avrei avuto successo come attrice.»

Era grata di avere un'amica di penna: si scrivevano una lettera al mese e questo le infondeva coraggio.

«Mi aveva detto che lavorava con la carta, quindi ero curiosa, ma poi ho scoperto che gestisce una copisteria vicino all'università. Ha trent'anni, mi pare. E un figlio.»

Questo era un colpo di scena. A quanto ne sapeva Hyoyoung, l'unica corrispondente di Eunchae era Joohye.

«Ultimamente siamo diventate più amiche e la chiamo *sorella* nelle lettere.»

«Sa quanti anni hai? E non dice nulla quando la chiami *sorella*?»

«No, perché?»

Hyoyoung sorrise imbarazzata e scosse la testa. "Che bugiarda, Joohye!" pensò. Forse aveva iniziato a divertirsi a raccontare bugie per superare il periodo noioso. In ogni caso, visto che Eunchae trovava conforto nei suoi consigli, Hyoyoung decise di lasciar correre.

«Allora, sai chi me le manda? Chi è? In realtà non è una ragazza ma... un bell'uomo?»

«Non lo so. Io non ne so nulla.»

Eunchae fece una smorfia e sporse il labbro inferiore, emettendo un piccolo suono di disappunto. Poi chiese a Hyoyoung come stesse Hyomin.

«Mia sorella ha denunciato quell'uomo per frode. La moglie di lui, invece, ha denunciato mia sorella per adulterio.»

«Cosa? Quindi alla fine l'ha davvero portata in tribunale per essere stata l'amante del marito?»

«Sì. A quanto pare, non è la sola ad averlo denunciato. Forse è per questo che la moglie sta cercando di tirare fuori più soldi possibile da mia sorella?»

«Che storia assurda. E non hanno ancora divorziato?»

Hyoyoung alzò le spalle e continuò a parlare.

«Avranno le loro ragioni. Non sono affari nostri.»

Eunchae, arrabbiata, mise un pezzo di ghiaccio in bocca e iniziò a masticarlo con forza. Ma Hyoyoung, con un'espressione serena, continuò a parlare.

«Penso che sia stato un bene.»

«Cosa?»

«Hyomin ha deciso di vincere questa causa e di ottenere giustizia. Vuole studiare legge e sai che quando si mette in testa una cosa non si ferma...»

«Davvero?»

«È venuta a Seoul per ottenere il ruolo da insegnante che desiderava e poter quindi pagare le spese legali. Non si è mai sentita così determinata.»

«Ah ah ah... Scusa, non dovrei ridere.»

La luce del sole di febbraio filtrava attraverso le grandi vetrate del caffè.

Hyoyoung poggiò la mano su quella di Eunchae e le disse: «Ti ho sempre ammirata per come gestisci le tue emozioni. Se sei triste, non hai paura di piangere; se sei arrabbiata, non esiti a urlare».

Eunchae rispose con un sorriso: «E quando dicevi che esageravo?».

«Sì, magari a volte sei un po' eccessiva, però sei sincera, non ti nascondi. Questo è davvero un punto di forza.»

Eunchae mescolò il caffè con la cannuccia, facendo tintinnare i cubetti di ghiaccio nel bicchiere.

«Ho paura. È insopportabile sentire che il nuovo anno è arrivato senza che sia cambiato nulla. Vedo altri attori della mia età che hanno successo e mi sento invidiosa. Mi sarebbe piaciuto fare un'altra impressione al festival del cinema, magari chiedere al regista se ci fossero audizioni. Sembra che abbia perso tutte le occasioni. Quando torno a casa, mi sento patetica», raccontò Eunchae, asciugandosi il naso con un fazzoletto.

Hyoyoung provò una sensazione di tristezza. Aveva conosciuto l'amica in un periodo di grandi sogni e ora, a ventinove anni, sembrava tutto svanito. Dopo aver dedicato il suo tempo al cinema, Hyoyoung aveva scoperto nuovi aspetti della vita, lavorando alla bottega: un anno passato tra le carte e i fogli, i tredicimila clienti che avevano visitato il negozio e i duemila che avevano scritto lettere per i loro amici di penna. Ogni giorno era prezioso.

«Ricordi quando, al secondo anno di università, abbiamo visto *Matthias & Maxime* a casa tua dopo le lezioni? Allora eri così appassionata dei film di Xavier Dolan», disse Hyoyoung.

Eunchae annuì.

«Dolan in un'intervista ha detto che noi cerchiamo sempre di ispirarci gli uni agli altri.»

«Esatto.» Eunchae sorrise.

Hyoyoung sapeva che, nelle difficoltà, le parole del regista erano un sostegno per Eunchae. Anche se non poteva fare molto per aiutarla in quel momento, voleva essere un'amica che le tendeva una mano. Hyoyoung la guardò negli occhi, sperando che una piccola fonte di ispirazione potesse arrivare nella sua vita.

Quando Hyoyoung si apprestò a salutarla fuori dal caffè, Eunchae disse: «All'inizio pensavo che il tuo lavoro alla Bottega delle Lettere fosse una cosa positiva solo per Seonho».

Hyoyoung attese il seguito.

«Ma ora vedo che non è affatto così.»

Hyoyoung le diede una pacca sulla schiena. Era il momento di ringraziare sé stessa per il lavoro e le difficoltà affrontate.

2.

«È mattina.»

Quando Yeonggwang aprì gli occhi a fatica, vide il fratello minore, Sanghyun, che sollevava le pesanti tende oscuranti del soggiorno.

«Ah, che luce accecante! Non essere così crudele!»

«Va' a fare colazione. Se fossi stato a casa, avresti preso una bella sgridata dalla mamma.»

«Ecco, proprio per evitare le sgridate me ne sono andato di casa...»

Yeonggwang si alzò sbuffando e gettò via il copriletto. Appena aprì la porta della camera, l'aroma della zuppa di fagioli di soia fermentati si diffuse dal cucinotto. Era la prima volta da quando si era trasferito che aleggiava quel profumo nell'appartamento. Anche se era ancora mezzo addormentato, sentiva l'acquolina in bocca, segno che era parecchio affamato. Versò la zuppa nella ciotola con il riso e mescolò

«E tu non mangi?» chiese a Sanghyun, che guardava il soggiorno in disordine.

«Ho già mangiato, un'ora fa.»

Sanghyun gli fece notare che erano le undici passate e che, vedendo che Yeonggwang non si muoveva, aveva fatto colazione da solo.

«Come mai sembri sempre più simile a nostra madre?»

«Non è un po' scortese parlare così?»

«Che importa, siamo una famiglia.»

«Già.»

Sanghyun si alzò dal tavolo e si diresse verso il soggiorno.

Raccolse i vestiti sparsi sul divano e sistemò le buste di snack e le bottiglie di bevande in un sacchetto di plastica.

«Lascia stare, poi ci penso io», disse Yeonggwang.

«Ecco perché hai impedito a mamma di venire. Sei immerso nel disordine per disegnare fumetti.»

«Non sono fumetti, sono webtoon», rispose Yeonggwang con un sorriso divertito.

La famiglia di Yeonggwang, compreso Sanghyun, non era particolarmente interessata ai webtoon. Anche la madre aveva dato un'occhiata distratta alla sua opera di debutto. Benché lei non mostrasse un grande entusiasmo, Yeonggwang non si era mai sentito offeso: i membri della famiglia mantenevano un certo grado di fiducia reciproca.

«Mio padre riprenderà a lavorare la settimana prossima. Ha detto di non inviargli più soldi.»

«È una buona notizia. Significa che sta meglio. Ma non poteva dirmelo direttamente?» aggiunse Yeonggwang, un po' seccato.

Erano passati otto anni dal secondo matrimonio della madre. I contatti tra lui e il suo patrigno ormai si limitavano a scambiarsi aggiornamenti tramite la madre o Sanghyun, e questo era il massimo che riuscivano a fare.

Mentre Yeonggwang faceva colazione, Sanghyun si sedette sul divano e iniziò a leggere il progetto del nuovo webtoon del fratellastro. Dopo aver cambiato progetto per l'ennesima volta, aveva scritto il piano con la convinzione che fosse l'ultimo. Aveva inviato il progetto di tre pagine al produttore proprio il giorno prima e questa volta aveva ricevuto una risposta positiva. Se tutto fosse andato bene, il lavoro avrebbe potuto mettere in luce il talento dell'autore in un'opera commerciale. Tutto questo era merito di Hyoyoung.

«È interessante. Ero curioso di vedere cosa stavi disegnando», disse Sanghyun.

«Aspetta. Questa volta avrò successo e manderò mio fratello a studiare all'estero», rispose Yeonggwang con un sorriso soddisfatto, finendo il riso.

Sanghyun, indifferente, annodò l'apertura del sacchetto di plastica pieno di bottiglie.

«Basta così. Mi hanno detto di dirti che, quando esce il nuovo lavoro, devi pensare a sposarti. Mamma e papà mi hanno chiesto di riferirti questo.»

Yeonggwang scosse la testa, portò la ciotola al lavandino e la riempì d'acqua mentre ascoltava le parole di Sanghyun.

«Mi prenderò cura di mamma, ma tu cerca di fare lo stesso con tuo padre. Anche lui è alle prese con un figlio adulto per la prima volta.»

«Capito. Quest'anno tornerò sicuramente a casa per il Capodanno cinese.»

Mentre accompagnava Sanghyun verso la porta d'ingresso, con il cappello di lana calato sugli occhi, il fratello minore gli chiese: «Ma davvero non stai uscendo con nessuno?».

Il posto vuoto lasciato dall'albero di Natale sembrava desolato nella piccola bottega di Yeonhui. Yeonggwang salutò con uno sguardo Joohye e si diresse verso gli scaffali. Si chiedeva se scrivere un breve messaggio o una lunga lettera. Non riusciva a capire se avesse troppe cose da dire a Hyoyoung, o se non avesse niente di nuovo da comunicarle.

Una cliente abituale è tornata da un viaggio in Thailandia e ci ha portato un sacco di mango disidratato. Vuoi prenderne un po' quando passi?

Ultimamente non ti vedo più. Sei occupata con il lavoro?

Oggi è l'ultimo giorno che lavoro a Yeonhui. Da febbraio mi trasferisco a Seongsu.

Ehi, oggi a mezzogiorno vado in tribunale. Mi avrebbe fatto piacere pranzare insieme. Mi dispiace!

Poco fa sono passati Hajun e Sohee. Hajun ha preso tre cartoline dicendo che le avrebbe inviate a tre ragazze diverse!

Sono andato a trovare Seonho. Hai visto quanto è cresciuta Hayul?

Leggere i messaggi ricevuti da Hyoyoung era diventata un'abitudine serale per Yeonggwang, e spesso si addormentava dopo averli letti. Ora riusciva a dormire bene anche senza l'aiuto del fermacarte che usava prima.

Durante il viaggio a Sokcho, aveva ascoltato le conversazioni tra Hyoyoung e Hyomin e aveva concepito una nuova idea: una storia ambientata in un'enorme posta dove le lettere non vengono consegnate, ma sorvegliate per non essere mai spedite. Un giorno, una delle lettere, grazie a un francobollo caduto dal taschino dell'impiegato postale, prende vita e vola fuori dall'ufficio postale grazie alla magia. L'impiegato, responsabile e scrupoloso, cerca la lettera scomparsa e si imbarca in una missione per recuperarla. Il mittente è una donna sulla trentina, e quando l'impiegato le spiega che la lettera è fuggita, la donna, spaventata, gli ordina di riportarla indietro. La storia si sviluppa tra il mondo reale e quello fantastico, con un tocco di romanticismo tra l'impiegato postale e la donna.

Nonostante l'ambientazione fantastica, i personaggi e le relazioni riflettevano la realtà. Dopo aver ottenuto il favore dei lettori con la rappresentazione dettagliata della vita di un impiegato nel suo lavoro precedente, Yeonggwang sentiva di aver finalmente trovato una vena di ispirazione e ogni giorno era sempre più entusiasta. Passava così tanto tempo a disegnare webtoon che, involontariamente, rispondeva secco ai messaggi di Hyoyoung o rimandava gli incontri. Sentendosi in colpa, decise di scrivere una lettera per spiegare la situazione. Scelse una carta con bordo rosso, sperando di rievocare l'atmosfera natalizia che aveva creato con Hyoyoung.

«Hai mai visitato il negozio di Seongsu?» chiese Joohye mentre scriveva una ricevuta.

«No, ancora no.»

«Quando pensi di andarci?»

Mentre Yeonggwang stava per rispondere, Joohye si fermò. Aveva commesso un errore sulla ricevuta. Sospirando, prese il cestino della spazzatura sotto il bancone, che era pieno di ricevute accartocciate.

«Il capo si arrabbierebbe se vedesse questo. Non capisco perché continuo a fare errori quando scrivo a mano.»

«Scrivi lentamente. Puoi sempre correggere con una penna e riscrivere», suggerì Yeonggwang.

«Hyoyoung scrive sempre così bene.»

«È vero: ha una bellissima calligrafia.»

Joohye sorrise e lo guardò mentre si sedeva al tavolo per scrivere la lettera. Lui inspirò profondamente e iniziò una lenta stesura.

Hyoyoung stava finendo da sola il quinto giorno di lavoro nella bottega di Seongsu. Riordinò i libri sugli scaffali e affilò una matita ormai smussata con il temperamatite. Spense la lampada sul tavolo, controllò le scorte di carta e penne, e poi compilò il registro delle attività. Accese il cellulare per controllare se fossero arrivati nuovi messaggi, ma quello che stava aspettando non c'era.

Durante il viaggio di ritorno da Sokcho, Yeonggwang aveva parlato a lungo del fratello, Sanghyun, che stava iniziando l'adolescenza e aveva problemi a scuola. Yeonggwang si preoccupava che le sue parole e azioni potessero ferire il fratello e si sforzava di non dare pensiero alla madre.

Ricordando quel giorno, Hyoyoung sorrise. Erano passate da poco le sette e l'area circostante era tranquilla. La maggior parte dei negozi di articoli da regalo era ormai chiusa. Hyoyoung indossò il cappotto e si avvolse nella nuova sciarpa a quadri che sua sorella le aveva regalato per il Capodanno. Quando uscì dalla bottega, qualcosa si impigliò nella punta delle sue scarpe. Era il design familiare di una busta. Sollevandola, notò che c'erano diverse pagine all'interno. La superficie esterna era priva di scritte. Si guardò in giro nel corridoio e aprì la busta.

A Hyoyoung.

Sono Yeonggwang. Dopo aver passato alcuni giorni senza sentirti, ho pensato di scriverti una lettera, rendendomi conto che di non averlo mai fatto. Ora che ti sei trasferita a Seongsu è arrivato il momento giusto.

Credo che una lettera richieda una certa distanza, sia fisica che temporale.

Dopo il ritorno da Sokcho, ho avuto bisogno di elaborare i pensieri di quel giorno. Ora che ho messo in ordine i miei sentimenti, ho trovato il coraggio di scriverti.

Attualmente sto lavorando a un nuovo webtoon. Finalmente è emersa un'idea che soddisfa sia me che l'editore. Anche se è stato un periodo alquanto lungo, credo di essere riuscito a resistere grazie alla bottega. Ogni mattina, quando aprivo le tende del soggiorno, vedevo persone scrivere con impegno attraverso le finestre del negozio. Questo mi ricordava che il mondo è pieno di storie. E ciò mi ha aiutato a mantenere la concentrazione nei giorni più difficili.

Vorrei continuare a raccontare, a modo mio, storie che la gente possa apprezzare.

Inoltre, grazie a te, riesco a dormire molto meglio anche senza quel cosino con la balena che mi hai regalato.

Grazie, Hyoyoung. Ti auguro serenità nella tua nuova vita a Seongsu. Ci sono ancora tante cose che vorrei dirti, ma preferisco farlo di persona, quindi terminerò qui la lettera.

P.S. *Anche se ci siamo sentiti poco, ultimamente, cerchiamo di non essere troppo imbarazzati quando ci rivedremo!*

Yeonggwang

Hyoyoung lesse fino alla fine il nome di Yeonggwang e fece un ampio sorriso. Era così che ci si sentiva ad avere finalmente una risposta tanto attesa? Avrebbe voluto scrivere subito. Da tutti i loro messaggi, che spesso erano sciocchi e superficiali, si sarebbe potuto estrapolare un'unica sensazione: il desiderio di condividere le giornate.

Tornata rapidamente all'interno del negozio, Hyoyoung scelse un foglio di carta per la lettera da inviare a Yeonggwang. Seduta al tavolo, accese la lampada e prese una penna. Stese il foglio e fece scivolare la penna sulla morbida carta, formando la scritta *A Yeonggwang*. Mentre cercava le parole per scrivere la frase successiva, la porta della bottega si aprì ed entrò un cliente.

Era Yeonggwang, ordinato e impiccabile.

Hyoyoung girò la testa e, sorpresa, lo accolse con un sorriso caloroso. «Ah, il tuo stile è cambiato molto!»

Yeonggwang indossava un paio di jeans grigi, una maglia nera e una giacca in velluto a coste marrone scuro, tutto molto elegante.

«Sì, cercavo di adattarmi all'atmosfera di Seongsu...»

Yeonggwang si guardò intorno, osservando in silenzio: i piattini con i francobolli vintage, le penne stilografiche e i fogli di carta disposti ordinatamente, i libri sulle lettere selezionati con cura da Hyoyoung e Seonho, le lettere in attesa, appoggiate in diagonale su uno scaffale metallico rettangolare.

Yeonggwang apprezzava il senso di ordine e stabilità creato dalle linee rette. La bottega di Seongsu aveva sicuramente un fascino diverso rispetto a quella di Yeonhui.

«Cosa stavi facendo?» chiese Yeonggwang, avvicinandosi al bancone. Hyoyoung nascose la carta dietro di sé.

«Ti stavo scrivendo la risposta. Non dovresti leggerla ora, però. Dovresti attendere che l'inchiostro si asciughi.»

«Va bene. Allora resterò qui finché l'inchiostro non si sarà asciugato.»

Yeonggwang si sedette a un tavolo vicino alla finestra e iniziò a leggere un libro. Hyoyoung non riusciva a distogliere lo sguardo da lui. Anche se non erano stati lontani per molto tempo, provava una sensazione strana, come se avesse ritrovato il suo amore dopo un lungo periodo all'estero.

"Amore", pensò Hyoyoung, chinando la testa quasi a volersi nascondere dentro la lettera. Senza accorgersene, strinse con forza la penna, afferrandola, come se essa stesse per librarsi in aria.

«Scrivi con calma. Anche l'attesa di una risposta, in un certo senso, è emozionante.»

Le parole sussurrate da Yeonggwang la fecero sorridere.

Le frasi che sentiva di dover trasmettere solo per lettera stavano emergendo sulla carta. Hyoyoung continuò a scrivere, felice di poter rispondere senza indugio.

P.S. CLIENTI FUORI DALL'ORDINARIO

Le sette lettere degli *Amici di penna* scelte dai personaggi della storia – Yeonggwang, Euna, Woncheol, Joohye, Minjae, Hyoyoung e Yongeun – sono quelle che i visitatori hanno effettivamente scritto e inviato al negozio Bottega delle Lettere tra il 18 gennaio e il 18 febbraio 2024, durante il primo mese di apertura delle sedi di Yeonhui e Seongsu.

Un sentito ringraziamento a voi sette che, dal mondo reale, avete dato vita ai personaggi del romanzo.

POSTFAZIONE DELL'AUTRICE: LETTERA MAI SPEDITA

Anche se non sono riuscita a includervi tutti, voglio ringraziare i ventisette clienti che hanno partecipato all'iniziativa Amici di penna. *Le vostre lettere erano piene di calore e sentimenti sinceri, ma per rispettare il contesto dell'opera e dei personaggi, ho dovuto selezionarne solo alcune. Vi invio questa «lettera mai spedita» come ringraziamento.*

Grazie a tutti voi, ho ricevuto così tante lettere preziose che mi sento molto fortunata. Ho letto ogni singola lettera almeno tre volte. Mi sono sentita come se fossi diventata amica di ognuno di voi: dalla «ragazza che sta vivendo il 28 gennaio 2024» a «qualcuno che ama la parola coreana yunsul*», che descrive la luce che si riflette sull'acqua (ho pronunciato quella parola dopo tanto tempo), alla giovane insegnate di inglese al primo impiego alle scuole elementari e medie di cui ho condiviso le gioie e le difficoltà.*

Desidero trasmettere i pensieri di un'altra persona che dice: «Anche se non affrontiamo le stesse sfide, spero che tu possa trovare conforto nel sapere che tutti noi viviamo con le nostre preoccupazioni».

Ho trovato conforto leggendo le parole di qualcuno che ha scritto: «Anche se sei solo con le tue ferite, sappi che un giorno diventerai un bel fiore, nonostante tutto», e un'altra che ha citato il suo cantante preferito, dicendo: «L'amore ha ottime possibilità di vincere».

Sono stata anche toccata dalla lettera di qualcuno che ha scritto: «Non sono brava a studiare, né bella come Han Sohee, ma sono felice». E grazie a chi ha trovato la felicità dopo aver attraversato momenti di confusione e tristezza, riconoscendo che «la gioia non arriva da qualcun altro, ma la scopriamo e sentiamo ogni giorno nella nostra quotidianità».

Una frase che mi è rimasta in mente come se fosse un compito che mi è stato affidato è: «Ama e abbi delle mancanze». Le mancanze creano l'amore, e l'amore abbraccia le mancanze. Anche se a volte quel vuoto può far sentire soli.

Leggere le vostre lettere mi ha reso molto felice. «Anche se si tratta di un ricordo che verrà presto dimenticato, il fatto che resti nella memoria di qualcuno è davvero straordinario.»

Grazie. Le preziose parole che mi avete inviato rimarranno a lungo nel mio cuore.

P.S. Un incoraggiamento speciale alle persone della provincia del Gyeongsang che stanno lottando contro un freddo terribile!

Dall'autrice che crede nel potere della gentilezza,
Baek Seungyeon

Bottega delle Lettere:

SEDE DI YENHUI
Orario: 13:00 – 18:00 (Lun – Dom)
Telefono: +82 2-333-1016
Indirizzo: (03698) Seoul, Seodaemun-gu, Jeongga-ro 10, Yeongung 403-ho

SEDE DI SEONGSU
Orario: 12:00 – 19:00 (Lun – Dom)
Telefono: +82 2-499-1016
Indirizzo: (04787) Seoul, Seongdong-gu, Yeonmujang 17-gil 10, LCDC SEOUL A-dong 302-ho

Finito di stampare nel mese di gennaio 2025
presso Grafica Veneta – via Malcanton 2, Trebaseleghe (PD)

GRAFICA VENETA
GV CARBON NEUTRAL

Questo libro è stampato fabbricato da Grafica Veneta S.p.A.
con un processo di stampa e rilegatura certificato 100% carbon neutral
in accordo con PAS 2060 BSI

PEFC
PEFC/18-31-226

Certificato PEFC
Questo prodotto è realizzato con materia prima da foreste gestite in maniera sostenibile e da fonti controllate
www.pefc.it